# 醫統江山

第二輯

卷9

## 宮廷之亂

石章魚 著

大康江山落到女人之手
這也算不上什麼壞事
與其落在昏庸皇孫的手裡
不如由公主掌控更為恰當

# 目錄

## 第一章

# 震動朝野的大事

龍廷鎮一顆心怦怦直跳，
想不到七七會主動提出讓皇上封自己為太子，
如果皇上答應，那豈不是天大的喜事，
看來這位皇妹對自己還算不錯，他欣喜得連推辭都忘了。

當清晨的第一縷陽光灑在皇城之上，七七已到了養心殿，她一早就來求見皇上，本以為可能遭遇閉門羹，卻想不到龍宣恩已經早早起來了，而且還答應見她。

七七向尹箏道：「皇上今天心情如何？」

尹箏低聲稟報道：「啟稟公主殿下，皇上心情今兒還算不錯。」

龍宣恩今天的氣色的確顯得不錯，剛剛用過早膳，正坐在窗前靜養，聽聞七七參見他的聲音，方才緩緩將雙目睜開，和顏悅色道：「七七來了！」

七七道：「聽聞皇上最近身體不適，七七特來探望！」她隻字不提老皇帝數次將她拒之門外的事情。

龍宣恩微笑道：「前兩日不慎受了些風寒，今天感覺好多了，七七！朕正想當面和你談談呢。」

七七道：「七七洗耳恭聽皇上教誨！」

龍宣恩呵呵笑了起來：「朕可不是為了要教訓你，七七啊，不知不覺你就已經成為一個大姑娘了，朕每次見到你，就好像見到你娘親一樣。」他望著七七，雙目中流露出久違的溫情。

七七卻因他的目光而感覺到隱隱作嘔，如果洪北漠此前所說的一切屬實，眼前的老皇帝就是害死自己娘親的元兇之一。想起龍宣恩對自己的欺騙，七七心中恨意頓生，也許龍宣恩當真以為他是自己的父親，七七很快又否決了這個想法，虎毒不食子，龍宣恩如果當自己是親生的女兒，又怎會策劃陰謀，想要將自己和胡小天一網打盡？不過這也難說，死在他手下的皇子皇孫何其之多，也不差自己一個。

七七道：「直到現在我都不知道娘生的什麼樣子？」

龍宣恩望著七七的俏臉，忽然歎了一口氣，他搖了搖頭道：「傷心往事，不提也罷。你娘若是活到現在，能夠親眼見到你嫁人，想必也會滿懷欣慰。」

七七道：「可是七七卻突然不想嫁了！」

龍宣恩皺了皺眉頭道：「為何突出此言？你和胡小天早有婚約在先，天下皆知，你美貌出眾，秀外慧中，胡小天也是少年英俊，才華橫溢，原本是天造地設的一對。」他停頓了一下復又笑道：「你這孩子，是故意說給朕聽的對不對？」

七七故作不捨的樣子道：「七七有些害怕嫁人。」

龍宣恩淡然笑道：「不只是你，很多人在婚禮之前都會有這樣的感覺，朕當年第一次成親的時候，心中也有些緊張，甚至都想過要逃婚。」

七七輕聲道：「如此說來，我和皇上還真是有些像呢。」

龍宣恩因她的話而陷入短暫的沉思中，心中暗忖，是啊，這丫頭的身上的確有很多朕的影子。那又如何？朕的這些皇子皇孫，又有哪個身上沒有朕的影子？又有誰的身上不是流淌著朕的血液，可是他們無一例外地都在計算著朕的江山社稷，他們巴不得朕早一點死，巴不得朕將皇位拱手相讓，有朝一日真正將權柄交到他們的手上，誰還會尊敬自己？誰還會在乎自己？

七七看到龍宣恩許久都沒有說話，小聲道：「皇上想跟七七談什麼？」

龍宣恩這才從沉思中清醒過來，他微笑道：「朕有個好消息要告訴你呢。」

七七心知肚明他要說什麼，可表面上仍裝出一無所知：「什麼好消息？」

龍宣恩咳嗽了一聲，然後揚聲道：「王千，帶他進來。」

王千顫巍巍從裡面走了出來，在他身後跟著一位身材健碩的男子，正是七七的三皇兄龍廷鎮。

七七早已從洪北漠那裡得知老皇帝要將龍廷鎮無恙的消息公諸於眾，可是當著幾人的面，表現出被眼前出現的一切深深震撼的模樣，先是美眸圓睜，櫻唇微張，然後櫻唇顫抖起來，眼圈瞬間紅了，美眸中瞬間湧出晶瑩的淚花，顫聲道：「皇兄……你……還活著……」

龍廷鎮微笑望著她，聲音也明顯有些激動：「七七！」

「三皇兄！」七七叫了一聲，然後快步奔了過去，緊緊將龍廷鎮抱住，淚水簌簌而落，即便是龍廷鎮都以為她是真情流露，安慰她道：「七七，你哭什麼？我沒事，我沒事。」

七七這才放開他，滿面都是淚水，抓住龍廷鎮的兩隻大手，明顯感覺到龍廷鎮的掌心粗糙佈滿老繭，雖然她早就從洪北漠那裡得知龍廷鎮在世的消息，可是並未親眼見到過龍廷鎮，現在得以正面相對，自然要好好觀察一番，她要確定眼前的龍廷鎮不是一個冒牌貨。

七七含淚道：「皇兄沒事最好，你不知道，自從你的噩耗傳來，七七有多傷心難過。」

龍廷鎮對她的話將信將疑，聽說老皇帝已經封她做了永陽王，還有意將皇位傳給她，自己死而復生，她心中還不知有多失落呢。

他安慰七七道：「皇妹，我這不是平安回來了？別哭，沒想到你都已經這麼大了，身材比起我還要高上一些呢。」的確站在七七身邊，他還要矮上半寸，這丫頭的身高還真是不多見。

七七抽出絲帕擦去淚水，牽著龍廷鎮的手來到老皇帝身邊，她撲通一聲跪了下去，龍廷鎮不知她因何下跪，可是看到她跪下，自己也只能跟著跪了下去。

龍宣恩道：「七七，你因何下跪？」

七七道：「陛下，七七有個請求。」

龍宣恩微笑道：「起來說話。」

七七道：「過去七七以為自己的兄弟都已罹難，所以才硬著頭皮為皇上解憂，皇上還封我為永陽王，其實已經違背了祖宗的規矩，我知道皇上疼愛七七，又不忍看到皇上辛苦，一直以來都在苦苦支撐政事，現在我皇兄平安歸來，七七總算可以鬆口氣，懇請皇上免去我的王位，七七會將王府物歸原主，以後有三皇兄輔政，七七總算可以鬆口氣了。」

龍廷鎮心中暗讚這妮子懂事，知道大勢不可違，與其皇上讓她交出手中權力，不如現在自己主動交出來。嘴上卻道：「此事萬萬不可，皇上，七七雖然是個女孩子，可是大康能夠渡過難關全靠她的努力，廷鎮寸功未立，豈敢坐享其成。」

龍宣恩撫了撫頷下鬍鬚，低聲道：「七七，難得你有這片心意，既然你如此誠意，朕若是不准，就顯得不近人情了，也罷，就按照你的意思，免去你的王位，你還做你的永陽公主，搬來宮內居住，紫蘭宮和儲秀宮隨便你住，反正再過幾日就是你的大婚之期，你來宮中，朕也可多見上你幾面。」

「謝皇上！」

龍宣恩又向龍廷鎮道：「廷鎮，這些日子你被奸佞所害，受了不少的苦楚，可朕以為這些經歷對你也算不上什麼壞事，王府本來就是你的，現在也算是物歸原主，至於神策府過去也是你一手組建，現在仍然交由你來負責，朝政方面一直都是七七在打理，即便是交給你，也需要有個熟悉的過程，暫時還是由七七主政，你從旁輔佐，等到熟悉之後再做交接。」

龍廷鎮聞言暗喜，老皇帝似乎對自己還算不錯，他叩頭道：「多謝陛下！廷鎮誠惶誠恐！」

龍宣恩擺了擺手道：「都起來吧，又不是上朝，別都跪著。」

七七卻沒有馬上起來，又道：「皇上，七七還有個建議。」

龍宣恩啞然失笑：「你今日的建議還真是不少，說，是不是看朕心情不錯，所以就將你所有的要求建議一股腦全都說出來？」

七七笑道：「皇上聖明！七七想說的是，一直以來太子之位都空在那裡，周王雖然也是合適人選，可是他被反賊李天衡掌控，李天衡如今還拿著這件事大做文章，皇上不如趁著這個機會封我三皇兄為太子，一來可以振奮臣民之心，二來可以讓李天衡那個奸佞小人再也做不得文章，讓天下人看清他的卑鄙嘴臉。」

龍廷鎮一顆心怦怦直跳，想不到七七會主動提出讓皇上封自己為太子，如果皇上答應，那豈不是天大的喜事，看來這位皇妹對自己還算不錯，他欣喜得連推辭都忘了。

龍宣恩臉上的笑容卻在瞬間收斂，冷冷望著七七道：「朕的事情何時都要讓你來安排？」

七七咬了咬櫻唇道：「七七不敢！」

龍宣恩冷哼了一聲，站起身來拂袖而去。

七七嘴唇一扁，委屈得就快落下淚來，龍廷鎮的表情也是尷尬之極，表面上是七七提議自己當太子受到了呵斥，可老皇帝的行徑卻表明他根本不認同這個提議，難道他從未想過要立自己當太子？甚至從未想過有朝一日讓自己繼承他的皇位，想到這裡，龍廷鎮的內心中宛如烈火焚燒，憤怒迅速膨脹起來。

老太監王千歎了口氣道：「公主殿下，皇上的脾氣您又不是不知道，有些事不可直接說。」

七七道：「難道我說錯了？」

王千道：「奴才去勸勸皇上，兩位殿下還是先出去散散心吧。」

姬飛花重現皇宮的消息在洪北漠的授意下，並沒有擴散出去，胡小天和夕顏在龍靈勝景躲避了一個日夜之後，兩人又趁著夜色離開了瑤池，那條密道並沒有任何人進入的痕跡，胡小天特地去那條通往紫蘭宮的地道看了看，發現坍塌的地方依然如故，看來皇宮內並沒有因為自己誅殺李岩而展開大肆搜捕，胡小天難免感到失望。

深思熟慮之後，他還是決定返回藏書閣，不知李雲聰是否已經走了。

帶著夕顏，兩人沿著密道來到藏書閣的位置，胡小天將封住地道入口的聖人像移開，然後爬了上去，雖然他和夕顏這段時間日夜相守，可卻不知怎麼得罪了夕顏，無論他怎樣說話，夕顏都不理他。

夕顏默默看著胡小天將聖人像移回原位，然後重新換成了小德子的裝扮，向她道：「你在這裡等我，我出去打探一下情況再說。」

等到胡小天來到門前，夕顏終於忍不住道：「小心！」

胡小天轉身向她笑了笑，拉開房門走了出去，來到李雲聰所住的房間，卻發現裡面亮著燈光，胡小天心中暗奇，難道李雲聰並沒有離開皇宮？帶著滿懷好奇，他躡手躡腳向李雲聰的房間走了過去，走了幾步，卻聽到身後傳來細微的腳步聲，本以為是夕顏又跟了上來，猛然回過頭去，卻看到一道人影倏然閃入黑暗之中。

胡小天定睛望去，那人又從陰影中伸出一隻手來，在他面前做了一個手勢，胡小天將之理解為某種信號，畢竟他所扮的這個小德子乃是天機局的奸細，難道後方的跟蹤者是來藏書閣跟他接頭的？

胡小天看了看周圍，確信無人留意到這邊的事情，這才慢慢向那邊靠近，等到他走近那裡，方才看到陰影中站著一個眉清目秀的小太監，那小太監的面貌對胡小天來說實在是太熟悉了，分明就是葆葆所扮。

胡小天沒料到這妮子也混入了皇宮，不過想想也非常正常，葆葆是天機局狐組的頭目，自己現在冒充的小德子乃是狐組的成員。

胡小天忽然想起自己混入皇宮之前，霍勝男被葆葆追蹤，兩人在天街惡戰的事情來，葆葆的鼻子非常靈敏，能從霍勝男身上聞出自己的味道，保不齊也能從自己的身上嗅到端倪。

葆葆又向他做了個手勢，胡小天暗叫不妙，這手勢肯定暗藏玄機，他原本還想隱瞞自己的身分，可面對葆葆的手勢，不知如何回應，只能學著她的樣子也做了個同樣的手勢。

葆葆的目光頓時充滿狐疑之色，右手微微抬起，胡小天何其機警，馬上意識到她察覺到情況不對，要對自己發動偷襲，胡小天還未來得及出手，葆葆的身體已經軟綿綿倒了下去。

卻是李雲聰從後方鬼魅般冒了出來，伸手點了她的穴道，葆葆右手中的一個盒子掉在了地上，胡小天定睛望去，乃是暴雨梨花針，由此可見，葆葆並沒有識破他的本來面目。

李雲聰意味深長地向胡小天看了一眼，沒說一個字，重新後退隱沒在夜色之中，顯然是要將眼前的爛攤子交給胡小天自己去處理。

胡小天將葆葆抱了起來，把暴雨梨花針撿起收好，葆葆雖然身體無法動彈，可是眼珠兒卻仍然在轉動，胡小天附在她耳邊道：「難道你聞不出我身上的味道？」

葆葆口不能言，聽到他的聲音，方才知道眼前人就是胡小天，眼圈紅了，竟然啪嗒啪嗒落下淚來。

胡小天是個見不得女人落淚的人，輕聲歎了口氣道：「不是我不想你，而是現在的形勢下，實在不便和你相見，你心中能夠明白嗎？」

葆葆眨了眨雙眸，以這種方式告訴胡小天她心中明白。

胡小天道：「我這就為你解開穴道！」他伸手在葆葆身上點了點，可是毫無反應，李雲聰的獨門點穴手法豈是他能夠解開的。胡小天無奈，正準備去尋找李雲聰求助的時候，葆葆卻突然恢復了自由。

她手足活動自如之後，第一件事就是將胡小天抱住，投身入懷，嬌軀因為激動在他懷中瑟瑟發抖，胡小天看到她如此反應，感受到她對自己的相思刻骨，低聲安慰道：「我無時無刻不在想你。」

葆葆附在他耳邊低聲道：「務必小心，洪北漠和永陽公主好像在謀劃大計。」她說完之後，馬上放開了胡小天，頭也不回地離開了藏書閣。

胡小天望著葆葆的背影，身上仍然保留著葆葆的體溫，可是伊人已經遠去，耳邊迴盪著葆葆剛才的那句話，洪北漠和永陽公主在謀劃大計！原來他們之間已經開始聯手合作？七七這妮子究竟在打什麼算盤？難道她也想對自己不利？

李雲聰的身影重新從陰影中出現，陰沉沉望著胡小天道：「婦人之仁，你不怕她會向洪北漠暴露你的行蹤？」

胡小天搖了搖頭，他不怕，他並不相信葆葆會出賣自己。

李雲聰緩步走向自己的房間，葆葆雖然是天機局狐組統領，但是她想要潛入藏書閣，又豈能瞞過自己的眼睛。李雲聰本不想出手，可是看到葆葆要用暴雨梨花針偷襲胡小天，方才及時出手，其實就算他不出手，以胡小天今時今日的武功也能夠躲過。

兩人來到房內，胡小天滿臉堆笑道：「我還以為公公走了。」

李雲聰搖了搖頭道：「還沒來得及離開，慕容展就帶人過來巡查，咱家若是現在走了，豈不是此地無銀三百兩，聽說姬飛花回來了。」

胡小天笑道：「公公的消息倒是靈通。」

李雲聰道：「慕容展私下跟咱家說的，咱家就知道一定是你搞的花樣，不要以為這樣就可以在皇宮中製造混亂，興風作浪。親眼看到姬飛花出現的人都已經死了，洪北漠和慕容展已經達成默契，這件事不會對外聲張。」

胡小天如意算盤落空，自然有些失落，他低聲道：「可慕容展又告訴公公？」

李雲聰道：「有人不但冒充姬飛花，還冒充慕容展，而且……」他停頓了一下方才道：「你或許並不知道今日宮中發生了一件震動朝野的大事。」

胡小天微微一怔，李雲聰能夠用上震動朝野這四個字，足見此事的重要性。

「什麼事情？」

「你發現的秘密已經不成為秘密，皇上已經公開宣佈了龍廷鎮的事情，而且還恢復了他的王位。永陽公主主動請辭王位，將現在的永陽王府和神策府全都交還給了龍廷鎮。」

胡小天聞言頭皮一緊，想不到龍宣恩的反應如此迅速。比起龍廷鎮重獲王位的事情，胡小天真正擔心的還是七七，七七雖然年齡不大，可是卻一直熱衷於權力，如果為了大康的皇位，選擇和洪北漠合作也很有可能。

李雲聰道：「咱家準備將下面的密道封住，這皇宮裡只會越來越不太平，你還是儘早離開為妙，省得引起不必要的麻煩，害己害人。」

胡小天道：「李公公您不必擔心，我會儘快離開，絕不會連累您老人家。」

李雲聰將獨目睜開一條縫兒，慢條斯理道：「咱家也不是害怕你連累。」

胡小天道：「李公公若是不怕，可否再幫我一個忙？」

李雲聰以為是讓自己將他送出宮去，淡淡然道：「明個兒一早，咱家會出宮採買，順道將你帶走。」

胡小天道：「我想請李公公幫我再帶進來一個人，將他送入密道之中。」

李雲聰幾乎以為自己聽錯，瞪大了那隻眼睛，愕然道：「那條地道已經洩露，你還想在裡面做文章？」

胡小天道：「李公公只需幫我這個小忙就是，其他的事情交由我來處理。」

李雲聰歎了口氣道：「也罷，咱家再幫你一次。」

胡小天道：「對了，李公公熟知大康史料，在您的印象中，嘉豐十七年，康都附近可曾發生過一次天火襲人的事情？」

李雲聰皺了皺眉頭，苦苦思索了一會兒方才道：「史書上倒是記載了這件事，不過只有一句話，情況不詳，地點不詳，你怎麼會問起這件事？」

胡小天笑道：「隨口一問，沒什麼要緊的事情。」

胡小天返回夕顏藏身的地方，卻發現這妮子已經杳無蹤影，那根手柄也被她順手牽羊，胡小天對此頗為無奈，早就知道夕顏做事反覆無常，可兩人明明達成了合作的共識，本以為這次能夠合作得久一些，沒想到她這麼快就上演了一處不辭而別的戲碼。

不過夕顏也給他留下了一張姬飛花的面具，這次的合作不能說是一無所獲吧。胡小天倒不擔心夕顏的安危，她古怪精靈，而且善於易容，再加上層出不窮變化多端的下毒手段，如果不是遇到不悟這種逆天變態級別的高手，自保應該沒有任何的問題，更何況，她能夠混入皇宮，自然有離開的途徑。

胡小天讓李雲聰幫忙帶入宮中的乃是梁英豪，這條貫通司苑局、瑤池、紫蘭宮、藏書閣的密道雖然已經被很多人知道，但是仍然有可以利用之處，在梁英豪這個打洞專家的手中未嘗不能變廢為寶，重新形成一條隱秘的地下通道。最重要的是，他們一直都在計畫挖掘一條從宮外通往皇宮內的密道，讓梁英豪深入其中，也是為了重新規劃。

胡小天將梁英豪託付給李雲聰之後，順便也將小德子的那張面具給了他，梁英豪為人機警，又擅長挖洞，加上李雲聰的照顧，應該不會遇到什麼危險。

胡小天混入皇宮的這幾天，展鵬他們已經在皇宮外分頭買下了幾座民宅，梁英豪率領渾水幫的手下，已經將這幾座民宅的地下打通，這還是當初去西川之時，從天狼山那幫馬賊身上學到的辦法，只不過梁英豪又在他們的基礎上加以改良，並沒有買下相鄰的民宅，而是間隔買下，根據他精準的計算，從房內挖掘，通過地下連通在一起。

準備挖掘進入皇宮內部的排水口也已經選好，只是護城河周圍放手嚴密，想要進入其中也不是那麼的容易，他們想了幾個方案最後都因為風險太大而否決，胡小天的回歸，讓梁英豪得到了一個實地考察的機會。

胡小天和展鵬來到房間內，展鵬將這幾日他們的進展簡單說了，目前已經和楊令奇聯絡上，只是按照胡小天的吩咐暫時沒有透露他來康都的事情。

胡小天也將自己在宮中的見聞說了一些，讓展鵬馬上安排人前往天龍寺，將不悟和尚藏身在皇宮的消息散播出去。又讓展鵬邀約楊令奇中午前往燕雲樓吃飯，是時候告訴這位老朋友自己回來的消息了。

正午時分，楊令奇和展鵬一起來到燕雲樓，這裡距離易元堂不遠，過去胡小天和展鵬就曾經在這裡打抱不平，救了方知堂父女，也和禮部尚書的公子史不吹結下一段恩怨，胡小天來到這裡，不由得想起往事，世事變幻莫測，如今燕雲樓仍然是老樣子，可是幾位當事人的命運卻發生了天翻地覆的變化，自己從一個蒙混度日的衙內已經變成了雄踞庸江下游的豪強，而展鵬也已經成為自己的忠實手下，至於當時的盲女方芳也和展鵬訂婚成為他的未婚妻，最慘的那個要數史學東，雖然在皇宮內也算小有所成，可終究難免淪為太監，對一個好色之徒來說，這已經是最大的報應。

胡小天坐在雅間內沉思之時，聽到房門被輕輕敲響，得到應允之後，展鵬和楊令奇兩人走了進來。

楊令奇雖然知道展鵬找自己來肯定有要事，但是見到眼前這張陌生的面孔一時間想不起自己在那裡見過。

胡小天笑道：「令奇兄，坐吧！」他並未掩飾自己的聲音，楊令奇聽到他的聲音更是滿臉錯愕，愣了好一會兒方才反應過來，目光仍然盯著胡小天的面孔，雖然從聲音中聽出是胡小天，可這模樣和身材相差太多，所以楊令奇不敢斷定。

胡小天呵呵笑道：「令奇兄連我都不認識了，你我在天波城相遇的時候，都不見你如此驚奇呢。」

楊令奇聽他這樣說，方才敢斷定眼前人就是胡小天，他慌忙深深一揖道：「令奇有眼無珠，讓公子失望了！」

胡小天笑道：「你若是一眼就認出了我，我才失望呢。」他招呼兩人坐下。

楊令奇又盯著胡小天的面孔看了看，心中暗自稱奇，胡小天真是厲害，在過去他也聽說過人可以易容，但是從未想到過人可以改變身材。

三人共飲了一杯之後，楊令奇道：「公子何時回來的？」

胡小天道：「剛到，只是目前還不想公然露面。」

楊令奇點了點頭，他能夠明白胡小天低調前來的用意，歎了口氣道：「公子其實不該回來的。」

胡小天緩緩放下酒杯道：「令奇兄此話怎講？」

楊令奇道：「難道公子沒有聽說三皇孫龍廷鎮的事情？」

胡小天微笑道：「此事已經傳得沸沸揚揚，只怕很快就會天下皆知，我又怎會不知。」

楊令奇道：「永陽公主已主動向皇上辭了王位，不但將王府交還給了龍廷鎮，還要將神策府一併交出去，三天後就會將她的東西搬離王府，前往皇宮居住。」

胡小天道：「她有沒有找你商量過？」

聽到胡小天這樣問，楊令奇不由得苦笑著搖了搖頭道：「公主殿下最近對我等疏離了不少，我也有一陣子沒有見過她了。」

胡小天點了點頭，如此說來，七七果然對自己產生了不小的戒心，對自己安插在她身邊的這些人戒備甚嚴，先是找了個藉口將霍勝男支走，對楊令奇這位智慧出眾的謀士也冷落起來，其實自己當初將這些人留在她身邊全都是善意，可現在看來自己的好心她未必領情，想起葆葆昨晚告訴自己有關洪北漠和七七聯手的秘密，他的心情變得越發沉重起來。

來康都之前，他曾經冷靜考慮過自己和七七之間的關係，他們之間最好的定位就是合作者，然後才是夫妻，然而當他回到康都之後，卻發現一切並不像他想像中那般順利，七七對他的戒備之心比他預想中更加嚴重，無論是夫妻還是合作者其基礎必須是相互信任，若是喪失了信任，那麼關係就不可能穩固。也許是時候找七七當面談談，必須要搞清她內心中真正的想法。

楊令奇道：「公子應該儘快找永陽公主談談。」

胡小天抬起頭看了楊令奇一眼，楊令奇和自己想到了一處去，計畫不如變化，原本還打算隱瞞身分在康都查探一下狀況，現在看來卻不得不提前露面了。

一直沒有說話的展鵬道：「就怕永陽公主會對主公不利。」

胡小天啞然失笑，似乎自己身邊的所有人都對七七抱有敵意，當然，這種敵意一方面是因為本身地位的不同，還有一個更重要的原因就是出自對自己的關心，在多數人看來自己前來康都完婚無異於是一場賭博，一場勝率極小的賭博。胡小天發現在自己的骨子裡有種賭徒的偏執，哪怕是只有一線勝利的希望，仍然敢於放手一搏。

楊令奇道：「依我看，大婚之前應該不會有太大的變數，朝廷對公子還是有所忌憚的，他們最可能就是想方設法將公子留在康都。」

胡小天道：「車到山前必有路，船到橋頭自然直，我的運氣一直都算不錯，過去朝廷難不住我，這次也是一樣。」

看到胡小天充滿信心的目光，楊令奇和展鵬同時想到，是啊，胡小天絕非尋常人物，不但武功超群而且智慧出眾，而且這次有他們這麼多人輔佐，朝廷想要困住他絕非那麼容易，楊令奇低聲道：「公子想要掌控大局，千萬不要忽視了朝臣的作用。」

胡小天微笑道：「怎講？」

楊令奇道：「大康目前雖然表面上是永陽公主在主政，可是真正統領百官負責朝政的人是丞相周睿淵和太師文承煥，周睿淵在內政方面的確高人一籌，大康能夠在風雨飄搖之際雖搖搖欲墜卻幾次化險為夷，不僅僅因為是自身的運氣，和周睿淵的刻苦經營也有著必然的關係，至於文承煥，也是外交方面的一把好手，雖然從大雍高價買糧犧牲了大康的一些利益，可畢竟是幫助大康緩解了糧荒，這兩個人也是大康朝中最有勢力的兩個。」

展鵬道：「大康朝中最有勢力的不是洪北漠嗎？」

楊令奇笑道：「洪北漠雖然深得皇上的信任，但是他對政事很少過問，大康朝政由永陽公主主持，具體負責的卻是這兩個人，這兩人都是久經風浪的老臣，懂得擺正自己的位置，自從皇上復辟之後，兩人在政治上表現得都是四平八穩，兢兢業業。」

胡小天點了點頭道：「不錯，是應該去拜訪他們一下了。」

胡小天想去拜訪的絕不是文承煥，當年他和文博遠一同護送安平公主前往雍都完婚，姬飛花定下計策，讓他在途中暗殺文博遠，雖然文博遠不是直接死在自己的手中，可是跟他也有著莫大的關係。從種種跡象來看，文承煥已經將這筆帳算在了自己的頭上，多次設計陷害自己。兩人之間冰釋前嫌，化敵為友已經沒有任何可能。

至於周睿淵，胡小天和他並沒有太深的過節，如果硬要說有，也是兒時父母做主定下的娃娃親，周睿淵嫌棄他是個傻子，所以主動撕毀了婚約，不知周睿淵看到自己今日的成就心中會做何感想？斟酌之後，胡小天決定先去周睿淵那裡看看，興許他對自己會有一些幫助。

正如展鵬所說，周睿淵在內政方面的能力超人一等，多年的政治生涯，幾番浮沉，讓他將時局看得很透，雖然最近大康朝內驚人的消息一個接著一個，可是周睿淵卻始終安之若素，除非皇上主動找上他，他絕不會去主動過問這些事，尤其是關乎到皇權歸宿的大事。

周睿淵這兩天感染風寒，身體不適，始終在家中休養，他吩咐下去，除非皇上和永陽公主召見，其他人一概謝絕，然而今天一早卻有人送上了拜帖，周睿淵只是看了一眼拜帖上的內容，就頓時色變，慌忙讓管家將人請了進來。

前來拜訪周睿淵的就是胡小天，他當然不會亮明自己的身分，仍然經過了一番喬裝打扮，如果大搖大擺地以本來面目前來，肯定會造成不必要的麻煩，不但自己麻煩，也會給周睿淵帶去不小的麻煩。可是喬裝打扮之後，貴為大康丞相的周睿淵又豈肯見一個陌生人，這難不住胡小天。

在姬飛花送給他的那本帳簿之中，有不少的秘密，其中就包括周睿淵的，胡小天只是在拜帖上寫下了一個褚青峰的名字，就順利進入了丞相府，被帶到了周睿淵的身邊。

周睿淵的病還沒有好，說話間透著濃重的鼻音：「你是……」

胡小天向兩旁看了看，周睿淵擺了擺手，示意下人全都退了出去。

胡小天恭敬向周睿淵作揖道：「小侄參見周世伯！」低頭的時候已經將面具摘了下來。

周睿淵看到他抬起頭來已經換了一副模樣，不禁有些錯愕，旋即又笑了起來：「我當是誰，原來是賢侄，快快請坐！」

胡小天在他身邊坐下，周睿淵的目光在拜帖上掃了一眼，輕聲道：「賢侄若是想見我，直接亮明身分就是，何必要喬裝打扮，還專門弄了張拜帖過來，豈不是有畫蛇添足之嫌？」

胡小天笑道：「周世伯勿怪，小侄今日才到康都，還未來得及安頓下來，首先就過來拜會您了，也是為了避免不必要的麻煩，小侄才做出這樣的安排。」

拋開這小子說的究竟是不是真話不論，他若是大搖大擺地以本來面目過來拜會，肯定會給自己帶來不小的麻煩，此子心思縝密，雖然年輕可是做事老道，也難怪他能夠在短短幾年就取得如此成就，周睿淵微笑道：「老夫要恭喜賢侄呢，再過一陣子賢侄就是大康駙馬，老夫已經備好了賀禮，準備在賢侄和公主大婚之日送上。」

胡小天道：「不瞞世伯，小侄今次前來可不是為了索要禮物的。」

周睿淵喔了一聲，表情顯得有些訝異，可心中卻如古井不波，從胡小天表明身分之後，他就已經隱約猜到胡小天今次前來的主要目的，大康皇帝下令為胡小天和永陽公主完婚，表面上看是對他的恩寵，可實際上卻是一場殘酷的政治鬥爭，周睿淵並不願意看到這種情況發生，大康這些年災荒不斷，朝中也是風雲變幻，可以說無論是朝廷還是百姓都已經元氣大傷，如今因為黑胡的南侵，大雍不得不暫緩侵略大康的計畫，還放開了對大康的糧禁，對大康來說本該是上下一心，休養生息的絕佳時機，如果真能做到，就算無法恢復昔日中原霸主之雄風，至少也可以重新站穩腳跟，鞏固根基，圖謀日後發展。

可是外部的危機剛剛緩解，皇上又迫不及待地想要掀起一場內部紛爭。

從朝廷的角度來看，控制胡小天，削弱他的權力當然是件好事，可是從目前大康的狀況，從大局觀來看龍宣恩的做法實屬不智。周睿淵越來越看不懂這位皇上，除了虛無縹緲的長生，老皇帝對其他的事情似乎完全失去了興趣，一個君主無心治理國家，何必要繼續霸佔在這個位子上。

周睿淵曾經考慮過老皇帝的逼婚行徑，或許會激起胡小天和大康之間的徹底決裂，畢竟如今的胡小天已經擁有了相當的實力，扼守庸江下游，掌控雲澤列島，如果他想自立也不是沒有可能。

老皇帝急於為胡小天和永陽公主完婚，其目的天下皆知，以胡小天的頭腦肯定能夠識破他的用心，望著眼前的胡小天，周睿淵暗暗佩服這小子的膽色，在這樣的不利形勢下居然敢來，他的膽子還真是不小。周睿淵也明白，胡小天絕非魯莽衝動之人，他來康都必然已經做好了準備。

周睿淵道：「賢侄果然做事周全，若是讓別人知道賢侄返回康都第一件事就是來見老夫，很難說不會有其他的想法。」

胡小天道：「小侄是想請世伯大人指點迷津。」

周睿淵呵呵笑了起來：「賢侄這句話讓老夫汗顏了，以你今日之見識，老夫又怎敢擔得起指點二字。」

胡小天道：「世伯應該可以看出小侄目前的處境非常尷尬，來康都之前，我也曾經糾結彷徨過。」

周睿淵道：「賢侄的事情我恐怕幫不上忙。」他當然知道胡小天來找自己絕不是拜訪那麼簡單，而是想要從自己這裡尋求幫助，可是周睿淵並不想摻和到這場權力爭鬥之中，並非是明哲保身而是無能為力，他現在能做的只是儘量維護著大康這輛千瘡百孔的破船緩緩行進，做好自己的分內事，至於其他的事情，他不想管，也不想問。

胡小天道：「世伯對當前的時局怎麼看？」

周睿淵淡然笑道：「國事自有皇上他們去操心，老夫手上的這些事已經讓我筋疲力盡了。」

胡小天忽然道：「再有兩日就是伯母的忌日了吧？」

周睿淵怎樣都不會想到胡小天的話題會突然轉到自己亡妻的身上，皺了皺眉頭，不悅之色自然而然流露出來，任何人都不喜外人提及自己的家事。

胡小天道：「我聽說，在我兒時的時候，是伯母和我娘親兩人為我和令愛訂下了婚約。」

周睿淵強忍著心中的不悅道：「陳年舊事何必再提。」

胡小天道：「我娘已經去世了，聽說伯母在九年前去世，世伯一個人將女兒撫養成人，應該非常辛苦吧。」

周睿淵道：「天下父母還不是一樣，等你將來有了兒女也會像我們這般疼她愛她。」說到這裡，他的眼前浮現出女兒的身影，心中一陣難過，父女之間的隔閡也許今生無法彌合了。

胡小天道：「我聽說伯母是自殺的。」

周睿淵再也抑制不住心中的憤怒，霍然站起身來，冷冷道：「老夫還有要事在身，胡大人，恕不遠送了。」小子竟然敢揭我傷疤，怪不得我翻臉下逐客令。

胡小天卻沒有離去的意思，不慌不忙道：「眉莊主人是世伯的知己吧，伯母自殺之後，伯父為何沒有娶她？」

周睿淵如同心口被人重重搗了一拳，臉色頃刻間變得蒼白如紙，嘴唇也失去了血色，微微顫抖起來，他怒視胡小天，卻在胡小天平淡如水的目光下漸漸軟化了下來，呼吸變得有些急促，過了好一會兒，方才重新坐了回去，低聲道：「你怎會知道這些事情？」

胡小天道：「姬飛花曾經送給我一本帳簿，帳簿上面記載著很多人的秘密，我偶然在上面看到了世伯的家事，本來並不想提起這些事，可是世伯意志消沉，全無鬥志，目睹小侄陷入困境都坐視不理，小侄一時無奈只能用此下策，世伯不必擔心，此事你知我知，我絕不會洩露給第三人知道。」

周睿淵冷哼一聲，顯然對這小子利用自己的隱私來要脅自己大為不滿。可是痛處被別人抓住，任他地位如何也不得不選擇低頭。

胡小天道：「世伯，拋開你我兩家的淵源不提，咱們就事論事。皇上急於為我和公主完婚，絕不是對我恩寵有加，他是擔心我的勢力坐大，急於將我哄到康都，設局將我困住，甚至會想方設法將我除去。」

周睿淵道：「你既然將事情看得那麼透徹，又何須回來？」

胡小天道：「我不想當一個背信棄義的人，而且，我認為以皇上目前的能力，動不了我！」他的聲音中充滿了強大的自信。

周睿淵歎了口氣道：「皇上的做法我也很不理解，別說你就是沒有謀反之心，就算你有了自立的心思，他現在出手對付你也是自毀長城。」

胡小天的存在無疑已經成為了大康的北方屏障，若是大雍南侵，勢必首先要面對和胡小天的決戰，所以他的存在對大康來說並不是壞事，龍宣恩急於將之剷除，必然引起大康時局動盪，甚至會影響到整個北方邊境的佈防，周睿淵在心底是反對朝廷在這種時候對胡小天下手的。

胡小天道：「皇上這個人已經老糊塗了，其人極度自私，除了長生不老，壽與天齊，他根本不在意其他的事情，大康的興衰，百姓的死活他才不會放在眼裡。」

周睿淵道：「老夫目前在朝中只是負責處理大康的內政，除了分內之事，其他的事情絕不過問。」

胡小天道：「世伯應該知道龍廷鎮的事情了？」

第二章

# 忠言逆耳利於行

周睿淵心中有些好奇，不知龍宣恩是故意這樣說還是真情流露，
伴君如伴虎，他在龍宣恩的身邊清楚知道他反覆無常的秉性，
別看他說得情真意切，誰又知道是不是故意在套自己的話，
如果自己順著他的話說，保不齊會觸痛他的逆鱗。

周睿淵道：「皇上已經公開宣佈此事，而且恢復了他的王位，天下皆知。」

胡小天道：「皇上的意思是要用他來取代永陽公主。」

周睿淵道：「君心難測，皇上到底什麼意思，老夫也不敢妄作揣測，只是從現在情況來看，應該意在削弱永陽公主的權力，永陽公主對此表現得也非常配合。」

胡小天搖了搖頭道：「世伯和永陽公主共事也有一段時間了，你對她的評價如何？」

周睿淵謹慎答道：「身為臣下不敢妄論。」

胡小天道：「如果她身為男子，論到頭腦之清醒，處事之果斷，倒是大康皇位最合適的繼承人。」

周睿淵對胡小天的這句話也深表認同，他也曾經一度以為皇上準備立七七為儲君，不過皇上對七七的信任和依賴也僅限於他復辟之初，而以後他和七七之間的隔閡也變得越來越深，推出龍廷鎮應該就是為了取代永陽公主做準備，而皇上為永陽公主和胡小天完婚是為了將他們一網打盡。周睿淵道：「其實胡大人應該去見的是公主殿下。」在周睿淵看來，胡小天和七七面臨著同樣危險的處境，他們應當同舟共濟，共度難關。

胡小天道：「我得到消息，洪北漠最近和永陽公主暗通款曲。」

周睿淵皺了皺眉頭，此事他並不清楚，根據他知道的情況應該是洪北漠找到並救出了龍廷鎮，既然龍廷鎮的事情是洪北漠一手促成，他和永陽公主應當反目為仇才對？為何會化敵為友呢？

胡小天道：「皇上之所以如此信任洪北漠，其根本原因就是相信洪北漠可以幫他找到長生之道，可人總有失去耐心的時候，洪北漠的長生不老藥遲遲沒有成功，所以皇上和他之間的矛盾開始漸漸趨於激化。」

周睿淵心中暗忖，胡小天緣何知道那麼多的內情，看來他在皇宮之中必有耳目，他低聲道：「雖然每個人都想長生不老，可是古往今來又有誰成功過？」

胡小天道：「大康國庫空虛，其中一個很重要的原因就是皇上將大部分收入投入到皇陵的建造上。」

周睿淵身為大康丞相，自然清楚這些年來在皇陵上投入了多少，而他當年之所以被皇上免去丞相之職，其中一個原因就是力諫皇上減少在皇陵上的投入，卻因此而得罪了皇上，導致被削職為民，返回西川夔州老家賦閑了整整三年，直到龍燁霖登基方才將他重新啟用。他也算得上是吃一塹長一智，從此以後，再也沒有在朝上提出皇陵的事情，甚至在私下裡也從不和人討論。

胡小天道：「一座皇陵竟然可以拖垮一個國家，世伯知不知道這皇陵中到底隱藏著怎樣的秘密？」

周睿淵搖了搖頭道：「皇陵乃是洪北漠設計並監工建造，除了他和皇上以外，其他人對內情都不清楚，不過外界傳言，皇陵和長生有關，到底是不是這樣，恐怕只有問當事人才知道了。」

「世伯信不信真有長生之術？」

周睿淵淡然笑道：「我信不信並不重要，關鍵是皇上相信。」如果不是深信不疑，老皇帝又豈肯將大康的財富源源不斷地投入這裡，皇陵在事實上已經成為一個無底洞，除非到了老皇帝壽終正寢的一天，它的建設不會輕易中止。

胡小天道：「皇上要的是長生，洪北漠要的是什麼？」

周睿淵也曾經無數次考慮過這個問題，但是始終沒有找到答案，對一個臣子來說，要麼為了權力，要麼為了名利，可是洪北漠似乎對兩者都不感興趣，他到底想要什麼？皇陵之中又到底藏著怎樣的秘密？周睿淵道：「此事似乎和你無關。」

胡小天微微笑道：「世伯說得不錯，表面上看，皇陵的事情和我的婚事無關，但是朝中暗潮湧動，若是江山易主皇位更迭，我和世伯都不能獨善其身吧？」

周睿淵道：「江山易主皇位更迭？難道有人想要顛覆朝廷？」他話中有話，深邃的雙目盯住胡小天，似乎在暗指這個人就是胡小天。

胡小天道：「皇上最近的身體每況愈下，一個人越是接近壽終正寢，求生的欲望就會變得越強烈，洪北漠承諾的長生遲遲無法兌現，皇上就快失去耐性，一旦他對洪北漠失去信心，他首先會做什麼？」

周睿淵道：「停下皇陵的建設！」

胡小天點了點頭道：「洪北漠在這時候找到了龍廷鎮，幫助他重新恢復王位又代表什麼？」

周睿淵倒吸了一口冷氣道：「難道他想要用龍廷鎮取代皇上的位子？」

胡小天道：「若是他能夠幫助龍廷鎮登臨皇位，龍廷鎮必然會對他感激涕零，堅定支持他繼續修建皇陵。」

周睿淵抿了抿嘴唇，胡小天的這番分析很有道理，他低聲道：「皇上未必看不穿他的用心。」

胡小天道：「皇上應該是覺察到了什麼，拒絕永陽公主提名龍廷鎮為儲君的事情，緣由或許就在於此。」他低聲道：「皇上到底是什麼意思，還望世伯去探聽明白。」

周睿淵歎了口氣道：「你以為皇上會對我說真話？」

胡小天道：「皇上說什麼不重要，關鍵是世伯怎樣說，要讓皇上明白他當前首要的敵人並不是我。」

周睿淵終於明白胡小天今天前來的主要目的了，望著胡小天充滿自信的雙目，他歎了口氣道：「看來賢侄是不想老夫拒絕了？」

胡小天笑道：「世伯可以選擇的！」

周睿淵反問道：「我還有選擇嗎？」

七七站在永陽王府的大門前，望著門楣上方的匾額，輕輕歎了口氣道：「摘了吧！」摘下這塊匾額就意味著物歸原主。

權德安向身邊的兩名武士使了個眼色，兩名武士將早已準備好的梯子架起，準備摘下門前匾額。

一陣清越的馬蹄聲由遠而近，七七被馬蹄聲所吸引，舉目望去，卻見兩名騎士一前一後向自己而來，為首一人身材挺拔，玉樹臨風，不是胡小天還有哪個？七七瞪圓了美眸，她本以為胡小天要在五月初才能抵達康都，卻想不到他提前回到了這裡，而且此次回歸毫無徵兆。

胡小天在距離七七還有兩丈處勒住馬韁，翻身下馬隨手將韁繩扔給了身後的展鵬，大踏步來到七七的面前。

七七尚未從他突然出現的震駭中清醒過來，驚聲道：「你……」胡小天卻抓住她的雙肩，當著眾人的面將她擁入懷中。七七只感覺到腦子轟的一下，頃刻間變成了一片空白，胡小天的舉動總是出乎他人的意料之外。雖然他們是未婚夫妻，可畢竟在眾目睽睽之下，胡小天竟公然擁抱公主，七七俏臉一熱，權德安和那幫人或是將頭低了下去，或是將臉轉到了別的地方，這樣的情景還是迴避為好。

其中一名準備去摘牌匾的武士因為急忙扭頭，幅度過大，身體失去了平衡，慘叫著從梯子上摔了下來，四仰八叉地落在地上，還好距離地面不高，沒受重傷。

七七紅著俏臉在胡小天耳邊嗔道：「放開，你也不看看是在什麼地方？」

胡小天哈哈大笑，七七雖然心機深沉，可畢竟只是一個情竇初開的少女，在情場方面比起自己差得絕不是一星半點，胡小天之所以如此表現，其中一個原因就是要擾亂她的心神。

胡小天放開了七七，向權德安咧嘴笑道：「權公公別來無恙？」

權德安尷尬地咳嗽了一聲，恭敬道：「托胡大人的福，老奴還算不錯。」

展鵬走過去將摔倒在地的那名武士扶了起來。

胡小天望了望那門上的匾額道：「怎麼？要摘牌子？這座王府不是皇上賜給你的禮物嗎？」

望著突然來到眼前的胡小天，七七芳心中複雜之極，可是她能夠確認這其中必然有久別重逢的欣喜，只是她不知應該如何表露。

依然是權德安回答道：「公主殿下的三皇兄回來了，她準備將這裡物歸原主。」

胡小天看了權德安一眼，表情顯得有些不悅，明顯在告訴權德安，我問的又不是你，哪輪得到你來廢話！

十年河東十年河西，權德安望著胡小天氣勢逼人的模樣，不由得想起當年在自己面前那個縮頭畏尾的小子。自己沒有看錯，此子絕非池中之物，短短的幾年時間已經從宮裡的一個小太監搖身一變成為一方霸主，只是人的運氣不可能永遠好下去，貿然返回康都恐怕是這廝一生中最大的錯招，一旦走錯，想要回頭就沒有機會了，權德安把腦袋耷拉了下去，悄悄退到一旁。

七七道：「不但是這裡，連神策府我也會一併交還給三皇兄了。」

胡小天卻搖了搖頭道：「此事回頭再說，那牌匾暫時不必揭下。」

七七心中一怔，沒想到胡小天對這件事反應如此激烈，她小聲道：「可是我已經答應陛下了。」

胡小天道：「此事你還未跟我商量過。」語氣中竟然帶了幾分怒氣。

七七心中暗忖，這廝翅膀硬了，居然敢對我發火，可轉念一想，他們已有婚約，而且成婚在即，若是順利完婚，胡小天就是自己的夫君，也許這件事應該跟他商量一下，反正也不是什麼大事，也不值得因此和他當眾發聲爭執。於是忍了下來，輕聲道：「你長途跋涉而來，先進去休息一下再說吧。」

胡小天和七七來到王府內，權德安親自奉上茶水，然後又識相地退了出去。花廳內只剩下胡小天和七七兩個，胡小天端起茶盞，慢條斯理地抿了口茶。

七七打量著胡小天，久別重逢，他們卻無戀人那種親密無間的感覺，除了剛才那個突如其來的擁抱，胡小天的一舉一動卻都讓她感到一種說不出的距離感，七七意識到應該不是胡小天的緣故，這種距離感來源於自己的內心深處，自己對即將要嫁的這個男人充滿了警惕和防範。

曾記得，在胡小天離開康都前往東梁郡之前，他的一舉一動都讓自己牽腸掛肚，甚至他的一個微笑都會讓自己心跳不已，可這次相見，似乎沒有了那時的感覺，不知是因為自己已經長大，還是因為自己對他已經失去了昔日的感覺？七七很快就意識到，他們之間的結合只是源於政治利益的需要，從訂婚開始，他們就因為政治而驅動，被一雙看不到的手推到了一起，甚至都沒有來得及嘗到戀人的滋味，就要面對成為夫妻的事實。

胡小天緩緩放下茶盞，雙目凝視七七道：「為什麼不說話？」

七七淡然笑道：「聽說你要回來，我就想像過你我見面的情景，也想過見面對你說什麼，可是沒想到你這麼快就回來，一見到你，我居然連要說什麼全都忘了。」

胡小天哈哈大笑起來，他的笑容並沒有感染到七七，七七的表情仍然風輕雲淡，表現出超出年齡的冷靜，這冷靜進一步拉遠了彼此間的距離，胡小天甚至都因為剛才的那個擁抱而有些尷尬了。

七七眨了眨美眸道：「難道你沒有收到我的信？」

「什麼信？」胡小天明知故問道。

「我讓黃飛鴻送一封信給你，是想你不必冒險回來。」

胡小天道：「大概是我們在途中錯過，怎麼？你不想我回來成親？」

七七歎了口氣道：「你那麼聰明，應該知道皇上召你回京的目的。」

胡小天道：「皇上雖然年事已高，可應該還不糊塗，利用這件事來對付我，對他又有什麼好處？」

七七道：「你發展得實在太快，難免讓人生出提防之心。」

胡小天微笑道：「我若是不來，就是背信棄義，對朝廷不忠，對你不義，你會喜歡一個不忠不義的逆賊嗎？」他的目光落在七七宛如春蔥般纖美的玉手之上，果斷伸出大手輕輕將之握住。

七七的手很涼，被胡小天掌控在手心並沒有任何的掙扎，而是順其自然，她輕聲道：「你想多了，我知道你的難處，當然不會怪你。」

「你擔心我？」

七七點了點頭。

胡小天笑道：「衝著你這句話，就值得我回來這一趟。」

七七道：「三皇兄的事情你應該聽說了，將王府和神策府交還給他，我也是無奈之舉。皇上恢復了三皇兄的王位，意在削弱我手上的權力，我看他最終的目的是要立三皇兄為儲君。」

胡小天道：「立他為儲君豈不是更好，等你我完婚之後，我就帶著你去東梁郡，省得再管這個爛攤子。」

七七聽到他要帶自己前往東梁郡，心中不由得一動，可馬上又搖了搖頭道：「皇上不會讓我離開康都的，甚至連你他都不會讓你離開。」

胡小天呵呵笑道：「是走是留，他無法決定！」

七七從他這句話中感受到強烈的自信，禁不住多看了胡小天一眼，試探著問道：「你有脫身的辦法？」

胡小天點了點頭道：「皇上若是對你不仁，就休怪我對他不義。」

七七受驚一般甩開了他的大手，驚聲道：「你千萬不可有這樣的想法。」

胡小天復又將她的柔荑握在手中，雙目之中流露出款款深情：「七七，我不會讓任何人傷害到你。」

七七聞言心中一顫，因他的這句話險些沒有落下淚來，可馬上她就從內心中提醒自己，一定要冷靜，胡小天之所以這樣說，目的就是為了要迷惑自己。她歎了口氣道：「你不該回來，走吧，現在走還來得及。」

胡小天搖了搖頭道：「已經來不及了，而且我還未跟你完婚，又怎麼捨得離去？」

七七聽他這麼說，不由得嬌羞滿面，小聲道：「誰說要跟你完婚了？」

胡小天笑道：「難道你還想悔婚？」

七七道：「周家可以悔婚，李家可以悔婚，難道我們皇家悔不得？」

胡小天驚愕地張大了嘴巴，他發現自己在婚姻大事上的確夠不幸的。此前兩次訂婚都以悲劇收場，不過七七說錯了一件事，不是李家悔婚，是他們胡家悔婚。

七七的眼波變得溫柔起來，小聲道：「我倒是想悔婚，可是皇上不答應，對了，要不要去你未來的府邸看看？」

胡小天連連點頭。

昔日的胡府如今的建設正在如火如荼地進行著，胡小天來到自己和七七的未來府邸內，幾乎找不到過去的模樣，不但將所有的房屋重新修葺一新，而且對府內的花木植被，園林水景進行了全新的設計。

如今工程已經進行了大半，胡小天望著眼前的駙馬府，心中暗歎，洪北漠的確是一個不可多得的人才。

未來新房就在胡小天過去居住的院子，這裡也是工程最大的地方，幾乎全部推倒重建，在原來的地方建起了一座三層小樓，整座小樓全都以名貴的木料製成，廊柱部分更是用上了上好的金絲楠木。

單從這座小樓來看，皇上在這座駙馬府上的投入不少。

胡小天頗為感歎道：「這樣大操大辦總是不好，現在大康百姓仍在饑寒交迫之中，為了咱們的婚事大興土木，此事若是傳出去，百姓又作何感想，文武百官又會怎樣看咱們？」

七七道：「我也不想他們如此興師動眾，可皇上非要堅持這麼做。」

胡小天看到四下無人，低聲道：「感覺不是恩寵，是坑咱們呢，臣民們都會覺得咱們窮奢極侈，表面上給了咱們一套華華麗麗的新房，可實際上卻把咱們的名聲給敗壞了。」

七七忍不住有些想笑，嘴上卻斥道：「你休得胡說，若是讓皇上知道肯定會大發雷霆。」

胡小天道：「天知地知你知我知，你不說誰會知道？」他看了看周圍進進出出的工匠，皺了皺眉頭道：「在這裡施工的全都是洪北漠的人，我們和他一向不睦，他該不會在其中動手腳吧？」

七七道：「他不敢吧！」

胡小天搖了搖頭道：「世事難料，人心叵測，不行，明兒我得讓人過來負責這邊的事情，提防他在這裡挖坑。」

七七暗笑他多心，洪北漠想要對付他何須在這裡動手腳。

兩人正在說話的時候，洪北漠剛巧過來視察工程的進度，聽聞胡小天回來了，洪北漠也有些意料之外，於情於理都得過來見個面。胡小天和洪北漠兩人都是一團和氣，彼此抱拳見禮。胡小天道：「洪先生，真是辛苦你了。」

洪北漠微笑道：「能為公主和胡大人盡一份力乃是洪某的榮幸，胡大人何時回來的？」

胡小天道：「今天一早入的城。」

洪北漠望向前方的小樓道：「胡大人對改建的情況可還滿意嗎？」

胡小天道：「滿意，滿意，我看到工程已經進行的七七八八了，正準備讓我過去的那些家人回來，將這邊好好整理整理呢。」

洪北漠點了點頭道：「應該的，洪大人喜歡什麼，想要什麼還是要過去的那些老人才清楚。尚書府過去的那些家什物件我都讓人封存在後院的庫房內，是留是棄還要胡大人親自決定。」

胡小天笑道：「洪先生真是費心了。」

洪北漠道：「提前恭賀胡大人和公主的喜事，大婚當日，洪某會送上一份大禮。」

胡小天道：「洪先生的這份大禮，一定會讓我感到驚喜了。」

洪北漠哈哈大笑道：「一定！」

龍宣恩卻是從周睿淵口中得知了胡小天已經抵達康都的消息，他有些詫異道：「這麼快？他居然提前一個月就回來了？」

周睿淵道：「看來胡大人對這次大婚非常的重視呢。」

龍宣恩唇角露出一絲不屑的笑容：「朕將七七嫁給他是他的榮幸，他豈敢怠慢？」心中卻暗忖，本以為胡小天會推三阻四，想不到他居然如此爽快地回來，這小子向來心思縝密，難道是有恃無恐？

周睿淵道：「臣聽說庸江水師正在雲澤集結練兵。」

龍宣恩冷笑道：「向朕示威嗎？朕一天坐在這位子上，說話還是算數的。」

周睿淵道：「臣斗膽相問，陛下究竟作何打算？」

龍宣恩瞇起雙目，陰惻惻望著周睿淵道：「愛卿這話是什麼意思？」

周睿淵道：「微臣聽說皇上準備立儲君了？」

「聽誰說的？」

「外面都這麼說。」

龍宣恩呵呵大笑了起來，笑聲許久方住，盯住周睿淵道：「周愛卿，你做事向來沉穩，怎麼也會相信外面那些荒唐的傳言？」

周睿淵道：「皇上難道從未考慮過冊立儲君的事情？」

龍宣恩因周睿淵的這個問題而沉默了下去，過了好一會兒方才歎了口氣道：「朕又怎能不考慮？周愛卿，不瞞你說，朕年事已高，精力一日不如一日了，大限之日已不久遠，若是有一日朕突然駕鶴西去，大康的社稷又有誰來主持？」

周睿淵慌忙跪倒在地道：「陛下千秋萬載，怎會有這樣的事情。」

龍宣恩搖了搖頭，表情變得有些感傷：「誰都會有這一天。」

周睿淵心中一動，難怪胡小天此前會說龍宣恩和洪北漠之間產生了裂隙，從龍宣恩的表現來看，他應該是對長生不老之術產生了動搖。

龍宣恩轉過臉去，目光呆滯地望著窗外，窗外春光明媚，可是他的內心中卻灰濛濛一片。

君臣之間陷入長時間的沉默之中，最後還是龍宣恩率先打破了沉默：「你認為朕應該封廷鎮為儲君嗎？」

周睿淵道：「臣不敢妄言。」

龍宣恩道：「朕記得過去你不是這個樣子，當年朕將你削職為民的時候是什麼緣故，你還記得嗎？」

周睿淵道：「臣冒犯天威，妄論朝政，每念及此，誠惶誠恐，皇上寬宏大量，不計前嫌，臣感激涕零。」

龍宣恩搖了搖頭道：「你啊！不知是朕變了還是你變了，自從朕重登帝位之後，你在朕的面前再也不敢說真話了。」

「臣慚愧！」

龍宣恩道：「朕記得，當年你聯合多名大臣在朝堂之上力諫，勸阻朕在皇陵之上不可投入太多。朕當時勃然大怒，將你的官職免去，還險些要了你的性命。」

「臣不該冒犯天威。」

龍宣恩道：「良藥苦口利於病，忠言逆耳利於行，朕如果從一開始就從善如流，或許大康不會弄到今日的田地。」

周睿淵心中頗有些好奇，不知龍宣恩是故意這樣說還是真情流露，伴君如伴虎，他在龍宣恩的身邊多年，當然清楚龍宣恩反覆無常的秉性，別看他說得情真意切，可誰又知道他不是故意在套自己的話，如果自己順著他的話說，保不齊會觸痛他的逆鱗，周睿淵道：「社稷的興衰不僅僅是陛下一個人的責任，近幾年來天災不斷，而且皇室內部紛爭不停，若非陛下出山，又豈能穩住當前的局面，恐怕社稷早已崩塌了，幸好陛下仍然是天命所歸，自從今年以來，大康周圍的危機開始逐一緩解，正是休養生息之時，只要假以時日，大康恢復元氣，應該可以走上復興之路。」

龍宣恩道：「看似緩解，其實卻是暗潮湧動，只是因為黑胡人南侵的緣故拖住了大雍，讓他們暫時無力侵佔我國的土地，可是大康的版圖不斷被蠶食卻是不爭的事實，李天衡割據西川已經成為事實，而胡小天現在卻又趁機扼守庸江，沿著庸江流域不斷擴張，其勢力已經擴展到雲澤，其野心不言自明，朕每念及此就寢食難安。」

周睿淵道：「胡小天已經回到康都，下個月就要和永陽公主完婚了。」

龍宣恩道：「他很聰明也很有膽色，在雲澤練兵就是給朕展示他的實力，他在威脅朕！」說到這裡龍宣恩重重在茶几上拍了一記，震得茶盞跳了起來。

周睿淵被這突然的動靜嚇了一跳。

龍宣恩道：「他以為朕當真不敢動他？」

周睿淵心中暗自冷笑，雖然龍宣恩對胡小天恨之入骨，可是想要動胡小天必須要三思而後行，胡小天麾下的庸江水師可不是吃素的，如果龍宣恩敢公然對胡小天下手，那麼等於他將大康推入一場內戰之中，剛剛緩過一口氣的大康必然會面臨崩塌的結局。周睿淵低聲道：「陛下，臣卻認為胡小天或許沒有謀反之意。」

龍宣恩皺了皺眉頭道：「你緣何如此斷定？」

周睿淵道：「他若有謀反之心，也不敢隻身歸來。」

龍宣恩道：「僅憑著回來完婚，似乎證明不了什麼。」

周睿淵道：「如果他願意成婚之後長留康都呢？」

龍宣恩雙目中閃過充滿懷疑的光芒，胡小天成婚之後長留康都？怎麼可能？這廝又不是傻子，焉能不知道將他留在康都無異於軟禁。

周睿淵道：「陛下該不會放虎歸山吧？」

龍宣恩道：「此人活在世上始終都是一個隱患。」

周睿淵道：「可是他若是出了什麼意外，庸江水師恐怕會失去控制，北方一旦陷入混亂之中，等於向大雍徹底敞開了門戶。」

龍宣恩道：「周愛卿不妨將心中的想法都說出來。」

周睿淵道：「臣以為對胡小天最好的辦法，應該用上穩和拖這兩個字。」

龍宣恩道：「朕將七七嫁給他就是要穩住他，可惜此子野心勃勃，區區一個駙馬只怕滿足不了他。」

周睿淵道：「越是如此，陛下才越要寵愛於他，陛下不妨重重封賞於他，並委以重任。」

「什麼？」龍宣恩大聲道。

周睿淵來此之前已經做好了準備，他恭敬道：「陛下請容臣慢稟，關於胡小天完婚之事，朝野早已傳得沸沸揚揚，多數人都認胡小天不敢回來，連臣也這麼認為。」

龍宣恩點了點頭，他對胡小天能否回來也不敢確定。

周睿淵道：「胡小天頗有野心，自從前往東梁郡之後不斷擴張勢力也是眾所周知的事實，陛下為他完婚，等於在天下人面前展示對他的恩寵，胡小天若是不來，等於公然撕毀婚約，背叛公主的同時也背叛了朝廷，以他現在的實力，的確有了這樣的底氣。他此次歸來，是要表明他並無背叛朝廷之心，臣以為陛下應該重重封賞，一來可將他穩住，二來可以讓朝野內的那些傳言平息下去。」從和龍宣恩的對話中周睿淵就能夠斷定，龍宣恩對胡小天動了殺心，可是卻又忌諱庸江水師，正所謂投鼠忌器，龍宣恩就算再糊塗也不敢拿大康的命運輕易一搏。所以周睿淵才提出懷柔之策，表面上是為了朝廷著想，實際上卻是在幫助胡小天，讓龍宣恩暫時放下殺他的念頭。

龍宣恩道：「這兩日，朕都在考慮儲君的事情，你以為廷鎮如何？」

周睿淵道：「臣還未曾有緣相見，不過臣聽說他是洪先生找到的？」

龍宣恩道：「不錯，朕一直都以為他已經遭遇了不測，卻沒有想到他仍然活在這世上。」

周睿淵道：「這麼久的時間都沒有任何消息，陛下知不知道這段時間內究竟發生了什麼？」

龍宣恩道：「據說他是被姬飛花抓住關了起來。」

周睿淵道：「姬飛花都已經死去多時，樹倒猢猻散，難道他的手下如此忠義，就算忠心耿耿，為何要繼續關押三皇孫？」

龍宣恩其實對龍廷鎮的事一直抱有懷疑，他認為洪北漠在這件事上並沒有跟自己說實話，或許龍廷鎮早就被他找到，只是在需要的時候方才將他的事，告訴自己，洪北漠想要讓自己立龍廷鎮為儲君，他應該是看出自己已經失去了耐心，又或者他根本無法製成長生不老藥，所以才興起了捧龍廷鎮上位，將自己取而代之的心思。

龍宣恩低聲道：「朕問你的問題，你還沒有回答呢。」

周睿淵抿了抿嘴唇道：「這種事情微臣不敢說，只是臣以為儲君之事必須要慎重，皇上不妨多觀察一段時日，方能看出一個人的品性。」

龍宣恩聽出周睿淵的言外之意，他是在說龍廷鎮的品性不良嗎？龍宣恩歎了口氣道：「只可惜七七是個女流之輩，若是論到本領和見識，廷鎮遠不及她。」

周睿淵內心怦怦直跳，龍宣恩該不會是動了將皇位傳給七七的心思吧？如果將皇位傳給了一位公主，那可真稱得上是開天闢地驚世駭俗了，還好龍宣恩沒有繼續追問他的意思。

周睿淵剛剛離開皇宮，永陽公主七七就協同未婚夫婿胡小天一起前來拜見皇上。可是他們並沒有想到老皇帝居然送了個閉門羹給他們，只說身體不適，讓他們改日再來。

和前兩日喬裝打扮進入皇宮不同，胡小天今天是光明正大地前來，自然不再有什麼忌諱，向七七笑道：「看來皇上不想見我。」

七七道：「他最近都是這個樣子，喜怒無常，不見便罷，你先回去吧。」

胡小天道：「你不跟我一起走？」

七七搖了搖頭道：「我去儲秀宮住，今天還有許多政事未嘗處理，恐怕無法陪你了。」

胡小天臉上流露出失望之色，輕聲歎了口氣道：「本以為你我久別重逢，今晚可以秉燭夜話呢。」

七七俏臉發熱道：「你我還未成親，你不怕，我害怕別人說閒話呢。」

胡小天本想逗她幾句，卻看到遠處有三個人走了過來，他目力極強，馬上就辨認出來的是龍廷鎮，對這廝，胡小天一直都沒有什麼好感。

龍廷鎮也看到了他們，腳步停頓了一下，然後大步向他們走了過來。

七七低聲提醒胡小天道：「你跟我皇兄說話要小心一些。」從胡小天反對將王府交還給龍廷鎮，七七就感覺他或許會生出事端，看到龍廷鎮來到近前，搶先招呼道：「三皇兄！」

龍廷鎮親切道：「皇妹！」目光落在胡小天的臉上，於情於理胡小天都應該首先招呼自己才對。

胡小天只是向他微微頷首示意，臉上的表情顯得倨傲冷漠，壓根沒有將這位過氣的三皇子放在眼裡。

龍廷鎮冷笑道：「這不是我未來的妹夫嗎？」

胡小天呵呵笑道：「我當是誰，原來是三殿下，你沒死啊！」

一句話把龍廷鎮氣得臉色鐵青，自從跟隨洪北漠藥物煉體之後，他的性情就開始變得越發暴躁起來，臉上的笑容倏然收斂，冷冷望著胡小天道：「你都沒死，本王怎麼捨得先行一步呢？」

七七雖然預料到兩人見面可能會有不快，卻沒想到一見面就是這種火花四射的針鋒相對，這個胡小天連起碼的禮儀都不顧及了，龍廷鎮不僅僅是當朝皇孫，還是自己的三哥，至少在人前還要講究尊卑有別，胡小天的表現實在太過狂妄了。

胡小天笑道：「果然是好人不長壽禍害活千年，有些人還真是命大！」

龍廷鎮聽他當面侮辱自己，再也抑制不住內心的憤怒，大吼道：「胡小天，你算什麼東西？竟敢對本王無禮！」他向前跨出一步，凜冽的殺氣向周圍輻射而去。

胡小天也感到呼吸為之一窒，心中不由得有些奇怪，在他的印象中龍廷鎮的武功實在稀鬆平常，可是從龍廷鎮彌散出的殺氣來看，他應該已經躋身一流高手的境界。

七七生怕兩人繼續衝突下去，慌忙擋在胡小天身前，驚呼道：「三皇兄，你別跟他一般見識，他喝多了。」

龍廷鎮強忍心頭憤怒，咬牙切齒道：「看在七七的份上，本王不跟你一般見識。」他猛一拂袖，大步走過。

胡小天笑瞇瞇望著龍廷鎮的背影，滿臉都是無所謂的表情。

七七歎了口氣道：「你為何要招惹三皇兄？」看到胡小大嬉皮笑臉的樣子，馬上又明白了他的心意，怒道：「你存心故意對不對？想要挑起我兄妹之間的不快。」

胡小天呵呵笑道：「不錯，我就是看他不順眼，當日皇上蒙難，被囚禁在縹緲峰靈霄宮，可曾見他出一份力？他還不是心安理得地當他的皇子，為了爭奪太子之位忙得不亦樂乎，大康陷入困境之時，他又有過什麼作為？你辛苦經營方才換來如今的局面，他憑什麼可以不勞而獲？」

七七慌忙伸出手去將胡小天的嘴巴捂住，啐道：「你胡說什麼？也不看看這裡是什麼地方，什麼話都敢亂說！」

胡小天要的就是打亂七七的陣腳，小妮子野心勃勃，若是龍廷鎮當了儲君，恐怕她才是最不甘心的一個，只不過她在人前掩飾罷了，胡小天必須逼她暴露真實的想法，從而找到兩人的共同目標，和這位未婚妻再度實現合作。

此時看到老太監王千從宮裡出來，他遠遠笑道：「公主殿下和胡大人果然未走，皇上剛剛感覺好了一些，所以讓老奴出來看看，若是兩位沒走，就請你們進去見他。」

七七和胡小天對望了一眼，兩人都明白老皇帝突然改變了念頭，應該是聽說了剛才的事情，畢竟胡小天和龍廷鎮發生衝突就在宮外，人多眼雜，肯定有人將剛才的事情稟報給皇上了。

七七向王千笑了笑道：「王公公請前面引路。」

王千顫巍巍走在前方，胡小天舉步跟了上去，卻被七七一把抓住手臂，低聲提醒他道：「見到陛下，你不得亂說話。」

胡小天微微一笑道：「你只管放心，什麼話該說，什麼話不該說，我心中明白得很。」

七七現在可放心不下，鬧事的從來不怕事大，她算是看出一些端倪了，胡小天這次回來就是為了鬧事，她真正擔心是胡小天壞了她的大計。她和洪北漠聯手的事情胡小天並不清楚，她也不可能將這件事告訴他，可胡小天剛才的表現分明是善者不來。

胡小天知道早晚都要跟老皇帝見上一面，對龍宣恩目前的處境他已經有所瞭解，一心求長生的老皇帝如今也遇到了麻煩，他和洪北漠這對一直合作親密無間的夥伴開始出現了裂隙，如果能夠很好地利用這一點，或許自己就可以扭轉乾坤。

龍宣恩從周睿淵那裡並沒有得到想要的答案，周睿淵表現得太過謹慎，龍宣恩發現自己身邊的近臣已經越來越少了，龍廷鎮的出現絕非偶然，也許正如周睿淵分析的那樣，龍廷鎮失蹤的這段時間內究竟發生了什麼？洪北漠是不是早就發現了他，只是時機未到，沒有將他的事情公開。而現在讓龍廷鎮走向台前，洪北漠又是出於怎樣的目的？難道他想讓龍廷鎮取代自己的位置？龍宣恩對洪北漠產生了越來越重的防範心。記得過去，洪北漠對朝政一直都是不感興趣的，最近卻一反常態主動關心起儲君的事情，這種變化絕不尋常。

胡小天和七七兩人並肩來到龍宣恩的面前，胡小天三步並作兩步，在龍宣恩面前跪下道：「臣胡小天叩見吾皇萬歲萬萬歲！」心中卻將這個老不死的傢伙罵了個狗血噴頭。

龍宣恩望著面前的胡小天，表情出人意料的和藹，輕聲道：「起來吧，讓朕看看！」

胡小天站起身來又退到七七身邊站了。

龍宣恩望著眼前的這對璧人，心中暗歎，單從外表來說，胡小天和七七倒是般配，稱得上郎才女貌。微笑道：「胡小天，想不到你回來得那麼早。」

胡小天呵呵笑道：「陛下召喚臣豈敢怠慢，而且離開康都這麼久，的確有些思鄉心切，歸心似箭了。」

龍宣恩居然打趣道：「你不是思鄉，是思念七七吧！」

一句話將七七說得俏臉通紅，嬌嗔道：「陛下！您怎麼也開始取笑人家了。」

胡小天毫不掩飾地點了點頭道：「不瞞陛下，臣聽說陛下要幫我和公主成親的消息，心中喜不自勝，恨不能肋下生出雙翅，馬上就飛回來呢。」這廝雖然說得誇張，可事實上的確是飛回來的。

七七聽他這樣說雖然有些質疑，可仍然感覺心中喜悅，暗忖道，看來他心中仍然是牽掛我的。

龍宣恩道：「看到你們如此恩愛，朕也就放心了。你好不容易才回來一趟，這次朕給你放個長假，許你留在康都好好陪七七一陣子。」龍宣恩的意思再明白不過，小子，你既然來了，就老老實實給我待著吧。

七七心中一沉，胡小天未必會答應。

胡小天卻仍然一副喜出望外的樣子：「多謝陛下，臣也是這個意思，其實東梁郡那邊的情況已經基本穩定下來，臣這次之所以回來也是因為可以暫時放手，這次提前歸來，就是要好好準備我和公主殿下的婚事，正想向陛下懇請多留在康都一些日子，想不到陛下居然如此體恤小天，真是讓微臣感激涕零了。」

龍宣恩心中暗罵這廝虛偽，明明心中不情願，表面上還裝得如此開心，這小子果然是個奸詐之徒。

七七也知道胡小天的這番話必然不是真心所想，而是為了敷衍老皇帝，可無論怎樣，先將眼前的這一關過去再說，他若是當場拒絕，只怕皇上就會降罪於他了。

龍宣恩道：「小天、七七，你們兩個對婚禮有什麼想法只管說出來，朕最疼的就是七七，一定會幫你們風風光光地辦好這次大婚。」

七七道：「多謝陛下厚意，可是七七不想太過鋪張，畢竟大康還未渡過危機，國家正值用錢之時，沒必要在我們的婚禮上耗費太多的錢財。」

龍宣恩故意板起面孔道：「朕嫁孫女豈可隨隨便便，你是想讓天下人笑朕薄情嗎？」

胡小天道：「皇上說得對，雖然小天也不贊同大操大辦，可若是太簡單只怕委屈了公主。」

七七瞪了他一眼，這廝的動機肯定不會那麼單純。

龍宣恩笑道：「看來你跟朕想到了一處去了，小天，你有什麼要求？」

胡小天道：「臣本不該提什麼要求的，可是如果不說又怕委屈了公主。」

七七皺了皺眉頭不知他要說什麼事情，龍宣恩也非常好奇，這廝到底要提什麼要求？

胡小天道：「剛才我和公主去了陛下特地為我們修建的駙馬府，陛下皇恩浩蕩，臣感激涕零，只不過這駙馬府並不適合公主婚後入住。」

七七愣了一下，剛才在駙馬府的時候怎麼都沒聽他說過？

龍宣恩有些迷惑道：「怎麼？你是覺得駙馬府改建得不合你的心意？朕特地讓洪先生主持此事，不妨事，反正距離你們大婚還有一個月，現在改動也來得及。」

七七道：「我沒覺得有什麼不好。」

胡小天向龍宣恩深深一揖道：「駙馬府乃是由尚書府改建而成，皇上應該記得，我娘就是病死在這裡，雖然事情已經過去，可畢竟未滿三年，若是將這裡作為我和公主婚後居住之地，恐怕會有不吉之事發生。」

「呃……這……」龍宣恩倒是沒有想到這一層，在他看來修建駙馬府本來就是一件小事，選擇胡家的舊宅也是理所當然，卻想不到胡小天居然會反對，而且聽起來理由也是相當充分。

七七本想說什麼，可話到唇邊又咽了回去，索性讓胡小天把話全都說完，看看這廝究竟打的什麼算盤。

# 第三章

# 究竟是駙馬還是王妃？

七七道：「我若是不辭王位，和天哥成親後，他究竟是駙馬還是王妃？」
胡小天笑瞇瞇望著七七道：「只要你開心，叫我什麼都無所謂！」
人不要臉則無敵，七七和龍宣恩的心頭同時湧出了這句話。

龍宣恩道：「那朕再為你們挑選一處地方。」

胡小天道：「多謝陛下美意，其實也用不著那麼麻煩，我和公主殿下商量過了，新居就定在永陽王府。」

七七感覺腦子嗡的一下，胡小天啊胡小天，你何時跟我商量過？難怪這廝今天在王府門外阻止武士摘下匾額，原來是存著這個心思，可自己明明已經答應過要將王府物歸原主，這豈不是要讓自己出爾反爾不成？

龍宣恩向七七看了一眼，他也覺得這件事不太對勁，胡小天今天打出的每一張牌都出乎他的意料之外，這小子到底在打什麼主意？他和七七到底是商量好了這樣做，還是所有一切都是他胡小天自己的主意？

七七道：「天哥，我可沒有答應，此前我已經同意將永陽王府歸還給三皇兄，再說了，那裡本來就是他的府邸，現在他回來了，我理當歸還。」

龍宣恩趁機道：「是啊，七七的確說過，朕也答應了。」意思是你小子別跟我在這件事上折騰，都是已經定下來的事情。

胡小天道：「臣只知道普天之下莫非王土，率土之濱莫非王臣。只知道永陽王府是陛下曾經賜給公主的府邸，卻不知道那裡原來一直都屬於三皇子。」

七七本想插口，卻被胡小天狠狠瞪了一眼，七七居然被他惡狠狠的目光給震住了，確切地說是被他搞懵了，這小子居然敢瞪我，而且是當著皇上的面。胡小天起身拱手道：「臣雖然剛剛返回康都，可是已經聽說公主殿下王位被免之事，不知公主她做錯了什麼事情，皇上要如此待她？」

原來瞪七七才是開始，現在開始將火燒到老皇帝頭上，大膽質問起他來，七七暗罵胡小天狡詐，居然打著為自己出頭的旗號鬧事了。她輕聲道：「天哥……」

胡小天又瞪了她一眼，只差沒當場讓她閉嘴了。

又瞪我？七七只差沒被胡小天氣得當場暈過去了，誰給了他這麼大的膽子？

龍宣恩老謀深算，只是稍稍錯愕了一下，然後呵呵笑了起來：「小天，你一定是誤會了，朕可沒有免去七七的王位，是七七自己主動請辭，還說婚後要將手上的事情放下來，安心做你的妻子呢。」

七七聽他這樣說也是頗為心冷，我何時那麼說過？只怕是你想我將朝政全都放下吧。

胡小天道：「殿下生性善良，隱忍謙讓，看到三皇兄回來，主動向皇上請辭，其實是有不得已的苦衷，主要是殿下不想和同胞兄長發生爭執，避免遭人妒忌。」

七七怒道：「胡小天，你大膽！」她感到有必要阻止這廝繼續說下去了。

龍宣恩卻表現出前所未有的耐性，輕聲道：「七七，你讓他說出來就是。」

胡小天道：「微臣自問對七七還算了解，自從陛下重登大寶之後，七七為了大康兢兢業業，嘔心瀝血，她的辛苦我都看在眼裡，為了給皇上分憂，她一個弱女子不辭辛苦日理萬機，有多少次挑燈夜讀處理朝政，這一年多來，她渡過了多少個不眠之夜。」說到這裡他的眼圈竟微微有些發紅，似乎情之所至。

七七看到他這般模樣，明明知道這廝十有八九是在裝腔作勢，可心中也有些欣慰，自己的辛苦畢竟有人看得到。

龍宣恩歎了口氣道：「你說的這些，朕也看得到。」

胡小天道：「不瞞陛下，當初派臣前往東梁郡的時候，臣從心底是抗拒的，臣如果能夠留在京城，至少還可以幫助公主分憂，就算臣無能，不能幫到什麼，可至少能夠聽她說一說心思，可是公主殿下出於大局考慮，讓臣放下兒女私情，為大康固守北疆，臣不得不離開康都，自從臣離開之後，公主殿下承受了多大的壓力，蒙受了多少的委屈，而她的心事又能向誰去訴說？臣每念及此，心中就歉疚不已，這一年多來，臣最對不起的就是七七。」

七七聽到這裡，眼圈都紅了，雖然明知道胡小天多半都是假話，可心中仍然被感動了，悄悄轉過身去，害怕自己現在的樣子被他看到。

龍宣恩抿了抿嘴唇，似乎也被胡小天的話感動到了：「七七，朕讓你受委屈了。」

胡小天道：「臣無時無刻不在想著回來，可是沒有陛下的命令，臣不敢私自做主，所以當聽到陛下要為我和公主完婚的消息，臣喜出望外，第一時間就踏上歸程，臣回來的時候，有人勸我，說皇上讓我回來是聽信讒言，要降罪於我，有人說臣只要返回康都，就再也沒有離開的機會，可是臣仍然義無反顧的回來，臣不可背信棄義，臣更不可讓公主殿下如此辛苦支撐，終日淚眼相盼，望穿秋水。」

這廝煽情的功夫的確一流，七七背過身去，香肩微微顫抖起來。

龍宣恩道：「簡直是一派胡言，朕為何要降罪於你？」

胡小天道：「陛下乃英明之君，臣雖無才無德，但是問心無愧，臣回到這裡，一是為了迎娶公主殿下，二是為了幫陛下分憂，為大康解難。可是臣回到這裡，就聽說陛下將公主殿下的王位免去……」

龍宣恩打斷他的話道：「是七七自己請辭！」

胡小天道：「以臣對七七的瞭解，她請辭也是不想陛下難做，臣斗膽說上一句，陛下居然沒有半句挽留，您可知道，七七心中有多麼失落，多麼難過？」

七七猛然把頭扭了過來，美眸中淚光晶瑩，可目光卻是錯愕至極，這混蛋胡小天，你這張嘴簡直可以顛倒黑白，我何時失落難過？胡小天根本沒有留意到她的表情，歎了口氣道：「公主殿下雖然只是一介女流，可是這段時間以來，是誰為陛下分憂？陛下應該看得清楚。」

龍宣恩居然被說得啞口無言，過了一會兒方才長歎了一口氣道：「是朕疏忽了，朕並未考慮你的感受。」他的目光投向七七。

七七慌忙搖了搖頭道：「陛下，您別聽他胡說八道，七七沒有覺得委屈。」

龍宣恩道：「七七，你不必解釋，朕明白你的感受。」

胡小天心中暗自得意，這通慷慨激昂的陳詞看來已經起到了效果，小妮子你不是野心勃勃嗎？我不妨推你一把，看看咱們兩人誰才是一家之主。

龍宣恩道：「胡小天，朕過去對你還有些不放心，擔心你委屈了七七，可通過剛才的這番話，朕終於放下心來了。」

胡小天道：「臣怎會委屈了七七，誰敢委屈七七，臣就算拚了這條性命也要幫她討還公道。」

龍宣恩心中咯噔一下，心中暗忖，小子，這話是說給朕聽嗎？唇角露出一絲笑意：「你是在恐嚇朕嗎？」

胡小天慌忙作揖道：「臣豈敢冒犯天威，陛下對七七如此疼愛，又怎會委屈她，這世上對七七最好的人就是陛下了，臣竭盡全力也只能排到第二位罷了。」

龍宣恩暗歎，這小子舌燦蓮花，死人都能被他說活了，他淡然道：「恕你無罪！」

「謝陛下！」

龍宣恩道：「七七，你心中是不是覺得委屈？」

七七搖了搖頭，還未來得及說話，胡小天已經搶先道：「陛下這樣問，讓她如何作答。」

龍宣恩道：「那你說！」

胡小天道：「陛下，臣心中的確有一些話不吐不快，我們兩人剛剛前來拜見陛下之時，正逢皇上休息，所以在外面耽擱了一會兒功夫，正遇到了三皇兄，臣出於禮貌，向他問候，可是他卻表現得倨傲無禮，臣不知他為何如此傲慢？這些年來他可曾為大康出過一分力？為陛下分過一絲憂？同為皇室骨血，難道還有尊卑之別？公主殿下的隱忍難道在他人眼中就是懦弱？」

七七聽到這廝顛倒黑白混亂視聽，心中又是好氣又是好笑，這廝說謊話連眼睛都不眨，剛才分明是他主動招惹龍廷鎮的，現在反倒全都成了龍廷鎮的不是。

龍宣恩道：「你和廷鎮之間過去有沒有私怨？」

胡小天搖了搖頭道：「沒有。」

龍宣恩道：「本是同根生，相煎何太急！你們先去吧，這件事朕會好好問個清楚，如若屬實，朕絕不會輕饒了他。」

胡小天道：「其實殿下不讓我說，是臣非要說，臣不該在陛下面前說這些話，以臣的身分地位原不該指責三皇兄。」

龍宣恩面色一沉道：「胡小天你是不是責怪朕免了七七的王位？」

胡小天道：「臣不敢，按照大康祖宗傳下來的規矩，女子豈能為王？此前陛下封公主為王乃是形勢所迫，不得已而為之，現在大康的狀況有所好轉，又找到了三皇兄，自然不需要公主殿下了，免去她的王位也是理所當然，也省得外人說閒話。」

七七聽他說得如此大膽，內心中也不禁暗暗吃驚，胡小天當真猖狂，在皇上面前竟敢說出這樣冷嘲熱諷的話來。

龍宣恩怒道：「大膽！」

七七慌忙跪了下去：「陛下息怒，他這個人向來胡說八道，陛下千萬不要跟他一般見識。」

龍宣恩怒視胡小天道：「規矩是人定的，在大康朕說話還是算數的，朕既然敢打破陳規立七七為王，就不會怕外人說閒話，七七！你繼續做你的永陽王，朕不許你辭了王位。」

七七幽然歎了口氣道：「可是我若是不辭王位，和天哥成親之後，他究竟是駙馬還是王妃？」

胡小天嘴巴張得老大，然後笑瞇瞇望著七七道：「只要你開心，叫我什麼都無所謂！」

人不要臉則無敵，七七和龍宣恩的心頭同時湧出了這句話。

龍宣恩道：「小天說得也不是全無道理，既然是喜事還是圖個吉利，永陽王府原本是朕賜給你的，沒理由又讓你讓出來。」

七七道：「可是……」

胡小天這邊已經撲通跪了下去，高呼道：「謝主隆恩！」

七七恨不能一腳踹在這廝的屁股上，根本是在自己和龍廷鎮之間刻意製造矛盾，其心可誅。

龍宣恩道：「廷鎮那邊朕自會向他解釋，相信他不會有什麼怨言。」

胡小天千恩萬謝和七七一起離開，來到門外，七七真是氣不打一處來，本想將他臭罵一頓，可想來想去還是給了他一個冷暴力，大步向前方走去，迅速拉開兩人之間的距離，以此發洩心中的不滿。

胡小天知道她動怒，也不上前，笑瞇瞇望著七七遠去，居然沒有跟過去。這種時候他才懶得去觸楣頭，女人就是這樣，你越是慣著她，她就越得瑟。

七七走出一段距離意識到這廝沒有跟過來，轉過身去發現胡小天已經失去了蹤影，她心中不由得有些好奇，叫過一名宮人問道：「胡小天呢？」

那宮人指了指東邊的方向：「尚膳監的方向去了。」

七七皺了皺眉頭，現在尚膳監的少監是史學東，他和胡小天是結拜兄弟，想必胡小天一定是去拜訪他了，這混蛋東西，挑起了那麼多的事端，把自己鬧得一肚子氣，現在沒事人一樣離開了，簡直不是東西，七七一肚子火氣沒處發洩，看到那宮人一雙眼睛賊溜溜望著自己，不禁勃然大怒道：「混帳，你看什麼看？」

那宮人嚇得撲通一聲跪了下去，顫聲道：「奴才知罪……」

七七懶得理他，快步向儲秀宮走去。

胡小天果然去了尚膳監，已經到了午飯的時候，剛好去尚膳監弄點好吃的，順便拜會一下他的好兄弟史學東。來到尚膳監門前，正遇到老皇帝的貼身太監尹箏，尹箏負責皇上起居飲食，每頓飯前都會過來例行核查，看到胡小天公然露面，慌忙上前恭敬行禮道：「奴才參見駙馬爺！」

胡小天嘿嘿笑道：「尹公公客氣了，我和公主還未成親呢，你我交情匪淺，沒有其他人的時候以兄弟相稱就是。」

以他今時今日的地位，就算借尹箏一個膽子他也不敢以兄弟相稱，陪著笑臉道：「成不成親還不是一樣。」

胡小天嗯了一聲，心想你這太監懂個屁，成親和不成親當然很不一樣，他笑眯眯道：「我剛剛和公主去拜會了皇上，正奇怪沒看到你，想不到你來這裡了。」

尹箏道：「每天都要過來例行核查的，皇上的飲食馬虎不得。」

胡小天道：「忙完後一起吃個飯。」

尹箏笑道：「小的哪有那個福氣。」他看了看周圍低聲道：「昨個，周丞相來了，跟皇上談了好久。」

胡小天點了點頭，周睿淵去見老皇帝還是自己的意思，尹箏並不知道他此前找周睿淵做了工作，不過由此可見尹箏對自己還是比較忠誠的。

尹箏壓低聲音道：「我依稀聽到好像是談論儲君的事情。」

遠處傳來史學東的大笑聲：「胡大人來了嗎？」

尹箏慌忙停下說話，悄悄走到一邊，他為人謹慎，並不想外人知道他和胡小天私下的關係。

胡小天也笑著迎了上去，抱拳道：「大哥，兄弟來宮中拜見皇上，剛巧到了飯時，所以就厚著臉皮過來討口飯吃了。」

史學東哈哈大笑，親切摟住胡小天的肩頭，低聲道：「山珍海味任你選，老傢伙都沒有你的口福。」老傢伙當然指的就是皇上。

史學東也是個人精，自從接管尚膳監之後，將這裡和司苑局都打理得井井有條，對待手下頗有手段，一幫小太監被他收拾得服服貼貼，連御膳房的御廚對他也是畢恭畢敬。

史學東吩咐一名親信太監，沒多久就往他的房間內送去了一桌好菜，負責尚膳監最大的好處就是滿足了嘴巴，皇上想吃的東西也得先過他的這張嘴，但凡好吃的東西史學東都得先嘗。現在已經吃的是腦滿腸肥，明顯比過去胖了一圈。

酒也是從司苑局酒窖中搜刮的上好玉瑤春，自從胡小天離開皇宮，史學東大權在握，司苑局的酒窖也盡在他的掌握之中，擁有了這樣的權力不用才是傻子。

幾杯酒下肚，兩人難免回憶起剛入宮的情形，史學東感慨道：「人生恍如一夢，當初咱們入宮的時候，誰都沒有想到會有今天。」

胡小天笑道：「兄弟齊心，其利斷金，只要你我心往一處想，勁往一處使，咱們的好日子還在後頭呢。」

史學東搖了搖頭道：「你不聽我話，當初我在東梁郡就勸你不要回來，君心難測，現在憑空冒出了一個龍廷鎮，皇上連永陽公主的王位都免去了。」他在宮中當然消息靈通，認為永陽公主被免去王位和胡小天息息相關，十有八九是皇上想要對他們兩人下手。

胡小天道：「來都來了還說這些事情作甚？東哥！我剛剛見過皇上，找皇上把永陽王府給要了回來。」

史學東聞言一怔，直愣愣望著胡小天道：「這也行？」

胡小天點了點頭道：「老東西極度自私，除了他自己以外誰都不會在乎，而且他生性多疑，一旦意識到誰可能會對他不利，就會對誰下手。」

史學東喝了點酒，膽色自然也壯了許多：「依我看你還是不該回來，以你今時今日的實力，又何必在乎什麼駙馬的稱號？天涯何處無芳草，你想找什麼樣的女人找不到？何必在永陽公主一棵歪脖子樹上吊死？」

胡小天聽他將七七形容成了歪脖子樹，禁不住笑了起來：「此話怎講？」

史學東又跟他碰了一杯酒道：「大康日薄西山，雖然僥倖苟延殘喘，可仍然免不了敗亡的結局，永陽公主只是一個落寞國度中不得志的公主罷了，你當了駙馬也沒什麼實際的好處。」

胡小天道：「你真這樣想？」

史學東點了點頭，然後又笑道：「我爹說的。」他壓低聲音道：「這種話也就是你我兄弟間說說，換成旁人我可不敢說。」

胡小天道：「那是當然。」

史學東說到了興頭上，禁不住又對七七品頭論足道：「其實這位永陽公主雖然長得不錯，可惜身材太高，樣貌透著一股讓人高不可攀的冷傲，一點女人味都沒有，兄弟啊，當哥哥的說句不該說的話，娶了她，估計你以後的麻煩少不了。」

胡小天哈哈大笑起來。

史學東道：「你別笑，我雖然是個太監，可看女人很準，永陽公主絕對容不得你在外面風流，趁著還沒大婚，及時行樂吧，我給你介紹一個去處，康都新開了一家玲瓏坊，裡面不乏異域絕色，抽空去見識見識唄。」

胡小天笑瞇瞇望著史學東道：「你現在對女人還感興趣？」

史學東歎了口氣又搖了搖頭，習慣性地撚起蘭花指道：「可能是年輕時吃慣了大魚大肉，現在變得清心寡欲，看到女人就感到反胃噁心，越是漂亮的女人，越是讓人家噁心。」

外面卻忽然傳來輕輕的敲門聲，史學東有些鬱悶地皺了皺眉頭，誰居然敢在這個時候打擾他們兄弟聊天，史學東尖著嗓子怒罵道：「不開眼的東西，偏偏在這個時候打擾。」

房門被人從外面推開了，竟然是永陽公主七七站在門外。

史學東嚇得臉上頓時失了血色，撲通一聲就跪下了，他剛才明明讓人守住院門，外人不得入內的，就算有重要人物要來，也得先行通報，卻想不到永陽公主直接就進來了，史學東剛才的那聲罵可夠囂張夠清楚，就算身在門外也一定聽得清楚。他顫聲道：「小的不知公主殿下大駕光臨，冒犯之處還望多多恕罪……」

七七冷冷望著史學東，目光就能將這廝殺死。

史學東差點把尿都嚇出來了，卻聽胡小天懶洋洋道：「大哥，你起來唄，這裡有沒有外人！」

七七怒道：「給我跪著！」

史學東看了看胡小天又看了看七七，然後果斷揚起手來，狠狠抽了自己一個嘴巴子。

胡小天頗為不滿地望著七七道：「起來！」

史學東哭喪著臉，公主不發話他怎敢起身。

七七來到胡小天對面坐下，目光掃了掃桌上的菜餚道：「起來吧，給本宮換一副碗筷過來。」

史學東這才如釋重負地站起身來，慌慌張張去拿碗筷。

胡小天望著七七皮笑肉不笑道：「不給我面子？」

七七道：「翅膀硬了，已經不把本宮放在眼裡了。」

胡小天笑道：「豈敢豈敢，你是身嬌肉貴的公主。」

「原來你還知道啊！」

胡小天道：「可你也是我沒過門的妻子嘍，在外面女人總要給男人一些面子，你說對不對？」

七七想了想道：「好像是有些道理啊，這麼說來我剛才做得是有些過份呢。」

胡小天道：「史學東雖然是個太監，可畢竟是我結拜的大哥，你看不起他就是看不起我，懲罰他就是懲罰我。」

七七點了點頭道：「打狗還需看主人，你這麼一說我越發覺得自己不對了。」

此時史學東拿了一套嶄新的碗筷過來，恭恭敬敬放在七七面前，又將自己的碗筷撤了，準備離開之際，卻聽七七道：「史大哥，剛剛是跟你開了個玩笑，你千萬

不要怪我。」

史學東嚇得撲通一聲又跪下來了，永陽公主的話音明顯不對啊。

七七笑道：「史大哥起來吧，剛才天哥都怪我對你無禮來著，你這樣做他肯定又要生我氣，搞不好還要打我呢。」

史學東心中暗歎，你們小公母倆鬥氣把我夾在中間作甚，他哆哆嗦嗦站了起來，強行擠出一絲笑容道：「小的就不耽擱殿下和駙馬爺說話了。」

七七道：「別走啊，又不是外人，一起坐下來喝酒。」

史學東苦笑道：「奴才得去盯著那幫御廚，再給公主殿下弄幾樣好菜，實在是有事，必須要走。」留下來必然是如坐針氈，他才不想受這份洋罪呢。

胡小天也知道他難受，笑道：「大哥先去忙吧，我和殿下說說話。」

史學東這才如釋重負地走了。

胡小天本想去拿酒壺，七七卻搶先拿了，為他斟了一杯酒，自己也斟了一杯道：「你遠道而來，我都沒來得及為你接風洗塵，就借著這杯酒敬你。」

胡小天笑道：「是我敬你才對！」他和七七碰了碰酒杯，率先飲盡。

七七抿了一小口，顰起了眉頭。

胡小天看到她的表情，猜到她不喜歡這酒的味道：「怎麼？不好喝？」

七七道：「我不喝酒的，今天為你破例一次。」

胡小天道：「不喝就別喝了，你喝茶，我喝酒。」

七七還是將這杯酒喝了，輕聲道：「怎麼都要喝一杯的。」一杯酒下肚，俏臉飛起兩片紅霞，越發顯得嬌豔動人。一雙美眸看了看胡小天道：「你今兒在陛下面前說三皇兄的壞話，究竟是為了什麼？」

胡小天道：「為了你！」灼熱的目光盯住七七的俏臉，想要掌控這小妮子，必須先抓住她的芳心，胡小天自問在感情上征服七七應該不難，畢竟自己在情場上是個能征善戰的驍將，而七七卻是一個從無感情經歷的青澀少女。

七七道：「不信！你真正的用意是要離間我和三皇兄的感情吧。」

胡小天呵呵笑了起來：「兄妹之情？你的這位皇兄乃是皇上手中的一張牌，以你的智慧不會看不透皇上的意思。」

七七道：「讓出王府，辭去王位全都是我心甘情願的事情，和三皇兄無關，也和皇上無關。你不問我的意思，就請求皇上收回成命，心中對我可曾有一絲一毫的尊重？」

胡小天道：「我是為了維護你的利益。」

七七搖了搖頭道：「我這樣做也是為了大康著想，三皇兄是最合適的儲君人選。」

胡小天呵呵笑道：「他何德何能？當初為了和你大皇兄爭奪皇位，兩人無所不用其極，連你大皇兄都鬥不過，還有什麼資格繼承帝位，他若是當了大康的皇帝，只怕大康距離亡國已經不遠了。」

七七道：「你好大的膽子，竟敢大放厥詞。」

胡小天又喝了一杯酒道：「這裡只有你我，我不妨把話說明白，沒有誰規定只有他龍廷鎮才能做皇帝，你一樣可以，論頭腦，論智慧，論聲望，你哪樣不比他強得多。」

七七心中暗自警惕，胡小天為何會這樣說？難道他已經察覺到了自己和洪北漠的計畫？不可能，他們之間的秘密沒有第三人知道。他挑唆自己爭奪皇位，真正的用意還是為了他自己的利益，他擔心龍廷鎮上位之後他的利益會受到影響。七七道：「我沒有這樣的野心。」

胡小天暗笑，你騙鬼去吧，低聲道：「皇上老糊塗了，你我二人為大康嘔心瀝血鞠躬盡瘁，他非但不知感激，反而嫉賢妒能，此番將我找回康都就是為了削弱我的兵權，你有沒有聽到他的那番話，他要將我長留康都。」

七七歎了口氣道：「你發展得實在太快，皇上對你產生戒心也是難免的事。」

胡小天道：「如果我失去了對庸江水師的掌控，你我的安全就會受到威脅，皇上就會出手對付我們，若是龍廷鎮成為儲君，他必然會對我們下手，將你這個競爭對手徹底清除掉。」

七七知道胡小天所說的全都是實情，可是她對胡小天的動機也抱著很大的懷疑，胡小天娶自己只是為了通過她來控制朝政，以胡小天今時今日的實力，他不會甘心做自己背後的男人，七七小聲道：「你想怎麼做？」

胡小天道：「我會盡全力幫助你成為儲君，只有將權力抓在咱們自己的手中，才能掌控我們的命運。」

七七望著胡小天，過了好一會兒方才道：「我沒想過要成為儲君，我現在心中想的只是如何成為你的妻子。」

胡小天伸出手去，大手覆蓋在七七凝脂般細膩的纖手之上，低聲道：「就算你不想，在別人眼中我們都是野心勃勃，恨不能將你我除之而後快，想要活下去，就得先下手為強。」

龍廷鎮怒不可遏地吼叫道：「為什麼？為什麼他會出爾反爾？為什麼他又將王府給了他們？」他勢如瘋虎，雙拳雨點般落在沙袋之上，沙袋終於承受不住他勢大力猛的攻擊，被他一拳擊穿，金色的麥粒噴泉一樣湧了出來。

洪北漠望著憤怒的龍廷鎮，唇角露出一絲冷笑，龍廷鎮的控制力越來越差了，藥物煉體在提升一個人武力的同時，也會逐漸摧毀他的理智。洪北漠歎了口氣道：「我也沒想到皇上居然會收回成命，不但將王府又賜給了永陽公主，而且還恢復了她的王位。」

龍廷鎮咬牙切齒道：「全都是胡小天那個混帳，是他在從中作梗，本來七七都已經請辭了，她還提議由我擔任儲君之位。」

洪北漠歎了口氣道：「永陽公主的話，你當真相信嗎？」

龍廷鎮道：「我親耳聽到的，她在皇上面前辭去王位，還勸皇上立我為儲君，又怎會有錯？」

洪北漠道：「永陽公主智慧超群，這兩年皇上將朝廷上的事情都交給了她，她也頗有手段，讓朝中百官對她俯首貼耳言聽計從。在找到你之前，皇上一度曾經產生過要立她為儲君的念頭。」

龍廷鎮冷笑道：「不可能，大康自立國以來從未有女子登臨帝位的先例。」

「過去沒有並不代表以後沒有，五百年前楚國就曾經出過女皇帝。永陽公主在朝內頗受擁戴，而且她的未婚夫胡小天如今掌控庸江水師，手下猛將如雲，乃是大雍最有實權的人物之一。下個月十六她就要嫁給胡小天，若是他們二人聯手，說不定這儲君之事還真會有變數。」

龍廷鎮怒道：「誰敢跟我爭奪皇位，我就幹掉誰！」

洪北漠道：「剛開始的時候，我也以為皇上將胡小天召來是為了削弱他的權力，或許還可能將他軟禁在京城，可是他回來之後，皇上非但沒有降罪，反而對他恩寵有加，看來皇上安排這場完婚，乃是要為了給永陽公主鋪路。」

龍廷鎮惡狠狠道：「我要殺了這對賤人！」

洪北漠道：「聽說皇上還要在大婚當日送他們一份大禮，只希望不是當眾宣佈立永陽公主為儲君的事情。」

龍廷鎮怒道：「我這就去殺了他們。」

洪北漠攔住他的去路，低聲道：「能夠決定這件事的是皇上啊！」

龍廷鎮道：「洪先生，你不是答應過我，要幫我登上儲君之位，可現在為何會落到如此光景？」

洪北漠暗罵這廝愚不可及，看來沒有將寶押在他的身上還是正確的，這個龍廷鎮不堪大用。他低聲道：「殺人解決不了問題，而且你現在除掉他們，名不正言不順，等你登上皇位，整個大康生殺予奪的權力全都掌握在你的手裡，到時候你做任何事也不會有人非議。」

龍廷鎮苦著臉哀求道：「先生教我。」

洪北漠道：「有些事只能你自己去做。」

龍廷鎮咬了咬牙道：「他對我不仁，就休怪我對他不義。」

「別喝了！」七七柔聲道。

胡小天面前的酒杯已經換成了大碗，兩壺酒早已下肚，兩隻眼睛也變得迷濛起來，舌頭也明顯大了：「酒逢知己千杯少，今兒高興……再陪我喝一杯……」

七七道：「你真把我當成知己啊？」

胡小天點了點頭道：「紅顏知己……」

「你的紅顏知己好像不止一個吧？」七七試探道。

胡小天道：「男人嘛……誰沒有三五個紅顏知己……呃！」這廝打了個酒嗝。

「說來聽聽，都有誰？」七七感覺心裡癢癢的，看到胡小天面前的酒碗空了，抓起酒壺給他斟滿，酒後吐真言，趁機套出幾句真話。

胡小天嘿嘿笑了起來：「不說，說了怕你吃醋。」

七七道：「我氣量可沒那麼小，再說了都是過去的事情，你說說唄。」

胡小天笑道：「這可是你讓我說的，要說這紅顏知己啊……我打小身邊就不缺……」

「你小時候不是個傻子嗎？」七七一聽就知道他沒說實話。她向前欠了欠身：「你和我皇姑算不算紅顏知己？」

胡小天點了點頭，臉上的表情居然流露出幾分傷感。

七七看在眼裡，心中開始不爽了。

胡小天歎了口氣道：「人都不在了，還是別提了。」端起酒碗咕嘟喝下。

七七道：「除了她以外還有誰？」

胡小天道：「要說薛靈君也算得上一個……」

七七咬著牙冷笑道：「大雍長公主？你跟她也有一腿？」

胡小天哈哈笑了起來：「你這話說得實在是太可笑了！」

「可笑？」七七柳眉倒豎。

胡小天點了點頭道：「紅顏知己未必要發生那種事，我跟你皇姑清清白白，我和薛靈君也是清清……呃……白白……，我和閻怒嬌……」這貨說到這裡似乎意識到說漏嘴了，趕緊把腦袋耷拉了下去，端起酒碗咕嘟灌了一口。

閻怒嬌這個名字七七還是頭一次聽說，臉上的笑容越發嫵媚了，可仔細品味就會發現嫵媚中帶著森森的冷意：「閻怒嬌又是哪個？」

胡小天的表情顯得有些慌張：「在青雲做官的時候認識的……普通……朋友……」

七七道：「普通朋友？」胸膛起伏的幅度明顯增大了許多，她抑制住心中的憤怒，望著胡小天醉態可掬的面孔：「還有誰？」

胡小天道：「哪有誰啊？文才人也算是能聊得來，可惜……」

七七美眸圓睜，只差沒抓起桌上的酒壺狠狠摜到他臉上了，這可惡的傢伙，居然有那麼多的紅顏知己，敢情紅顏知己在他這裡這麼不值錢啊，她強忍心中憤怒，又倒了一碗酒給胡小天：「你說句實話，是不是真心想娶我？」

胡小天點了點頭。

七七的聲音變得溫柔無比：「為什麼？」

「你年輕……漂亮……溫柔……大方……體貼……呃……還是公主……」

七七道：「你究竟是因為我這個人想娶我，還是因為我的身分娶我？」

胡小天望著七七嘿嘿傻笑，忽然伸出手去在七七的額頭上重重戳了一記：「你傻啊！你就是公主，公主就是你，有分……別嗎？」

七七點了點頭：「你心中最愛的那個人是誰？」

胡小天卻已經趴倒在桌上似乎進入了夢鄉，七七望著爛醉如泥的這廝，一時間氣不打一處來，目光瞥到桌上的酒壺，抓起之後將裡面的酒朝著胡小天兜頭蓋臉地澆了過去。

胡小天霍然驚醒，瞪大眼睛道：「你有毛病啊！」

七七將酒壺重重頓在他面前：「喝死你！」然後一轉身走了。

望著七七的背影，胡小天唇角露出一絲會心的笑意，這點酒就要把我灌醉？嘿嘿，小妮子，你的道行還淺。

七七離去之後，史學東方才探頭探腦地走進來，聞到滿屋的酒氣，再看到胡小天狼狽的樣子，強忍著笑道：「怎麼這是？都喝到身上了？」

胡小天咧開嘴巴笑道：「悍妻如虎。」

史學東道：「不入虎穴焉得虎子，我相信你的手段。」

胡小天笑著站了起來，史學東看到他腳步輕浮，以為他當真喝多了，關切道：「要不要歇歇再走？」

胡小天搖了搖頭。

史學東道：「要不我送你去儲秀宮？」

胡小天瞪了他一眼道：「你是想看著公主舉著大棒將我打出來嗎？」

史學東不覺笑了起來。

胡小天獨自出宮，恢復了本來身分，他的五彩蟠龍金牌自然就能夠派上了用場，任何時候都可以隨意出入皇宮，可是今次離開之時卻在景升門處遇到了阻攔。負責守衛的幾名大內侍衛全都是陌生面孔，胡小天揚了揚手中的五彩蟠龍金牌冷冷道：「讓開！」

其中一名侍衛道：「這位大人，慕容統領有令，除非有御賜的鎏金雕龍牌，其他人出入內宮必須要驗明正身。」

胡小天不由得有些納悶，看來自己離開康都的這段時間通行證已經過期了，而且大內侍衛也換了一批，想當初自己還是御前侍衛副統領呢，眼前幾名侍衛全都是陌生面孔，沒有一個是自己認識的。胡小天正準備發作的時候，卻聽遠處傳來一個熟悉的聲音道：「你們瞎了眼了？連咱們未來的駙馬爺胡大人都不認識？」

胡小天循聲望去，卻見一個胖乎乎的侍衛從遠處飛奔而來，乃是左唐，他們曾經一起護送假皇帝前往天龍寺，彼此之間也算得上是不打不相識，左唐私底下對胡小天服氣得很。他來到胡小天面前，深深唱了一諾：「胡大人，什麼風把您給吹來了，他們全都是新來的，根本沒見過這面牌子，恕罪恕罪。」

胡小天笑道：「你來得正好，我還以為這面五彩蟠龍金牌已經不頂用了呢。」

左唐指了指胡小天手中的那面五彩蟠龍金牌道：「你們都睜大自己的狗眼看清楚，這一面就是五彩蟠龍金牌，看到這面牌子，等於見到皇上親臨。」

幾名負責守衛景升門的侍衛這才知道眼前的這位滿身酒氣的年輕人就是鼎鼎大名的胡小天，大康未來的駙馬爺，一個個慌忙向胡小天賠罪。

胡小天當然不會跟他們這幫人一般見識，微笑道：「不知者不罪，一回生，兩回熟，下次再來的時候別刁難我就是。」

左唐道：「誰敢，我第一個剁了他！一幫有眼不識泰山的蠢貨。」他在大內侍衛中屬於老人了，有著相當的地位，當然有辱罵新人的資格，陪著胡小天向宮外走去，在胡小天面前又換成了另外一張面孔，笑容可掬道：「胡大人，呵呵，現在應該稱您駙馬爺了。」

胡小天笑道：「還沒完婚呢，咱們都是老兄弟了，你又何必如此客氣？」

左唐笑得越發低賤了，腰躬得跟個大號蝦米似的：「胡大人，小的斗膽向您討一杯喜酒哈。」以他的資格應該是沒有機會參加胡小天大婚盛典的，若是能夠討到請柬，在眾人面前可不是一般的榮光。

胡小天笑道：「那天你一定要來哦！」

左唐連連點頭：「一定，一定！」

胡小天道：「最近侍衛換了不少啊？」

左唐道：「可不是嘛，最近皇上疑心很重，總是懷疑周圍人要害他。過去的那幫老人有九成都被換下了，你剛剛見到的那幾個全都是新來的。」

胡小天道：「新來的就一定可靠嗎？」

左唐道：「也是一級一級選拔出來的，慕容總管和洪先生負責把關。」

胡小天皺了皺眉頭，洪北漠管得可夠寬的，居然連大內侍衛的事情也要插手，他低聲道：「大規模更換侍衛從什麼時候開始的？」

左唐想了想道：「也就是這兩個月，搞得我們人人自危，誰都有一家老小，全指著這口皇糧填飽肚子呢……」說到這裡他笑了笑道：「京城的日子不好過，聽說胡大人將東梁郡一帶治理得井井有條，老百姓安居樂業，我們都很是羨慕呢。」

胡小天道：「換下來的那幫兄弟呢？」

左唐道：「各投門路去了，不過現在這種世道又能去哪裡？多半還是留在京城艱難度日。」

胡小天道：「左唐，你跟他們聯絡聯絡，若是他們願意，可以來找我，我在京城的駙馬府還是需要一些人手的。」

左唐聞言驚喜萬分道：「真的？如果這樣我第一個報名。」

胡小天呵呵笑了起來，低聲向左唐道：「此事就交給你去辦，左唐，我再交給你一件事情，你把這些新來的大內侍衛的來歷資料儘量調查清楚，看看他們究竟是通過何種途徑進入皇宮。」

左唐點了點頭，看了看周圍壓低聲音道：「您是懷疑這其中有問題？」

胡小天道：「只是直覺上有些不妥，記住此事要悄悄進行，不可聲張。」

左唐道：「大人放心，我懂得如何去做。」

胡小天笑道：「你去吧，讓別人看到你跟我在一起又會多想。」

左唐停下腳步道：「恭送大人。」

胡小天離開皇宮之後直接去了永陽王府，既然皇上已經將這裡送給他做婚房，他也就理所當然地住在這裡了，至於原來的尚書府，反正老皇帝也沒說要回去，索性也一併笑納，讓洪北漠這隻老烏龜多花費點心血也是值得的。

永陽王府的牌子仍在，在那裡負責的仍然是權德安，看到胡小天一個人過來了，權德安迎上去道：「胡大人回來了。」

胡小天點了點頭，指了指永陽王府的匾額道：「暫時不用摘了，皇上已經將這裡賜給我和公主完婚後居住。」

權德安聞言一怔，看來胡小天這次宮中之行還是頗有收穫的，居然能讓皇上收回成命，在權德安看來，胡小天肯定是醉翁之意不在酒，還不知道抱有怎樣的目的呢。

胡小天道：「權公公，你去幫我準備洗澡水，我洗個熱水澡，一身的酒味。」

權德安應了一聲，心中暗罵，這廝還沒有成為駙馬，現在就已經頤指氣使地折騰自己了，若是等到他完婚之後，自己豈不是每天都要看他的臉色，可轉念一想，這也是無奈的事情，自己本來就是個伺候人的太監。

權德安幫著胡小天準備好了洗澡水，準備離去，胡小天卻叫住他道：「權公公，別急著走，咱們聊幾句。」

權德安有些錯愕道：「現在？」

胡小天那邊已經在屏風後脫了衣服，赤條條進入熱水之中，愜意地長舒了一口氣道：「權公公，我和公主就要成親，說起來咱們也不是外人了。」

權德安低聲道：「承蒙大人看得起奴才。」想當初這個在自己面前唯唯諾諾的小子，如今已經搖身一變成為了自己的主子，權德安只能感歎滄海桑田造化弄人。

胡小天道：「至少在一點上咱們的目的是共同的。」他停頓了一下方才道：「你我對殿下都很關心，都不想她受到任何的委屈。」

權德安對此也沒什麼異議，輕聲道：「看到大人如此關愛殿下，老奴也就放心了。」

胡小天道：「權公公應當記得當年咱們相識的情景吧？」

權德安怎會不記得，如果不是在蘭若寺遇到胡小天一行，恐怕他和七七都已經死在那荒山野嶺中了，是胡小天幫他切除了受傷的右腿，也是胡小天將七七安全護送到了燮州。

胡小天道：「一朝天子一朝臣，權公公當年也風光過，記得那時你跟姬飛花也鬥得死去活來，我假扮太監進入皇宮也是因為你的威脅。」

權德安咳嗽了一聲道：「老奴當年有眼無珠，做了不少對不起大人的事情，還望大人不計前嫌，不要和老奴一般見識。」

胡小天道：「你也是為了保護殿下，再說當年你的確幫我不少，如果沒有你，我也不會有今天的日子，權公公對我的好處，我不會忘記。」

權德安心中斟酌著，這廝的話究竟是不是反話。

胡小天道：「天下間最瞭解七七的那個人就是你。」

權德安道：「老奴不敢當。」

胡小天道：「我雖然不知道過去究竟發生過什麼，可是七七從小到大都是在你的關愛下成長，如果沒有你，很難想像一個在襁褓中就失去母親的女孩子如何長大成人，如今她已經可以獨當一面，權公公心中想必也非常欣慰。」

權德安道：「那都是殿下天資聰穎，老奴可不敢居功。」

胡小天道：「權公公也不可能照顧她一輩子，有些事只怕您也是有心無力。」

權德安咳嗽了一聲道：「老奴已經日薄西山，時日無多了，還好殿下以後有大人照顧。」

胡小天道：「洪北漠在此時將龍廷鎮推到人前，你覺得他的用意是什麼？」

權德安謹慎道：「朝廷大事，老奴可不敢妄言。」

胡小天道：「這座永陽王府過去是龍廷鎮的，我今兒又找皇上要了回來，皇上也答應恢復了殿下的王位。」

權德安道：「如此說來，老奴要恭喜大人了。」

胡小天道：「權公公在宮中這麼多年，應該對皇上的心思揣摩得很透，皇上此次召我回來是為了什麼，你也應該明白吧。」

權德安沒有說話。

胡小天道：「今兒在宮裡，皇上提出要讓我成婚之後長留康都，美其名曰讓我多陪陪殿下，他的意圖卻是想削弱我的兵權，將庸江水師從我的手中剝離出來。」

權德安依然沒有說話。

胡小天道：「東梁郡乃是殿下的封邑，我所做的一切其實都是為了殿下。」

權德安道：「殿下一定會明白你的苦心，不然她也不會答應下嫁給你。」

胡小天敏銳捕捉到權德安在此用上了下嫁這個詞，在這個老太監心中，自己還是配不上七七的，胡小天道：「勞煩公公進來幫我搓一搓背。」

權德安應了一聲，雖然明明知道胡小天是在故意使喚自己，可也得服從，繞過屏風來到胡小天的身後幫他搓背。望著胡小天的頸後，心中暗忖，這廝對咱家倒是放心，如果咱家在背後突襲，豈不是可以將他一掌拍死？

胡小天閉著雙目道：「公公當初曾經輸給了我十年內力，這份禮可是不輕呢。」

權德安擠出一絲笑容道：「大人還記恨著這件事？」

「塞翁失馬安知非福？如果沒有公公給我的內力，我恐怕早就死在這步步驚心的宮中，還好我的運氣不錯，現在這件事已經對我構不成威脅了。」

權德安道：「大人心胸寬廣，讓老奴汗顏。」

胡小天道：「我始終認為這世上沒有絕對的好人，也沒有絕對的壞人，做任何事都需要動機，對你是好事，對別人或許就是壞事，權公公當年做了那麼多的事情，現在看來，最根本的目的還是為了維護公主的利益。」

權德安抿了抿嘴唇，不得不說胡小天還真是瞭解自己。

胡小天道：「我也做了很多事情，當初也曾經對公公做過陽奉陰違的事情，甚至討好過姬飛花，可我的動機是要更好地活下去，如何在夾縫中求生，為了這個目的我可以不擇手段。皇上為了長生，他想要壽與天齊，青春永駐，所以洪北漠才能夠投其所好，讓皇上對他如此信任。龍廷鎮想要成為儲君，所以他甘心為洪北漠所用。」說到這裡胡小天停頓了一下道：「洪北漠想要什麼？」

權德安搖了搖頭道：「老奴又不是他，怎會知道？」

胡小天道：「皇陵之中必然隱藏著極大秘密，洪北漠想要的東西就在其中。」

權德安道：「老奴對此並不關心。」

胡小天道：「你關心的只是七七，可有些事卻會牽連到她，想要保護她，必須要在隱患爆發之前將之清除掉。」

權德安低聲道：「水好像涼了，老奴去給您拿浴袍過來。」他轉身的剎那，又聽胡小天道：「凌嘉紫這個人你熟不熟悉？」

權德安停下了腳步，背影似乎突然凝滯在那裡，過了一會兒方才重新向外走去。拿來浴袍，恭敬道：「老奴伺候大人穿衣。」

胡小天穿好浴袍，轉身打量著權德安的表情，權德安依然是淡定如故，目光古井不波，胡小天道：「當年的太子妃你應該記得的。」

權德安點了點頭道：「當然記得，她是公主殿下的生母。」

胡小天道：「我曾經在雲廟看到了一幅她的畫像。」

權德安皺了皺眉頭，雲廟！難道是縹緲山上的雲廟？

胡小天道：「這幅畫像乃是皇上親筆所繪，你覺得這件事怪不怪？」

權德安道：「老奴覺得並無奇怪之處。」

「權公公在宮裡久了可能並不瞭解人間倫常，你見過哪家的公公給兒媳畫像？還特地珍藏在身邊呢？」

權德安被胡小天當面侮辱，居然還能夠耐得住性子：「這種事情可不能亂說，若是傳到皇上的耳朵裡，恐怕會有大麻煩。」

胡小天道：「我只是對昔日的這位太子妃有些好奇，她究竟是怎樣一個人呢？」

權德安道：「人都已經去世了，何必要在她的身上做文章，總之太子妃智慧過人，為人善良。」

胡小天道：「她對你應該不錯，不然你也不會如此盡心盡力地照顧七七。」

權德安道：「若沒有太子妃，老奴活不到現在。」

胡小天道：「權公公也算得上知恩圖報的義士，不瞞你說，我現在最擔心的就是皇上冊立儲君的事情，如果洪北漠得償所願，將龍廷鎮推上儲君的位子，那麼龍廷鎮上位之後，首先對付的就會是殿下和我。」

權德安淡然道：「大人多慮了，公主殿下並沒有那麼大的野心，也從未想過和別人一爭短長，本來殿下已經辭去王位，大人又何必勸皇上收回成命？」

胡小天微笑道：「我剛剛說過什麼？最瞭解七七的那個人是你，但你絕不會是唯一的一個。」

權德安靜靜和胡小天對視著。

胡小天道：「本該屬於她的東西，誰也別想拿走！」

第四章

# 自導自演的一齣戲

洪北漠沒有猜錯，這場當街刺殺就是胡小天自導自演的一齣戲，既然有人憋著勁想害自己，不如自己先把事情挑起來，然後就能有充分的理由在皇上面前倒打一耙，變被動為主動，胡小天也不擔心被別人猜到他的用意，反正是搞事，搞事的何嘗怕過事大。

權德安心中為之一怔，他並不相信胡小天會如此維護七七的利益，可是他並不瞭解胡小天，在胡小天看來，娶了七七，七七就是他的女人，屬於七七的東西自然就歸他所有。

可是這次歸來之後，胡小天有些看不透七七，這妮子的態度始終曖昧不明，甚至連自己提出幫她登上皇位都無法將她打動。葆葆透露的那個秘密讓他頗為心驚，葆葆說七七和洪北漠有可能聯手合作，此事如果屬實，七七的心機就實在太重了，表面上看還算過得去，可是從自己回來後七七的表現來看，她對自己明顯戒心太重，時時刻刻都在提防自己，如何才能建立起信任，這是件讓人頭疼的事情。

胡小天正式入住了永陽王府，因為老皇帝已經開口將這裡作為他和七七的新婚府邸，所以他先住在這裡也是理所當然，胡小天也沒有閑著，找了一批工匠在永陽王府按照他的意思進行改建，當然和尚書府那邊的大工程相比只能是小打小鬧了。其實永陽王府整修過沒有多久，胡小天只是讓人佈置了一下，還特地找來京城第一流的裁縫，商量大婚之日要穿的衣服。婚姻乃是人生大事，縱然他的婚姻充滿了政治聯姻的成分，可畢竟是人生第一次，還是要重視起來。

原本皇宮內被遣散的那幫侍衛多半都被胡小天招至麾下，成為駙馬府的侍衛，這些人對胡小天自然感恩戴德，背後皆稱他仁義。

這兩天七七或是為了避嫌也沒有出宮前往永陽王府，胡小天在準備自己的婚事之餘，也在悄悄展開他的計畫。梁英豪在潛入皇宮之後，順利從密道打通了一條通往皇宮地下水道的通路，沿著這條通路可以進入地下水道，循著水道可以一直進入護城河，途中雖然有數道柵欄，可是這點困難阻礙攔不住梁英豪，他要在胡小天大婚之前在皇宮地下重新打造一條可供逃生的通道。

趁著此次前來康都的機會，胡小天拜會了不少朝中大臣，姬飛花給他的那本帳簿還是相當有用，裡面記下了不少人臣的把柄，胡小天利用這些把柄敲詐威脅忙得不亦樂乎，當然也讓很多人在私下買帳，胡小天以潤物細無聲的姿態悄悄在京城中擴展勢力。

只可惜上面沒有關於洪北漠的事情，如果有洪北漠的把柄，那麼也可以威脅這個老烏龜為自己所用。

今日是駙馬府竣工之日，胡小天和七七約好前去查驗，雖然他們沒打算將那裡作為新婚府邸，可畢竟是胡府舊宅，也是皇上送給他們的物業。洪北漠也一早來到了駙馬府，可他左等不見人來，右等不見人來，等了足足半個時辰，有人前來稟報，卻是胡小天在來這裡的途中遇刺，受了點傷。

洪北漠聽聞這個消息不由得一愣，首先想到的就是自己並沒有讓人去做這件事，究竟是誰要殺胡小天？正準備讓人去查探詳情的時候，胡小天到了，他果然受了傷，肩頭被人射了一箭，還好只是皮外傷，並無大礙。

洪北漠幾乎能夠斷定這廝必然是自導自演了一齣苦肉計，想要借著這件事興風作浪。

胡小天一臉驚魂未定的樣子，繪聲繪色地將他途中的經歷說了，經他一說自然是凶險叢生，天花亂墜。

洪北漠對這廝的話是一句都不相信，嘴上假惺惺道：「此事非同小可，什麼人敢在光天化日之下於大街之上行刺胡大人？」

胡小天道：「我也很是納悶，我的行程並沒有太多人知道，我的這幫手下全都忠心耿耿。」

洪北漠聽他這樣說話就有些氣不打一處來，你的意思是說我派人行刺你了？我就算想殺你也不會採用如此低級的手段。他沉聲道：「胡大人不必擔心，此事一定要讓人查個明白，咦？公主殿下怎麼還沒到？」

洪北漠並沒有猜錯，胡小天是個閒不住的人，這場當街刺殺就是他自導自演的一齣戲，既然有人憋著勁想害自己，不如自己先把事情挑起來，然後就能有充分的理由在皇上面前倒打一耙，變被動為主動，胡小天也不擔心被別人猜到他的用意，反正是搞事，搞事的何嘗怕過事大。老子就是要將矛頭指向你，指向龍廷鎮，就算搞不死你們也要讓你們兩個一身騷。

聽說七七未到，胡小天也頗為驚奇，本以為自己來得已經夠晚，想不到七七比他猶有過之。

此時看到一名太監慌慌張張來到他們面前，上氣不接下氣道：「大事不好了……」

胡小天道：「怎麼了？」心中不由得一沉，難道是七七有事？

那太監道：「永陽公主殿下突然發了急病，現在已經陷入昏迷人事不省了。」

胡小天感覺腦袋嗡的一下就大了，他這場遇刺是自導自演，七七怎麼在這節骨眼上也出了事，如果是真的，病得應該不輕，眼前其他的事情只能放一放了，他向那小太監道：「快，咱們這就去宮中看看。」

洪北漠心中也是吃驚不小，七七病了？怎會如此？先是胡小天遇刺，然後是永陽公主得了急病，為何兩件事撞在了一起，他們之間該不是串謀好的吧？他雖然和七七達成了合作的協議，可是並不代表他對七七完全放心。畢竟胡小天和七七是將要完婚的一對，這其中存在著一定的變數。

胡小天匆匆去了皇宮，洪北漠斟酌之後也跟著一起過去，畢竟七七現在主持朝政，對大康來說是一位不可或缺的人物，對他的計畫更是無法或缺的一員。

胡小天來到儲秀宮外，看到一幫宮女太監都站在那裡耷拉著腦袋，一個個拚命想要擠出眼淚來，其實這位公主性情冷漠，平時對他們也不怎麼樣，宮人多半對七七也沒有什麼感恩戴德之心，縱然是流淚也是擔心被追責到自己的頭上，硬生生被嚇哭了。

胡小天來到門前，剛巧看到權德安從裡面走了出來，迫不及待地抓住權德安問道：「情況如何？」

胡小天聞言心中一涼，顧不上多問，趕緊走了進去。

權德安看了看胡小天，又看了看遠處的洪北漠，歎了口氣道：「是中毒！」

洪北漠畢竟是外臣，他不敢輕易進入，向權德安道：「權公公，殿下到底中了什麼毒？」

權德安道：「目前還沒有定論，幾位太醫正在討論呢。」他的目光轉向那群宮人，陰惻惻道：「今日公主的飲食是誰負責的？」

馬上有一名宮女和一名小太監嚇得魂不附體，齊齊跪在地上，帶著哭腔道：「權公公，是我們負責的，可是……可是我們絕沒有加害公主啊……」

七七的事情可謂是突如其來，將胡小天的計畫打得七零八落，望著躺在床上眉宇間佈滿黑氣的七七，胡小天從心底生出憐意，他顧不上周圍還有太醫在場，來到床邊握住七七的纖手，低聲呼喚她的名字：「七七，你醒醒！」

一旁太醫道：「胡大人，公主殿下已經昏迷了就快一個時辰了。」

胡小天道：「到底是怎麼回事？」

「從脈相上來看應該是中毒。」

胡小天怒道：「我不要應該，我要的是確診！」

幾名太醫對望了一眼，全都沉默了下去。

此時權德安又走了進來，擺了擺手，示意那群太醫出去，胡小天握住七七冰冷的柔荑，望著她蒼白的面孔，此時的七七在他眼中只是一個孤單無助的少女。

權德安道：「胡大人，梁婆婆來了，讓她為公主驗身吧。」梁婆婆是宮中的醫婆，平日裡負責這些嬪妃宮女的婦科雜症，讓她過來也是為了給七七檢查身上有無傷口。

胡小天點了點頭，此時卻聽到七七嚶嚀了一聲，雙眸緩緩舒展開來。胡小天驚喜道：「七七！」

七七眨了眨雙眸，視野漸漸變得清晰起來，她咬了咬櫻唇道：「我……我是怎麼了？」

胡小天道：「你病了，你記不記得自己吃過什麼東西？又或是碰過什麼？」

七七秀眉微顰：「我……我剛才在花園中看到蜜蜂在花叢中採蜜，過去從未見過那紅色的蜜蜂，本來我遠遠站著欣賞，卻想不到那……那蜜蜂突然飛了過來，在我肩頭叮了一口……」

胡小天道：「哪裡？讓我看看！」

七七指了指自己的左肩，胡小天暗歎真是邪門，自己受傷的地方也是左肩，敢情這種事不吉利，報應到未婚妻身上了，他幫助七七解開衣領，露出嬌豔如雪的左肩，卻見左肩後方已經有了一顆銅錢大小的紅斑，色澤如朱，其紅如火。

權德安一旁站著，心中暗歎，這胡小天實在是無禮，雖然你和公主定下婚約，可畢竟沒有正式成親，豈可解開公主的衣服毫無顧忌，於禮不合，於禮不合啊。

胡小天雖然在醫學上頗有造詣，可是在解毒方面著實沒有什麼研究，此時不禁想到了夕顏，自從上次和夕顏在藏書閣分手之後，就再也沒有她的消息，她會不會依然潛伏在皇宮之中？從七七剛才的描述來看，驅馭毒蜂的手段倒是有些像她所為，該不會真是她下的手，如果事情真是這樣，那豈不是麻煩了。

七七這會兒又感到頭暈目眩，這蜂毒極其厲害，胡小天傳來太醫，幾名太醫也都不是解毒的高手，面對眼前的狀況全都是一籌莫展，胡小天讓權德安先回永陽王府，他還有一些洗血丹，對解毒有些作用，順便讓他將自己的藥箱送過來。

洪北漠一直都候在門外，看到權德安出來，關切道：「殿下的狀況怎麼樣？」

權德安將胡小天交代給自己的事情委託給另外一名小太監去做，然後將情況向他說明了，洪北漠皺了皺眉頭，此時外面傳來太監的通報之聲，卻是老皇帝龍宣恩聽到消息後親自過來了，自從龍宣恩重新奪回皇位之後，他從未主動造訪過任何人，甚至連朝會都懶得去，由此可見七七在他心中還是佔有相當重要的地位。

龍廷鎮也跟著一起過來了，洪北漠等人慌忙向皇上跪了下去。

龍宣恩點了點頭，只是淡然說了一句：「都起來吧！」

洪北漠和權德安同時來到他的面前，龍宣恩道：「情況怎麼樣？」

「是中毒！」權德安低聲道，說完又補充道：「胡大人和幾名太醫都在裡面。」

龍宣恩點了點頭，此時胡小天從裡面走了出來，他聽到外面的動靜所以出來迎接聖駕，沒等他行禮，龍宣恩就擺了擺手道：「不必多禮了，朕就是過來看看七七的狀況。」他舉步向裡面走去，權德安和洪北漠也跟了過去，龍廷鎮想要跟入，卻被胡小天迎面攔住，龍廷鎮本想發作，可是遭遇胡小天陰冷的目光，抿了抿嘴唇居然將這口氣忍下了，胡小天跟在後面來到了宮內，將龍廷鎮一干人等關在了外面。

龍宣恩看到七七又陷入昏迷狀態不由得有些焦躁，目光轉向那幫太醫，太醫們嚇得一個個低下頭去，龍宣恩沉聲道：「玄天館的人來了嗎？」

權德安道：「已經去請了。」

龍宣恩怒道：「再讓人去催，七七若是有了什麼三長兩短，朕將這幫沒用的庸醫全都殺了。」

那幫太醫嚇得魂不附體，都知道這老皇帝喜怒無常，說得出就辦得到。胡小天向幾名太醫道：「你們先出去吧！」既然這幫太醫也拿不出什麼太好的治療方案，索性讓他們先出去，省得留在這裡礙眼。

龍宣恩聽權德安介紹病情的時候，胡小天將七七被蟄傷的地方指給眾人，這會兒功夫色澤似乎又變深了，而且紅暈明顯向周圍擴展。

洪北漠看到七七傷處的情景不由得皺了皺眉頭，這細微的表情變化並沒有瞞過胡小天的眼睛。

龍宣恩道：「洪愛卿，你見多識廣，知不知道是什麼蜜蜂如此厲害？」

洪北漠道：「好像是五仙教的赤焰狂蜂，赤焰狂蜂向來生得很小，若是像公主描述的如同普通蜜蜂一般大小，一定是蜂后級的毒蟲，此物奇毒無比，微臣也無能為力。」

龍宣恩聞言心中一沉，想不到七七大婚在即居然出現了這種事情，胡小天身為她的未婚夫，此次婚姻對他來說並沒有壞處，這廝應該不會害她，難道是龍廷鎮？可龍廷鎮和五仙教又似乎沒什麼關係，難道是洪北漠想要除掉七七為龍廷鎮清除掉一個強有力的競爭對手？很有可能，以洪北漠之能怎會一上來就推說無能為力，根本是故意推諉不想救七七。想到這裡，龍宣恩長歎了一口氣道：「洪愛卿，你的本事朕還能不知道，朕相信你一定會有辦法。」

洪北漠聽他說話的語氣就已經明白龍宣恩這是在懷疑自己，七七中毒應該不是偽裝，只是她傷得實在太過湊巧，胡小天剛剛遇刺，她這邊就被人暗算中毒，這兩件事同時發生，胡小天自然就沒了嫌疑，最大的疑點自然而然就落在了自己和龍廷鎮的身上。別人並不知道他和七七在暗地裡其實已經達成了同盟，龍廷鎮雖然看著最近來勢洶洶，聲勢不小，可這廝只不過是他們最終要拋棄的棄卒罷了，在他們的計畫中，利用龍廷鎮除掉老皇帝，然後由七七替天行道，剷除逆賊，理所當然地登上帝位，到時候臣民沒有選擇，也就沒人再拿七七的女兒身說事。

洪北漠發現計畫不如變化，他們對胡小天仍然是輕看了，會不會是這廝和五仙教勾結，演出了這一場連環苦肉計，讓老皇帝對自己產生懷疑，將矛頭指向自己？洪北漠也明白如果自己不說點實際的東西，只會讓龍宣恩更加猜疑自己，他恭敬道：「陛下，依臣所見，公主殿下短時間內應該沒有性命之憂，臣目前雖然沒有救治之法，可是必盡全力而為。」

這會兒功夫，權德安派去拿胡小天藥箱的小太監已經氣喘吁吁地回來了，胡小天接過自己的藥箱，從中取出一顆洗血丹。

將七七攙扶起來，七七的神智迷迷糊糊，聽到胡小天道：「七七，你先將這顆洗血丹服下，對你應該有好處。」

洪北漠聽到洗血丹三個字，不禁問道：「可是神農社特製的洗血丹？」

胡小天點了點頭道：「就是神農社的獨門良藥。」

七七噙住那顆洗血丹，可馬上又從嘴裡掉了出來，胡小天看到這般情景，只能用嘴將洗血丹嚼碎，嘴對嘴將丹藥度入了她的檀口之中，周圍人看到眼前情景，一個個都轉身迴避，連龍宣恩都暗歎，這廝也實在是太無禮了，居然當著那麼多人的面親七七。他心中也明白，胡小天也是沒有辦法。

胡小天餵七七服下這顆洗血丹之後，向眾人道：「還請各位迴避一下，我想為公主檢查一下傷口。」

眾人彼此相望，剛才他不是檢查過了嗎？為何又要檢查？

胡小天道：「我想看看是不是有毒刺留在她的體內。」

洪北漠心中暗忖，早就聽說這廝在醫術方面很有些研究，現在看來果然如此，趁著胡小天打開藥箱的同時掃了一眼，看到其中整齊排列的各種器械不由得目光一亮。

龍宣恩點了點頭道：「咱們先出去吧。」

眾人離去之後，胡小天留下梁婆婆和幾名宮女做幫手，他小心檢查了七七的左肩，利用柳葉刀分離開少許肌膚，從中夾出一根朱紅色的小刺，想必這就是來自於赤焰狂蜂。從目前七七的狀況來看還算穩定，脈搏和呼吸都非常平穩，體溫也算正常。

胡小天為七七處理完傷口之後，準備出門去見龍宣恩，還沒有離開，就聽到外面傳來通報聲，卻是玄天館來人了。要說玄天館來的這位也是老熟人，乃是秦雨瞳的師叔蒙自在，看到蒙自在前來，胡小天心中不由得鬆了口氣，蒙自在乃是玄天館數一數二的高手，雖然其人身分神秘，可是他的醫術卻是高深莫測，在解毒方面尤為擅長。曾經記得自己在前往西川的時候，蒙自在也和夕顏一起去了那邊，想不到這麼快就已經回來。李雲聰不久前告訴自己，當年任天擎曾經偽裝成蒙自在的樣子進入藏書閣，而且此人很可能和《天人萬像圖》以及《般若波羅蜜多心經》的失蹤有關。

雖然李雲聰的話未必能夠全信，但是也不可不信，無論眼前是蒙自在也好，任天擎也好，只要能夠幫助七七恢復健康就已足夠欣慰了。

蒙自在看過七七的傷口之後，又詢問了中毒的詳情，最後來到胡小天身邊，問他採取了何種處理方法。

胡小天表現得非常恭敬，將自己剛才的應對措施說了一遍，又將從七七身上取下的那根蜂針出示給他。

蒙自在聽完接過蜂針仔細端詳了好一會兒，方才點了點頭道：「神農社的洗血丹乃是驅毒良藥，可以洗血清毒，對於尋常蛇蟲毒素可以徹底根治，不過公主殿下這次卻是被赤焰狂蜂所蟄，而且這隻狂蜂乃是其中的蜂王。」

胡小天剛才就聽洪北漠說過，現在蒙自在這樣說應該不會錯，只是兩人一人說是蜂王一人說是蜂后，胡小天道：「赤焰狂蜂的毒，蒙先生可以解除嗎？」

蒙自在道：「這種毒蜂乃是五仙教獨門毒物，他們有秘法控制，這世上萬事萬物都是相生相剋，再厲害的毒物也會有相應的解藥，赤焰狂蜂也不例外。」

胡小天驚喜道：「那就有勞先生了。」

蒙自在道：「老夫說有解藥，可並不代表我身邊就有。」

胡小天心中一怔：「怎麼？」

蒙自在道：「清除蜂毒最好的辦法就是用黑冥冰蛤，只要將之貼附在傷口之上，毒素就會被冰蛤吸出，最多反覆三次，體內毒素即刻解除。」

胡小天聽到黑冥冰蛤這件物事，忽然想起在雍都，薛勝景曾經丟失了黑冥冰蛤的事情來，當時夕顏就是自導自演，裝出中毒讓他去借黑冥冰蛤，後來又想方設法從燕王府盜走，現在黑冥冰蛤應該就在她的手裡，如果七七所中蜂毒是她所為，那麼想讓她出手救七七只怕很難，想到這裡胡小天不由得焦急起來。

蒙自在道：「其實胡大人也不必心急，就算找不到黑冥冰蛤，公主所中的蜂毒一時間也不會危及她的性命，老夫還有其他的解救方法。」

胡小天深深向蒙自在一揖道：「還請蒙先生出手相救。」

蒙自在微笑道：「殿下的事情老夫自當傾力而為，不過老夫雖然知道救治之法，卻不方便施救，公主殿下乃是雲英未嫁之身，此事恐怕要胡大人親力親為才好。」

胡小天道：「蒙先生的意思是……」

蒙自在道：「找不到黑冥冰蛤就唯有用移宮換血的方法，就是利用內力將永陽公主體內的毒血逼出，胡大人和公主殿下有婚約在身，以你的內力也應該可以做成此事，不過胡大人可能需要冒一定的風險。」

胡小天心中一沉，他絕不是害怕為七七冒險，而是對蒙自在並不信任，焉知他不是故意在設圈套讓自己去鑽？不過現在如果表現出對蒙自在的懷疑，那麼別人只會認為自己貪生怕死，不敢冒險營救七七，胡小天微微笑道：「為了殿下，就算是犧牲性命也在所不惜，更不用說什麼風險了。」

周圍眾人聽到他的這句話，對這位未來駙馬爺的看法都有些改變，認為這廝不僅僅是為了政治利益才和公主訂婚，看來在他心中對公主還是有感情的。

蒙自在道：「具體的治療方法老夫會詳細告知與胡大人，但是在胡大人為公主殿下推宮換血之前，必須要先查驗一下胡大人的血液，確信你們兩人的血液相合。」

胡小天點了點頭，蒙自在的這些要求並不過分。

蒙自在請他洗淨雙手，然後用針刺破胡小天的指尖，擠出一滴鮮血，又如法炮製取了七七的一滴鮮血，轉身去了隔壁房間，據說這一過程還需要半個時辰的時間。

龍宣恩明顯精力不濟，打起了哈欠，龍廷鎮關切道：「陛下，您還是回去歇息吧，這裡有我們守著就行。」

龍宣恩歎了口氣道：「朕怎麼走得開？」

洪北漠道：「皇上，您一定要保重龍體，還是先回去歇息吧，這邊一有消息，我們馬上去您那邊稟報。」

龍宣恩的精力也的確來不了，他又打了個哈欠道：「那……朕先回去，胡小天，你送送我。」

胡小天知道龍宣恩有話要跟自己說，他跟著龍宣恩來到儲秀宮外，龍宣恩停下腳步，擺了擺手，其餘宮人識趣地散到兩旁等著，龍宣恩右手握拳堵住嘴唇咳嗽了幾聲，而後壓低聲音道：「朕聽說你今日也被人刺殺了？」

胡小天點了點頭。

「知不知道是什麼人做的？」

胡小天道：「臣沒有證據不敢亂說。」

龍宣恩皺了皺眉頭道：「說吧，恕你無罪，這裡也只有朕跟你兩人。」他的意思是讓胡小天大可不必有什麼顧忌，只管說出來，這件事只有他們兩人知道。

胡小天道：「臣今日和殿下約好要去駙馬府視察竣工情況，乃是洪先生相約，此事並沒有聲張。」其餘的話他也不用多說，意思已經表白得很明顯。

龍宣恩臉色陰沉道：「朕明白了！」

胡小天道：「陛下放心，臣會竭盡全力營救公主，就算犧牲性命也在所不惜。」這番話他剛剛已經說過了一遍，不過仍然在龍宣恩面前表白了一番。

龍宣恩只是歎了口氣，也沒有說什麼，轉身徑直走了。

胡小天回到儲秀宮，看到洪北漠和龍廷鎮站在庭院中說著什麼，龍廷鎮意識到胡小天回來，雙目充滿怨毒地向他望來。

胡小天此時也沒有心情理會他，剛巧蒙自在從房間內出來，這倒是比預想中的時間要短暫一些，蒙自在來到胡小天的面前道：「胡大人，你的血液我已經查驗過，和公主殿下的血液相符，不會相克相衝。」

胡小天心中越發感到奇怪，他的血型究竟和七七是不是相符他並不清楚，可是他曾經多次被毒蟲咬中，此前又在渤海國吞下了一顆五彩蛛王的內丹，按照閻天祿的說法自己現在已經是百毒不侵，剛才胡小天就有給七七餵食自血液的意思，可毒物都是相生相剋，五彩蛛王又是至尊毒物，很難說毒性剛剛可以中和七七體內的蜂毒，若是毒性太猛，只會過猶不及，反倒害了七七的性命。可這些事偏偏又不能對蒙自在言明，畢竟此人來歷不明，高深莫測。

以蒙自在的醫術和手段應該可以查驗出自己血液中的異常，為何他略去不提呢？胡小天越發覺得此事很可能是個圈套。

就在此時，忽然聽到外面一個小太監進來傳訊，卻是大內侍衛首領慕容展已經到了外面，他請胡小天出去，說是奉了皇上的命令有重要的事情要找他。

胡小天向蒙自在拱了拱手，讓他稍待，自己去去就來。

胡小天轉身出門，心中頗有些奇怪，老皇帝前腳才走，這邊又派慕容展過來，難道老皇帝因為七七被暗算的事情動了真怒，想要對洪北漠和龍廷鎮這幫人下手不成？其實胡小天巴不得老皇帝這麼做，可是又覺得現在不是時候，畢竟七七生死未卜，任何事情都必須先放一放，都不如營救她的性命更加重要，胡小天甚至想過要讓夏長明儘快返回東梁郡將秦雨瞳請來，玄天館內值得信任的也只有她了。

胡小天再度來到儲秀宮外，看到慕容展獨自站在遠處，暗夜之中銀色雙瞳流露出詭異的目光，肌膚蒼白如雪，猶如鬼魅一般。胡小天來到他的面前，卻見慕容展的雙目中流露出一絲關切的神情，心中不由得一怔，馬上意識到眼前的慕容展有些不對。對方以傳音入密向他道：「是我！」

胡小天此時已經可以認定眼前的慕容展乃是夕顏所扮，這妮子真是大膽，竟然敢在這種時候還來到儲秀宮。

胡小天恭敬道：「慕容統領。」說話的時候，悄悄感知著周圍的情形，擔心有人會察覺這邊的情況，然後以傳音入密向她道：「你來這裡做什麼？」

夕顏咬了咬嘴唇道：「我不能來嗎？我是過來看看，你的未婚妻死了沒有？」

胡小天劍眉擰在一起：「果然是你？」

夕顏怒視他道：「是我又怎樣？」

胡小天道：「她跟你無怨無仇，你為何要下如此狠手？」

夕顏冷笑道：「她是你害死的，誰讓你背信棄義？你不是想娶她嗎？我就是要你看著她死去！」

胡小天怒道：「你好毒！」

夕顏點了點頭道：「我本來就是蛇蠍心腸，你今日方才知道嗎？現在我主動過來送死，你只需招呼一聲，這裡就會成為天羅地網，我就死無葬身之地。」

胡小天心中矛盾之極，他低聲道：「交出黑冥冰蛤，我只當此事沒有發生過，你走就是。」

夕顏冷冷道：「我走我留全都是我自己的事情，不要裝出一副情聖的面孔，就算我死，我也不會將黑冥冰蛤交給你。」

胡小天道：「那就休怪我無情！」

夕顏靜靜望著他，雙眸之中流露出悲傷到絕望的目光，芳心中猶如刀絞，她輕聲道：「你對我果然無情，那就只管放馬過來，我倒要看看你有什麼手段？」

胡小天望著夕顏，凝望許久終究還是無法狠下心來，他暗罵自己無用，忽然閉上了眼睛道：「你走吧！」

夕顏以為自己聽錯，卻見胡小天緊緊閉著雙目道：「快走，別讓我後悔。」

夕顏咬了咬櫻唇，幾乎就要落下淚來，她小聲道：「你終究還是捨不得殺我？在你心中終究還是我更加重要一些。」

胡小天真是哭笑不得，女人終究是女人，在這種時候，她居然仍在糾結這個問題，他也不知自己為何會做出這樣的選擇，難道當真如夕顏所說，她在自己心中的地位要比七七更加重要嗎？他緩緩睜開雙目，卻見夕顏展露出一個會心的笑意，她轉過身去，走了兩步，卻又停下腳步道：「你要小心他們的圈套，這件事和我無關，黑冥冰蛤被我放在……」

夕顏的話還未說完，卻見一個身影無聲無息地出現在她的正前方，月光之下，慕容展一身黑衣白髮如霜，雙目靜靜望著這個近乎和自己一模一樣的人。

胡小天也沒有想到慕容展竟然會在此刻出現，心中暗叫完了。

夕顏反應神速，彈指將一顆煙幕彈向慕容展射去，慕容展手中細劍一抖，劍光淒迷如霧，凜冽的劍氣將煙幕一掃而空，夕顏向右側急速撤離，可是卻感到一股強大的壓力從前方逼迫而來，卻是洪北漠及時出現封住了她右側的退路。夕顏不得不再度後撤，左方站著蒙自在，她咬了咬嘴唇，手中連續射出兩顆磷火彈，然後又是一蓬鋼針宛如滿天飛雨般罩向蒙自在。

夕顏認定蒙自在應該是三人中最弱的一環。

胡小天剛才聽到夕顏最後沒說完的那句話，再看到眼前的場面，心中已經完全明白，此事和夕顏無關，她冒著這麼大的風險，只是為了前來提醒自己，千萬不要中了這些人的圈套，一時間心中百感交集，胸中熱血幾欲沸騰，耳邊忽然想起夕顏曾經說過的那句話，其實我才是對你最好的那一個……

磷火彈在距離蒙自在三尺左右的地方先後爆炸開來，綠色火焰倏然擴展到方圓一丈的範圍，餵毒的鋼針穿越磷火射入已經被磷火包圍的蒙自在。

夕顏以驚人的速度衝了出去，沒有選擇從胡小天那裡逃走，乃是因為她不想胡小天主動讓步，而連累到他。

磷火中卻伸出了一隻手掌，看似平緩卻讓人突然產生了一種時間凝固的錯覺，這一掌擊在夕顏的肩頭，將夕顏打得橫飛了出去，然後蒙自在完好無恙地走出磷火，毫髮無損，夕顏全力的反擊在他面前根本不值一提。

胡小天在此時出手，他衝上去，也是一掌擊在夕顏的後心，發出蓬的一聲，夕顏噴出一口鮮血，胡小天的這一掌表面看上去是要阻止她，事實上卻是幫她卸去蒙自在強大無匹的掌力，夕顏的嬌軀緩緩落地，雙足雖然站在地上，可是她已經無法控制住身體的顫抖。

慕容展的細劍撕裂空氣傳來一聲尖嘯，劍鋒透出肉眼可見的尺許雪亮劍芒，直刺夕顏的咽喉。

夕顏容顏慘澹，她緊閉雙眸，心中黯然，小天，來生再見了！

胡小天卻在此時一把將夕顏抓住，以身體擋在她的面前，怒吼道：「住手！」

慕容展的攻勢為之一頓，劍鋒不得不凝滯在中途，蒙自在和洪北漠同時停下腳步，三人的目光同時望向包圍圈中的胡小天，洪北漠一臉不解道：「胡大人，你這是什麼意思？」

夕顏的胸前染滿鮮血，蒙自在的一掌震傷了她的經脈，胸膛撕裂般的疼痛，可是看到胡小天在此時為她挺身而出，心中卻甜蜜到了極點，暗忖，他待我如此，我便是即刻死了也值得了。可同時又不由得為胡小天擔心起來，胡小天這樣維護自己，豈不是正中這幫人的下懷？剛好可以誣陷他跟自己合謀毒害公主，夕顏又是欣喜又是擔心，眼前一黑竟然暈厥了過去。

胡小天沒有理會洪北漠的詢問，他冷冷望著慕容展道：「我也想問，慕容統領是什麼意思？」

慕容展道：「難道胡大人看不出他在冒充我嗎？」

胡小天道：「就算是冒充也要問個究竟！慕容統領為何要急於殺人滅口？」說到殺人滅口這四個字的時候，他向蒙自在狠狠瞪了一眼，蒙自在皺了皺眉頭，剛才他的一掌也沒有留有太多的情面，如果不是胡小天及時出手，恐怕這個冒牌的慕容展已經被自己一掌擊斃了。

洪北漠暗歎胡小天夠狡猾，在這種時候居然還記得反咬一口，血口噴人，誰都不是傻子，剛才他對這冒牌慕容展的回護所有人都看得清清楚楚，可慕容展和蒙自在兩人分明要制這冒充者於死地，洪北漠感覺此時變得越來越有趣了，至少對他並不是什麼壞事。

洪北漠道：「胡大人，他究竟是誰？」

胡小天冷笑道：「你問我？我怎麼會知道？我還以為他就是慕容統領呢。」他伸出手去，將夕顏臉上的人皮面具揭了下來，眾人同時望去，夕顏雖然重傷憔悴，可是仍然無損她的絕世姿容。

胡小天佯裝迷惘，盯住夕顏的面龐看了好一會兒，然後又向慕容展道：「慕容統領應該認識她吧？」

慕容展道：「我怎會認識她？」心中暗罵胡小天故意將矛頭指向自己。

胡小天望向洪北漠，洪北漠也是搖了搖頭，表明自己從未見過夕顏。

蒙自在道：「老夫倒是認得！」

眾人聽他這樣說，同時向蒙自在望去，蒙自在道：「如果老夫沒有記錯，她應當是五仙教的聖女夕顏，也是五仙教教主的親傳弟子。」他向胡小天意味深長道：「胡大人應該認得她吧，當初你送周王殿下前往燮州的時候，不就跟她打過交道？」

胡小天心中暗歎，蒙自在這隻老狐狸隱藏得夠深，從這廝的表現來看，十有八九就是玄天館主任天擎，秦雨瞳當初就是奉了他的命令和自己一同護送周王，途中她和夕顏鬥智鬥勇，兩人應該對彼此的底細都很清楚。蒙自在身為玄天館的首腦人物，對夕顏有所瞭解也很正常。事到如今胡小天也沒必要隱瞞自己和夕顏認識的事實，他點了點頭道：「果然是她，想不到她的易容術如此高超，我還以為她就是慕容統領呢。」

慕容展一張面孔變得越發慘白，胡小天字字句句矛頭都是指向自己。應該說不僅僅是在針對自己，胡小天還在將他自個兒摘清楚，意思是他根本就沒認出這個慕容展是冒牌貨。

洪北漠輕聲道：「我看還是將她先交由我來處理，我就不信從她嘴裡問不出實情。」

慕容展道：「她冒充我在先，更何況這裡是我的管轄範圍，此事理當由我來處理。」他們都想將夕顏帶走，胡小天又豈能讓他們隨隨便便將夕顏帶走，冷冷道：「人是我抓住的，自當由我來處理，兩位大人就不必費心了。」

蒙自在道：「當務之急乃是從她口中問出解藥何在，至於其他的事情還是延後再說。」

胡小天從幾人的對話中已經看出，他們三人也並非同一立場，他心中暗暗慶幸，幸虧如此，如果三人共同策劃來害自己，恐怕今天就麻煩了，自己雖然暫時撇開嫌疑，可是這幾人無一不是心機深沉老謀深算之輩，他們又豈能被自己輕易蒙混過去，夕顏啊夕顏，你向來精靈古怪，智慧卓絕，為何今日竟然如此大意，自投羅網呢？

胡小天心中其實明白，夕顏是要提醒自己，蒙自在剛才已經提出什麼推宮換血，如果夕顏不出現，自己在沒有其他選擇的情況下很可能會冒險一試，只怕十有八九會被蒙自在計算其中，夕顏是冒著生命的危險來救自己，想到這一層，胡小天更是心如刀絞，望著夕顏蒼白的俏臉，他心中暗暗發誓，無論付出怎樣的代價都要將夕顏從這裡救出去，可是在眾目睽睽之下，即便是自己有決心有勇氣，也未必能夠實現。

一個陰惻惻的聲音從身後響起：「不如將她先交給老奴。」

卻是權德安出現了，看到權德安，胡小天心中一沉，早在青雲之時權德安就知道他和夕顏有聯繫，他對夕顏的身分也是清楚的，權德安對待七七視如生命，他若是認為夕顏毒害了七七，肯定會不惜採取一切的手段來逼她拿出解藥。可轉念一想，正是因為如此，權德安才不會輕易傷害她的性命，至於洪北漠說不定巴不得七七去死，蒙自在和慕容展兩人究竟是何立場，他們的用心到底是什麼？胡小天對此更是一無所知，夕顏落在他們手中只怕危險更大。自己若是堅持不將夕顏交給他們，恐怕他們會借機誣陷，胡小天思前想後，唯有冒險選擇權德安了，他當下點了點頭道：「交給權公公我倒放心。」

權德安走了過來，手掌輕輕搭在夕顏的肩頭，夕顏嬌軀一震，猛然睜開了雙眸，權德安道：「是你自己走，還是咱家打斷你的腿，讓人抬你進去？」

夕顏雖然身陷囹圄卻不見絲毫的慌亂，她喘了口氣，借此舒緩剛才蒙自在給她一掌帶來的痛苦，輕聲道：「你敢動我一根頭髮，就不怕我師父找你報仇？」

權德安道：「你這話對別人有用，對咱家卻沒有半點的作用，公主若是有個三長兩短，咱家就生無可戀，你信不信，公主殿下承受一分痛苦，咱家就會十倍奉還給你。」

胡小天道：「妖女，識相的趕緊交出解藥，不然……」

「不然怎樣？」夕顏一雙美眸望定了胡小天，原本銀色的雙眸迅速恢復了原本的黑色，美眸之中目光蕩漾，淚光盈盈當真是我見尤憐。

夕顏歎了口氣道：「你們這麼多人欺負我一個弱女子，你們是不是男人？」目光移動到權德安的臉上，充滿譏諷道：「我倒忘了，你本來就不是男人。」

權德安道：「姑娘只要交出解藥，咱家會留你一個全屍。」

夕顏格格笑了起來，笑聲卻牽動了傷處，噗的一聲噴出一口鮮血，她捂住胸口好不容易才平息下來，目光盯住蒙自在道：「你既然認定是我下毒害了你們的公主，為何還要對我下毒手？想要殺我而後快呢？」她又望著慕容展道：「你也那麼想殺我，究竟是心中恨我，還是急於將我滅口？」

慕容展和蒙自在兩人臉色都不好看，剛才他們出手就是致命一擊，周圍人都是高手，這一點根本掩飾不住。

夕顏道：「難道你們不清楚我若是死了，你們的寶貝公主也要陪葬嗎？」

洪北漠沒事人一樣冷眼旁觀，他發現今晚的事情卻是越來越有趣了。

蒙自在淡然笑道：「姑娘真以為你們五仙教下毒的手法天下無雙嗎？」

夕顏道：「當然難不住你這位玄天館的高手，既然如此，你為何遲遲沒有救人？是你沒這個本事？還是你根本就不想救公主？」

「放肆！」蒙自在大吼道。

第五章

# 關係敗露

夕顏睜開雙目，一點點適應了這昏暗的環境，
看到胡小天就在自己的面前，內心陷入一片惶恐，
想到的是她和胡小天之間的關係敗露，一樣身陷囹圄，
當她看清胡小天完整無恙，這才放下心來。
馬上怒道：「要殺便殺，你休想我交出解藥。」

蒙自在的表情雖然嚴峻，可是目光卻依然古井不波，足見此人表露在外的變化和深不可測的內心毫不相符，其實他並沒有因為夕顏的指責而動怒，沉聲道：「就算沒有你，老夫和胡大人聯手也應該可以治好公主殿下。」

胡小天心想這老東西到現在還想坑我。

夕顏道：「那你們大可一試。」

權德安道：「你還是乖乖交出解藥，不然咱家就對你不客氣了。」

夕顏道：「以為我會害怕你們威脅嗎？」

胡小天道：「你說，只要你為公主解毒，什麼條件我都答應你。」他之所以這樣說，目的就是為幫助夕顏脫身做鋪墊，以夕顏的智慧應該不會錯過這個機會。

夕顏望著胡小天道：「此話當真？」

胡小天毫不猶豫地點了點頭。

洪北漠和蒙自在對望了一眼，不但他們，其實連周圍幾人在同時都產生了一樣的想法，如果這妖女提出讓胡小天放她離去，那豈不是胡小天也要答應？如此看來他們兩人一定是合謀串通，胡小天如此迫不及待地相救這妖女，這樣的做法等於自掘墳墓。

夕顏道：「你拿什麼保證？誰又能保證？」

胡小天道：「我能保證，只要你治好公主，我保證你可以平安離開皇宮。」他巴不得夕顏提出條件，哪怕是故技重施，哪怕是讓自己一命換七七一命也可以。若是夕顏因為他而遭遇不測，只怕他這一生也良心難安。

夕顏望著胡小天呵呵笑了起來，她點了點頭：「你想什麼我都知道，你願意為她去死對不對？」

胡小天望著夕顏，一時間不知如何回答她，夕顏美眸之中滿是淚光，她咬了咬櫻唇道：「你越是緊張她，我越是不會救她，我會看著她受盡折磨而死！」權德安突然出手擊打在夕顏的頸後，將她一掌拍暈過去。胡小天幾乎衝上去和他拚命，可是他的理智仍然有效地控制住了自己，現在就算衝出去一樣於事無補。

胡小天被夕顏的這番話震住了，明明這件事不是她做的，她為何還要承認。

權德安陰惻惻道：「看來不用一些手段，這妖女是不肯說實話的。」他抓起夕顏向宮內走去，胡小天強行抑制住跟他前去的念頭，轉向蒙自在道：「蒙先生想和我如何聯手呢？」

蒙自在皺了皺眉頭，他低聲歎了口氣道：「不到最後一步還是不要採用老夫的辨法，既然已經抓住罪魁禍首，還是先從她那裡著手，或許能夠找到解藥也未必可知。」

慕容展也起身告辭，發生了這麼大的事情，他要馬上向皇上稟報。

洪北漠也藉口有事需要離開一下。

現場只剩下蒙自在和胡小天，胡小天意味深長道：「想不到蒙先生的武功如此高明。」

蒙自在淡然笑道：「胡大人的武功才真是厲害，對了，剛剛老夫為胡大人查驗血液之時，發現胡大人血液之中似乎有些不同尋常的成份。」

胡小天心中暗忖，以蒙自在的見識和本事，應該已經從自己的血液中查到了五彩蛛王內丹的成份，此人明明已經知道，卻仍然提出推宮換血的方法，難道他沒有考慮到兩種不同的毒素相克的後果？當真自己將血液輸入到七七的體內，或許會讓她喪命。從剛才他對夕顏出手的那一掌來看，分明是不留後手，要將夕顏置於死地，此人實在歹毒，其心可誅。

胡小天聽蒙自在提起這件事故意裝出驚詫的樣子：「有何不同？」

蒙自在道：「胡大人最近有沒有服用過什麼丹藥？」

胡小天搖了搖頭。

「有沒有被毒蟲咬傷的經歷？」

胡小天故作迷惘，想了想又搖了搖頭道：「沒有過呢。」

蒙自在道：「胡大人可願讓老夫為你把脈？」

若是今天之前，胡小天或許會答應蒙自在的請求，可是現在他對蒙自在視如蛇蠍，當然不會以身相試，若是將自己的脈門交給此人，等於將性命交給了他，夕顏如果不是為了提醒自己提防此人，也不會落到現在的地步。

「蒙先生就不必操心我的事情了！」胡小天斷然拒絕，蒙自在略顯尷尬，咳嗽了一聲道：「胡大人還是信不過老夫。」

胡小天微笑道：「蒙先生真是料事如神！」信不過，當然信不過，現在他心中恨不能將蒙自在碎屍萬段，過去怎麼就沒發現老賊那麼陰險，只是目前還搞不清蒙自在到底扮演怎樣一個角色，他和洪北漠、慕容展之間又是怎樣的關係？

七七的病情，夕顏的命運已經成為懸在胡小天心頭的兩把劍，隨時都可能落下將他的內心砍得鮮血淋漓。回到儲秀宮，胡小天先去看了看七七，雖然內心深處極其緊張夕顏，可是相信權德安在沒有得到解藥之前不至於對她下辣手，而且他不能表現出太過關切，剛才幾人應該已經對他生出了疑心。

七七仍在昏睡，胡小天沒有驚醒她，悄悄又退了出來。出門後就看到一名小太監在外面候著，卻是權德安讓他過來的，請胡小天過去一趟。

那小太監引著胡小天來到門前，胡小天輕輕敲了敲房門，裡面傳來權德安漠然的聲音道：「進來！」

胡小天推門走了進去，那小太監不等吩咐就將房門從外面帶上了，室內光線昏暗，權德安靜靜站在那裡，在牆角處蜷曲著一個人，正是被制住穴道的夕顏。

胡小天道：「權公公找我有什麼事情？」

權德安的目光向夕顏的身上掃了一眼道：「也沒什麼大事，想請胡大人過來單獨商量商量公主的事情。」

胡小天沒有說話，借著微弱的光線看到權德安的臉部，他的面部輪廓猶如刀削斧鑿，生硬而冰冷，整個人透著森森的詭異。

胡小天道：「公公打算怎樣問她？」

權德安緩緩轉過臉來，深邃的雙目死死盯住胡小天的眼睛：「你從一開始就知道她的身分對不對？」

胡小天臨危不亂，平靜道：「你懷疑我？」

權德安搖了搖頭道：「咱家不關心這其中的糾葛，咱家只想救公主，剛才的情景咱家也看得清清楚楚，有人想置她於死地，如果她當真是下毒謀害公主之人，那麼急於殺死她的人也逃脫不了同謀的干係。」

胡小天道：「公公有沒有想過，這件事或許跟她無關呢？下毒的另有他人，殺掉她剛好可以將一切的責任推到她的身上？」

權德安意味深長道：「那麼胡大人不妨告訴我，她來找你作甚？」

胡小天毫不畏懼地迎著他的目光道：「你以為呢？」

權德安道：「你和她之間的關係並不簡單吧？」

「這種時候，權公公對這些事情還感興趣？」

權德安道：「聽說很多女人為了喜歡的人可以連性命都不要。」

胡小天內心一沉，權德安果然老奸巨猾，看來他早已看破了自己和夕顏之間的關係，甚至已經猜到夕顏此次冒險前來的真正目的。

「推宮換血！乃是一個極其冒險的療傷辦法，雖然有營救公主的可能，但是對你卻是沒有半分好處的。」

胡小天道：「你剛才為何不說？」

權德安毫不掩飾道：「咱家只關心公主的安危，若是只能在你和公主之中做出選擇，咱家絕不會猶豫。」言外之意就是他就算能夠看破蒙自在的用心，可是為了救公主，也不惜犧牲胡小天的性命。

胡小天道：「我和蒙自在無怨無仇，連我都不知道他為何要害我？」

權德安道：「烈焰狂蜂的的確確是五仙教秘煉的毒物，你們的恩怨咱家不想管，也不會說，可是公主的安危，咱家卻不能不管。」

胡小天的目光投向夕顏道：「她應該有辦法。」

權德安緩緩點了點頭道：「所以咱家才將她請了進來，如果她落在其他人的手中恐怕會有很大的麻煩，對胡大人來說尤其如此。」他向胡小天走近了一步，低聲道：「你勸她治好公主，咱家給她一條活路。」

胡小天望著權德安，從他的目光中，胡小天已經意識到權德安對所有的事情都心知肚明：「我焉知你不會害我？」

權德安唇角露出一絲諱莫如深的笑意：「你還有選擇嗎？」

夕顏悠然醒轉，睜開雙目，當她一點點適應了這昏暗的環境，方才看到胡小天就在自己的面前，她的內心陷入一片惶恐之中，首先想到的是她和胡小天之間的關係敗露，胡小天也和她一樣身陷囹圄，當她看清胡小天完整無恙，這才放下心來，馬上怒道：「要殺便殺，你休想我交出解藥。」

胡小天聽到她衝口而出的這句話，眼淚差點沒感動地掉下來，直到現在夕顏想的仍然不是她自己的安危，而是想著如何保護自己，為自己做掩飾，此番深情讓他怎生回報？

胡小天抿了抿嘴唇，平復了一下情緒，方才以傳音入密道：「你不必這樣，權德安是個明白人，是他給我這個機會，只要你治好七七，他答應會放你一條生路。」

夕顏眨了眨美眸，雙眸中閃爍著淒迷的淚光：「我才不管他說什麼，我只聽你的話，你是不是想我救她？」

胡小天點了點頭。

夕顏示意他將耳朵湊過去，胡小天依著她的話將耳朵湊到她的櫻唇邊，夕顏附在他耳邊小聲道：「那黑冥冰蛤被我藏在藏書閣的……」小聲說完，在胡小天的面頰上輕輕吻了一記。

胡小天沒想到她居然會這麼簡單就告訴了自己，直愣愣望著夕顏。

「為什麼這樣看著我？」

「為什麼要對我這麼好？」

夕顏溫婉一笑：「我就是要讓你內疚，就是要讓你欠我一輩子！」

龍宣恩聽完慕容展的稟報勃然大怒：「慕容展，你負責皇城的治安，居然可以讓刺客混入其中，對得起朕的信任嗎？」

慕容展跪倒在地下：「陛下，臣辦事不利，可是最近皇宮侍衛更迭頻繁，有些事並非臣能夠控制……」

「住口！」龍宣恩大吼一聲，怒視慕容展道：「你是在指責朕嗎？」

「不敢！」

龍宣恩氣得身軀都顫抖起來：「你們一個個都以為朕老糊塗了是不是？啊？」

「臣從未如此想過。」

龍宣恩道：「你這就去查，給朕查個清清楚楚，到底有多少殺手潛伏在朕的皇宮之中，到底是誰策劃的這場暗害七七的事情，朕給你一天，一天之內如果查不出結果，你自己提著腦袋過來見朕！」

慕容展謝恩離開，來到宮門前，正遇到洪北漠。

慕容展向洪北漠頷首示意，洪北漠微微一笑道：「皇上歇了嗎？」

慕容展搖了搖頭道：「皇上心情不好，洪先生小心。」

洪北漠歎了口氣道：「換成誰都會心情不好。」兩人分別之後，洪北漠進宮面聖。

龍宣恩見到洪北漠也沒什麼好臉色，冷冷望著他道：「洪愛卿不在儲秀宮，來這裡做什麼？」

洪北漠道：「啟稟陛下，臣在那裡也幫不上什麼忙，所以才過來看看皇上，陪皇上說說話。」

龍宣恩根本沒給他什麼好臉色：「朕不需要人陪！」

洪北漠恭敬道：「皇上一定還在為公主殿下的事情心煩吧？其實皇上大可放心，有玄天館的蒙先生在，殿下肯定不會有事。」

龍宣恩道：「剛才慕容展說殺手已經抓到了？」

洪北漠點了點頭道：「的確抓住了一個人，至於是不是兇手還待審問。」

龍宣恩呵呵冷笑道：「審問？你是說她的背後還有人指使？」

洪北漠道：「陛下，人在權德安的手裡，到底內情如何，微臣也不知道。」

龍宣恩咳嗽了一聲，從龍椅之上緩緩站起身來，挺直了腰桿，他的身上竟呈現出久違的君臨天下捨我其誰的氣度，雙目俯視洪北漠，陰森的目光讓洪北漠感受到一種無形的壓迫，虎老雄風在，即便是眼前的老皇帝已經行將就木，也需警惕他的亡命反撲。

洪北漠躬身垂首，目光盯著龍宣恩的腳下，是一種尊重，更是一種迴避。

龍宣恩道：「胡小天和七七幾乎同時遇刺，應該不會是巧合吧？」

洪北漠的聲音不卑不亢：「臣也覺得應該不是巧合。」

龍宣恩道：「依你之見，誰有嫌疑？」

洪北漠道：「從表面上來看，臣的嫌疑最大！」

龍宣恩沒有料到他居然如此坦白，沉聲道：「怎講？」

「今日乃是臣邀約公主殿下和胡大人前往駙馬府去驗收竣工情況，這件事外人並不知道，胡大人在前往駙馬府的途中遇刺，公主殿下在宮中還未啟程就遭人暗算，換成誰來看，都是臣的嫌疑最大。」

龍宣恩道：「那你如何自證清白呢？」

洪北漠道：「陛下知不知道剛才落網的那名刺客是誰？」

龍宣恩道：「慕容展說她是五仙教教主的徒弟夕顏。」

洪北漠道：「陛下知不知道她其實還有另外一層身分。」

龍宣恩皺了皺眉頭。

洪北漠道：「她的本名叫李無憂。」

「李無憂？」龍宣恩聽到這個名字的時候似乎有些印象。

洪北漠道：「要說這個名字還是當年皇上御賜的。」

龍宣恩聽他說完，內心之中霍然驚醒：「你是說……她，她竟然是李天衡那逆賊的女兒？」

「皇上聖明！」

龍宣恩重重坐回到龍椅之上，緊握雙拳，洪北漠的這番話讓他陷入深深的思索之中，李天衡的女兒竟然是五仙教主的徒弟，而她潛入宮中的目的又是為了刺殺七七，這其中到底有著怎樣的內情？剛才他在離開儲秀宮之時特地將胡小天叫出詢問，胡小天的矛頭分明指向洪北漠，而洪北漠卻在此時拋出這樣一個讓人震驚的消息，他究竟在暗示什麼？

洪北漠道：「陛下應該還記得，胡不為和李天衡曾經聯姻的事情吧？」

龍宣恩點了點頭道：「記得，胡不為的兒子和李天衡的女兒訂親，當時和胡小天訂親的就是這個李無憂嗎？」

洪北漠道：「正是！」

事情遠比龍宣恩預想中更具有戲劇性，洪北漠雖然沒有說明，可是他正在一步步將自己導向一件事，那就是胡小天和李無憂聯手謀害七七，李無憂除掉七七的目的可以用因愛生恨剷除情敵來解釋，可是胡小天呢？他為何要對七七下手？這對他又有什麼好處？如果一切果然如洪北漠所說的這樣，胡小天在前往駙馬府途中遇刺就是一齣自導自演的苦肉計，他這樣做的目的只是為了避嫌，讓別人不會懷疑他和七七中毒的事情有關。

龍宣恩沉默良久都沒有說話，胡小天說的不會是實情，洪北漠所說的也未必是實情，真正想七七死的那個人應該是他，七七死了，龍廷鎮成為儲君的道路上就不會有任何的阻礙，洪北漠想要扶植他上位的想法就可以實現，龍宣恩的內心中湧現起難言的悲哀，他開始意識到，圍繞在自己身邊的這些人，每個人都有自己的算計，每個人都對自己陽奉陰違，難道自己的結局就是眾叛親離？

洪北漠主動來見龍宣恩，並說出這些事，其用意不僅僅是針對胡小天，轉移矛盾，更主要的是要試探龍宣恩的反應，從龍宣恩的種種做派表明，他對自己產生了很重的疑心，他們之間長久以來的合作已經瀕臨崩潰的邊緣，讓洪北漠感到心驚的卻不僅僅是龍宣恩，今晚慕容展和蒙自在對夕顏出手之時，他始終都在冷眼旁觀。旁觀者清，他看得出兩人要將夕顏格殺當場的決心，如果不是胡小天出手，只怕夕顏已經死了。

夕顏若是身死，七七中毒之事必然算在她的身上，蒙自在和慕容展又在掩飾什麼？洪北漠有種前所未有的緊迫感。

按照夕顏的指引，胡小天取來了黑冥冰蛤，回到儲秀宮來到七七身邊，讓人將七七扶起，取出黑冥冰蛤，這冰蛤寸許長度，形狀上和尋常的青蛙並沒有太大的區別，但是多了條尾巴，通體透明，從前額的中心到尾部有一條纖細的黑線。

胡小天將冰蛤貼在七七的左肩之上，很快讓人驚奇的一幕出現在他們的面前，卻見黑冥冰蛤的身體開始有紅色的細點開始侵入，如煙似霧，沒過太久的時間，黑冥冰蛤通體就變成了血紅的色彩，胡小天心中暗喜，知道這紅色應該是從七七體內吸取的蜂毒。過去只聽說黑冥冰蛤乃是解毒聖物，今天方才得緣一見，果然神奇如斯。想起夕顏對自己的一片真情，心中暗自感動，雖然權德安答應了自己會給夕顏一條生路，恐怕真正實施也沒有那麼容易。事情總得一件一件的做，先將七七體內的蜂毒清除，等到她轉危為安，然後再救夕顏。

黑冥冰蛤完全變成了紅色，胡小天按照夕顏給他說的辦法，將黑冥冰蛤浸泡在早已準備好的水盆之中，不一會兒功夫，水盆內的清水染成了紅色，黑冥冰蛤重新恢復了本來的透明，胡小天再次將冰蛤貼在七七的肌膚之上，如此這般，重複了三次，七七肩頭的肌膚已經紅色盡褪，不過還有些微微浮腫。

胡小天將黑冥冰蛤洗淨之後收起，這是夕顏的東西，他必須要物歸原主。

此時七七緩緩睜開了雙目，額頭上佈滿細密的汗珠兒，眨了眨眼睛，望著胡小天道：「辛苦你了，天哥！」

胡小天轉過身來，看到她已經甦醒，從她的言談來看，頭腦應該已經清醒過來了，心中也是倍感欣慰，柔聲道：「看到你沒事我就放心了，好好休息一下，等睡醒了，明天一切都會好起來的。」

七七溫婉一笑，伸出纖手主動抓住胡小天的大手，小聲道：「我要你留下來陪我。」

胡小天笑了笑，輕輕拍了拍她的手背道：「乖，我有些事情需要處理，等忙完之後，即刻回來陪你好不好？」

七七點了點頭：「你快去快回。」

胡小天帶著黑冥冰蛤來到囚禁夕顏的地方，權德安坐在門外曬著太陽，聽到胡小天的腳步聲，睜開雙目道：「殿下怎樣了？」

胡小天道：「應該沒事了，體內的蜂毒已經清理乾淨。」

權德安鬆了口氣道：「這樣最好！」

胡小天道：「我可以進去嗎？」

權德安意味深長地望了胡小天一眼道：「如果咱家是你，就不會進去。」

胡小天以為權德安要出爾反爾，冷冷道：「權公公剛才說什麼來著？」

權德安道：「咱家剛才答應大人的時候，還不知道她的身分那麼複雜呢。」

胡小天忽然聽到身後傳來嘈雜的腳步聲，他轉過身去，卻見慕容展率領十多名侍衛進入儲秀宮內，胡小天心下一沉，此人來者不善。權德安緩緩站起身來，咳嗽了兩聲道：「慕容統領，您如此興師動眾來到儲秀宮，又是為了什麼事情？」

慕容展抱拳道：「權公公，胡大人，在下奉了陛下之命前來提走那名謀害公主的殺手。」

胡小天冷冷望著權德安，在這件事上權德安無疑違背了剛才的承諾，說什麼只要治好七七，他就可以放過夕顏，給她一條活路，現在看來根本就是敷衍自己的鬼話罷了。

權德安的表情也顯得頗為無奈，有些事情並非是他能夠掌控，即便是他也看出這件事其中必有蹊蹺，夕顏未必就是下毒之人，可事情如今已經驚動了皇上，就不是他能夠左右的了。

胡小天緩步來到慕容展的面前，擋住他的去路。

慕容展銀色的雙眸冷冷盯住胡小天道：「胡大人想要阻止我？」

胡小天微笑道：「凡事都得有個規矩，慕容統領既然說奉了皇上的命令而來，請問可有聖旨？」

慕容展唇角泛起一絲冷笑：「胡大人若是不信，只管隨我去皇上面前驗證。」

胡小天傲立於原地絲毫沒有後退的意思，一雙朗目迸射出凜冽的殺氣：「我不是不信皇上，是不信你，若是將人犯交到你的手上，只怕她會沒命見到皇上。」

慕容展的手緩緩落在劍柄之上：「胡大人，我是奉了皇上的命令辦事，還請不要為難於我。」

胡小天呵呵笑道：「此事關乎公主的安危，我必須要親自查個清清楚楚，在沒有查出幕後真凶之前，我不會將人犯移交給任何人。」

慕容展蒼白的手緊緊握住了劍柄：「胡大人這是要難為我了？」

胡小天道：「慕容統領想做什麼，大家心知肚明，你只管去回覆皇上，任何責任我來擔當。」

慕容展呵呵笑道：「你來擔當？只怕你擔當不起。」臉上的笑容驟然收斂，厲聲喝道：「來人！將人犯給我帶走！」身後十餘名大內侍衛向胡小天圍攏而來。

胡小天點了點頭，環視那群侍衛，目光所及之處，侍衛無不迴避他充滿殺氣的目光，這些侍衛都是慕容展的親信，也是這次人員更換碩果僅存的幾個，其中多半都和胡小天共事過，胡小天什麼人物他們豈能不知？誰也不想得罪胡小天，都知道得罪不起，可是身為大內侍衛，頂頭上司的命令又不能不聽，一時間陷入兩難之境。

胡小天不屑道：「你又何必為難兄弟？想要把人犯帶走，不如你踩著我的身體過去。」他非但沒有後退，反而向前跨出一步，強大的內力自丹田氣海升騰而起，瞬間充滿他的經脈，從他的身上彌散出一股無形壓力，讓周圍眾人不由得呼吸為止一窒。

權德安歎了口氣道：「兩位大人，大家都是同殿為臣，何必為了一個人犯而反目相向？」

慕容展冷笑道：「好！就讓我來領教你胡大人的高招！」右手緩緩抽出腰間細劍，細劍方才露出一寸，凜冽的殺氣已經彌散到周圍一丈的範圍，身後眾侍衛紛紛後退，慕容展一字一句道：「抗旨不准，藐視朝廷，胡大人現在後悔還來得及。」

胡小天微笑道：「有資格給我定罪的只有皇上，你？還不夠斤兩！」慕容展今日之所為已經激起了胡小天心底的怒氣，此人立場不明，居心叵測，若是將夕顏交到他的手中，只怕凶多吉少，胡小天不可以拿夕顏的性命冒險。

眼看大戰一觸即發，遠處卻傳來輕輕的咳嗽聲，卻是永陽公主七七在兩名宮女的攙扶下走了出來，她的臉色仍然有些蒼白，身體顯然沒有完全康復。

眾人看到永陽公主前來，慌忙行禮，胡小天和慕容展也放棄了動手的打算。

七七一雙清澈明眸冷冷望著慕容展道：「慕容統領，你帶了這麼多人，擺出這麼大的陣仗，來我這裡做什麼？」

慕容展恭敬道：「殿下，微臣奉了皇上之命特來提走刺客。」他向胡小天看了一眼又道：「可是胡大人堅決不准。」

七七轉向胡小天道：「你為何不准？」

胡小天道：「殺手幕後必然還有他人在指使，我對慕容統領不放心，剛才在儲秀宮外，如果不是我及時出手阻攔，殺手已經死在他的劍下，若是殺手死了，我就根本找不到解藥，更談不上為公主順利解毒。」胡小天這句話說得相當不客氣，等於公然指責慕容展想要殺人滅口，差一點間接將七七害死的事實。

慕容展臉色陰沉道：「欲加之罪何患無辭，胡大人這是在懷疑我了？」

胡小天點了點頭道：「總之我不會將她交到本身就擺脫不了嫌疑的人手中，皇上信你，我不信你！」

「你！」

七七歎了口氣道：「事情還未查清之前，自己人反倒先打起來了，相互指責於事無補，既然此事因本宮而起，那麼本宮就要調查清楚，慕容統領。」

「微臣在！」

七七淡然掃了他一眼道：「這邊的事情就不勞你費心了，有時間你還是多巡視一下皇宮，別再讓殺手混進來。」

慕容展頓時無語，胡小天阻攔，他尚可一爭短長，可是現在永陽公主親自出面，他總不能打著皇上的旗號和永陽公主公然翻臉，此時也只能暫時作罷。

慕容展道：「公主殿下，微臣有幾句話向單獨對您說。」

胡小天一旁道：「公主毒傷未癒，有什麼話改天再說吧！」他心底對慕容展厭惡至極，過去還看在慕容飛煙的份上對此人留有情面，想不到他居然包藏禍心，從今日他想要剷除夕顏來看，此人肯定還有其他的目的。

七七不無嗔怪地看了胡小天一眼，小聲道：「我送慕容統領。」

「多謝殿下！」

看到七七和慕容展那群人離去，權德安長舒了一口氣。

胡小天道：「權公公真是信人！」

權德安當然聽得出他話中的嘲諷，尷尬咳嗽了一聲道：「胡大人，咱家只是答應給她一條活路，並未說過要放她走，咱家沒這個本事，更沒有這個膽量。」

胡小天懶得跟他廢話，低聲道：「我進去看看。」

權德安想說什麼，卻欲言又止，胡小天的手方才貼上房門，卻聽身後響起七七冷漠的聲音道：「你對她還真是牽掛得緊呢！」

胡小天止步不前，想不到七七這麼快就回來了，卻不知慕容展這會兒功夫都跟她說了什麼？他轉過身去，微笑道：「殿下，外面風大，你毒傷未癒，還是去休息吧，這裡的事情交給我來料理。」

七七笑了笑，笑容說不出的冷淡，她緩步來到門前，推門走了進去。

胡小天暗叫不妙，雖然將夕顏留在了身邊，可是七七此番的動機是什麼還不清楚，他慌忙跟了進去，權德安搖了搖頭，也跟著走了進去。

兩名宮女搬來一張椅子，讓七七坐下，七七坐在那裡，輕輕擺了擺手，其中一名宮女點燃燭火，湊近夕顏照亮她的面龐，夕顏無畏和她對視著。

七七看了好一會兒方才道：「果然生得國色天香，難怪讓有些人為你神魂顛倒，甘願冒著犧牲性命的危險去保護你呢。」說這話的時候，美眸有意無意地瞥了胡小天一眼。

胡小天頭皮發麻，看來事情果然是越來越麻煩了，七七的性情他極其瞭解，為人冷酷無情六親不認，若是她認定夕顏跟自己有糾葛，還不知會採取怎樣的冷血手段。而且從她的話音中明顯可以聽出嫉妒的成份在內，這女人若是嫉妒起來什麼瘋狂的事情都幹得出來，想到這一層，胡小天有些不寒而慄。

七七道：「說說吧，為什麼要暗算我？」

夕顏淡然笑道：「我若是想害你，為何還要救你？」

七七道：「也許你怕了，也許你想用這種方法來保全自己的性命，也許你為了某些人這樣做。」

夕顏道：「救了你也要死，不救你仍然要死，和你這位身嬌肉貴的公主同歸於盡，豈不是划算得多？」

七七冷冷道：「好一張厲害的嘴皮子，看來不給你點厲害你是不肯說實話了，來人！」

胡小天一旁笑道：「殿下，您還是回去休息，這裡有我來處理。」

七七向他展顏一笑：「我的事情怎麼好意思總讓你操心呢？」

胡小天道：「應該的。」

七七伸出手去握住胡小天的大手，輕輕將俏臉貼在他的手背之上，一雙妙目充滿得意地望著夕顏，夕顏看到眼前一幕，芳心為之一顫，下意識地咬住櫻唇。

胡小天知道七七是故意以這樣的親密姿態來刺激夕顏，想起夕顏為自己所做的一切，現在又要被七七這樣刺激，心中不由得內疚起來，輕聲道：「你毒傷初癒，還是回去休息吧，權公公……」

「怎麼？急著趕我走啊？是不是你跟她還有話要說？」

七七緊緊握住胡小天的大手，手掌的溫度卻漸漸冷卻了下去，一雙妙目冷冷望著胡小天。

胡小天道：「是！她之所以答應救你，是因為我答應了她的條件，我答應放她離開，所以她才將黑冥冰蛤給我。」

七七呵呵笑道：「你要放她走啊？」

胡小天道：「是！」

七七猛然甩開胡小天的手掌，站起身來，目光灼灼盯住胡小天道：「權公公，殺了她！」

權德安雖然應了一聲，可是並沒有移動腳步。胡小天道：「公主殿下，對你下手的人根本就不是她，你不可這樣做！」

七七冷笑道：「不是她是誰？不是她，她為何有解藥？」

「事情並非你想像的那麼簡單。」

七七向胡小天走了一步：「你這樣說，是不是等於告訴我你知道內情？」

胡小天道：「可不可以單獨跟你說幾句？」他發現七七漸漸變得不可理喻，難道是夕顏的存在刺激到了她？

七七搖了搖頭：「胡小天，你究竟想騙我到什麼時候？她到底是誰？你跟她又是什麼關係？」

胡小天暗叫不妙，他以為自己和夕顏過去相識的事情被七七知道，卻沒料到事情比他想像的更加嚴重。他毫不退縮道：「我胡小天做事向來言出必行，我答應過別人的事情就一定做到！」

七七冷笑道：「言出必行！好一個言出必行……」因為情緒太過激動，她不停咳嗽了起來，嬌軀一軟，險些跌倒在地上，胡小天慌忙伸手將她扶住。

權德安歎了口氣道：「公主殿下，您還是回去歇著，這裡交給老奴就是。」

七七想要從胡小天懷中掙脫開來，怎奈身軀痠軟無力。胡小天以傳音入密向她道：「七七，你冷靜些，容我向你解釋再說。」

七七似乎稍稍冷靜了一些，歎了口氣道：「權公公，你守在這裡，沒有本宮的吩咐，任何人不得進來，待會兒我再好好審問。」言語間明顯已經做出了讓步，看來剛才讓權德安殺了夕顏只是一時間的氣話。

胡小天將七七送回了寢宮，想要保住夕顏，幫她完好無恙地離開這裡，就必須要說服七七，沒有她的幫助，恐怕只有拚著和大康決裂，帶著夕顏硬闖皇宮了，不到最後一步，胡小天還不想做出這樣的選擇。

七七坐下之後，從宮女手中接過剛剛燉好的燕窩粥，這會兒她的臉上已經看不到剛才的怒氣，風輕雲淡，鎮定從容。胡小天不禁詫異於她的轉變之快，耐心等她將粥吃完。

宮女送來熱毛巾，七七拿起慢條斯理地擦了擦精緻的櫻唇，眨了眨明眸，目光終於來到胡小天的臉上，然後揚了揚手，示意周圍宮人全都退了出去，柔聲道：「你餓不餓？要不要他們盛碗粥給你？」

胡小天道：「我吃不慣，那玩意兒糊嘴。」

七七望著他依然鎮定的面孔，輕輕笑了起來：「現在的感覺是不是有些如坐針氈呢？」

胡小天道：「我是那麼沉不住氣的人嗎？」

七七道：「你跟那妖女早就認識吧？」

事到如今胡小天也沒必要隱瞞下去，點了點頭道：「在西川的時候就認識，要說還是因為你的緣故。」

「哦？」七七顯得有些詫異。

「如果不是因為護送你去燮州，我也就遇不到她。」

七七點了點頭，意味深長道：「老相好了哦！」

胡小天道：「沒你想像的那種關係，我只知道她是五仙教的人，並不知道她會出現在儲秀宮。」

七七道：「我所中的蜂毒是不是她所為？」

胡小天道：「此事我也不清楚，今天我們原本約好了去駙馬府，可是我在前往駙馬府的途中被人暗殺，肩頭中了一記冷箭。」說到這裡，他故意停頓了一下，卻見七七臉上的表情並未有任何的改變，似乎對他受傷這件事漠不關心，胡小天心中不由得有些不爽了，未婚夫受傷了居然都不表示一下關心？可七七既然無動於衷，他也只能繼續說下去：「幸好我反應及時，躲過了要害，可剛到駙馬府就聽說你中毒的事情，於是我和洪北漠一起趕過來了。」

七七道：「我們約好了前往駙馬府的事，除了你我之外，只有洪北漠知道。」

胡小天點了點頭道：「所以我才懷疑他，他一直都想捧龍廷鎮上位，會不會借著這個機會剷除你我？」

七七搖了搖頭道：「他似乎沒這麼大的膽子吧。」美眸盯住胡小天道：「你被暗算的事情，應該和他沒有關係吧？」

胡小天從她的目光中察覺到了質疑的成份，七七應該是懷疑他所遭遇的刺殺是自導自演，胡小天並沒有回答她的問題，而是繼續道：「陛下請來了玄天館的蒙自在，蒙自在提出一個移宮換血的方法，讓我為你推宮換血。」

七七道：「你答應了？」

胡小天道：「只要能夠救你，就算付出再大的代價我也會嘗試一下。」

七七咬了咬櫻唇，似乎被他的這句話感動了，小聲道：「那又何苦？」

胡小天道：「就在這時，那妖女來了，她冒充慕容展的樣子，卻沒想到早就暴露了行藏。」

七七顯然沒那麼容易上當，輕聲道：「明知道危險重重，她來到這裡作甚？」

胡小天道：「她來找我，提出讓我幫她找一樣東西，她可以幫你解毒。」

「什麼東西？」

胡小天故意裝出思索的樣子，過了一會兒方才道：「好像是……七星鏈……」

七七聽到七星鏈這三個字，美眸卻猛然一亮，胡小天留意到她眼神的變化，難道她早已知道七星鏈的事？看來自己還真是賭對了，如果想讓她相信，必須要拋出一些實際的東西，那七星鏈乃是他從凌嘉紫畫像的畫軸中找到，他有種預感，這七星鏈和七七有著密切的關係。

七七道：「你答應她了？」

胡小天點了點頭道：「當然要答應，雖然我不知道那七星鏈是什麼，可是只要能救你的性命，別說是七星鏈，就算她要天上的北斗七星，我也會答應下來。」

七七唇角泛起一絲微笑道：「原來你只是敷衍她，你怎忍心欺騙一個女人？」

胡小天歎了口氣道：「形勢所迫，不得已而為之，為了救你，我也只能犧牲自己的原則了。」

七七道：「我想她若是知道被你欺騙，一定會傷心欲絕。」

胡小天內心一沉，夕顏此時的境況最為凶險，自己絕不可以讓她一個人獨自承受，如今七七已經沒事，就算付出再大的代價，也要將她救出去。

七七道：「然後呢？」

胡小天道：「慕容展突然出現，揭穿她是假扮，慕容展、蒙自在、洪北漠三人聯手想要將她拿下。」

七七道：「他們三人聯手，恐怕天下間能夠從容逃離的沒有幾個。」

胡小天點了點頭道：「慕容展和蒙自在兩人出手就是殺招，他們想要將妖女當場殺掉。」

七七道：「於是你就出手幫她？你果然很在乎她。」

胡小天道：「你冷靜想一想，若是妖女死了，我去哪裡給你找解藥？而且這件事非常奇怪，慕容展和蒙自在既然認定是妖女下手毒害你，為什麼要急於殺她？難道他們不清楚殺掉了妖女，就等於間接害了你？」

七七道：「這事兒的確有些蹊蹺。」

胡小天道：「如果說蒙自在有救你的把握，為何他在一開始並不說明？我敢斷定，蒙自在和慕容展兩人居心叵測，他們應該是想對你我不利。」

七七歎了口氣道：「這人心還真是複雜。」

胡小天道：「這才是我不願將妖女交給慕容展的原因。」

七七倒了兩杯茶，將其中一杯遞給了胡小天：「喝口茶再說吧。」

胡小天接過那杯茶，嗅了嗅茶香。

七七也端起一杯，向他笑了笑道：「怎麼？你怕我下毒嗎？」

胡小天呵呵笑了起來：「就算你真的在裡面下毒，我一樣會喝。」

「你不怕死啊？」七七意味深長道。

胡小天道：「死並不可怕，一輩子在懊悔中渡過那才可怕，你若是一手害死了我，這輩子都不會再有快樂可言。」

七七格格笑了起來：「你這人還真是自信呢，當真以為我離不開你嗎？」她仰首將那杯茶喝了，輕輕將空杯放下。

胡小天端起茶盞也要喝，卻被七七一把抓住了手腕，她柔聲道：「我真在裡面下了毒嘜！」

胡小天笑道：「那就讓你後悔一輩子。」心中暗忖，我服下了五彩蛛王的內丹，現在是百毒不侵，就算你真的下毒又能耐我何？再說這杯茶我仔細聞過，並無異味，而且我怎麼都是你的未婚夫，即便是我和夕顏有些聯繫，我今天的所作所為也都是為了救你，你難道真敢恩將仇報？胡小天一仰脖將那杯茶喝了個乾乾淨淨。

七七望著他，表情顯得有些複雜。

胡小天砸了砸嘴巴道：「這茶不錯，七七，我跟你商量一件事，不如咱們將那妖女放了。」

七七聽他又提起這件事，俏臉頃刻間籠上了一層嚴霜：「說來說去，你還是心中想著她。」

胡小天道：「我是想放她離去，然後偷偷跟蹤她，看看她的……她的……」他忽然感覺丹田處一股冷氣躥升上來，不由得打了個冷顫。一股凍徹心扉的寒意從丹田之中，轉瞬之間流經奇經八脈，胡小天震驚萬分地抬起頭來，卻見七七已經離座而起，站在自己對面一丈左右的地方，美眸如冰冷冷注視著自己。

胡小天此時終於意識到了一個事實，七七在這杯茶中果然下毒，可是緣何她會沒事？自己明明服用過五彩蛛王的內丹，本應該百毒不侵，為何還會產生這樣不適的感覺，胡小天慌忙運氣調息，意圖將這股侵入丹田的寒氣逼迫出去，可是他越是調息，丹田內的那股寒氣就開始以驚人的速度向周圍蔓延而去，隨之而來的是撕裂般的痛楚。

胡小天捂住腹部，顫聲道：「你……你竟然……」

七七幽然歎了口氣道：「我都已經告訴過你了，這茶中有毒，可是你偏要喝。」美眸之中流露出些許的不忍，可旋即又被倔強而冷酷的目光代替，她的腰桿挺得筆直，顯然也在竭力控制住自己，櫻唇緊緊抿在一起。

胡小天唇角露出一絲苦澀的笑意：「我不明白，你為何要對我下手？」

七七道：「你既然心中根本沒有我，又何必勉強娶我？為了龍氏的江山嗎？」

胡小天望著眼前的七七，忽然產生了一種前所未有的陌生感，雖然他已經中毒，可是在這樣的距離下制住七七應該不難。

宮門緩緩開啟，權德安從外面走了進來，恭敬道：「殿下！」

七七點了點頭，指了指胡小天，權德安馬上明白了她的意思，來到胡小天的身邊，將他仔仔細細搜查了一遍，先找到了黑冥冰蛤，又找到了胡小天身上的不少丹藥，連胡小天暗藏的七星鏈也搜了出來，胡小天暗暗叫苦，自己不該說什麼七星鏈，這下麻煩了，連這件東西也被七七搜刮過去。

權德安將找到的這些東西放在托盤內，送到七七的面前。

七七向托盤內掃了一眼，撚起那串七星鏈，美眸之中因為晶石的倒影而呈現出紫色的光華，讓她顯得異常妖魅，她將七星鏈戴在手腕之上。然後漠然向胡小天看了一眼道：「既然他那麼喜歡那個妖女，就把他們關在一起。」她停頓了一下，咬牙切齒道：「讓他們一起去死！」

龍宣恩得知七七蜂毒已解的消息，也是倍感欣慰，馬上讓王千等人陪同自己再去儲秀宮看她。

來到儲秀宮門前，正看到龍廷鎮也帶著幾人過來了，龍宣恩有些不悅地皺了皺眉頭道：「他怎麼還沒走？」

王千在他身邊道：「說是關心公主殿下的安危，一直都在這裡守著呢。」

龍宣恩冷哼了一聲，心中暗忖，他巴不得七七死了才好。

龍廷鎮已經朝著這邊走了過來，遠遠就大聲道：「孫兒叩見陛下！」

龍宣恩道：「免了，廷鎮，你如此關心你的皇妹倒也不枉兄妹一場。」

龍廷鎮道：「照顧妹子，為陛下分憂原本就是孫兒份內的事情。」

龍宣恩點了點頭，正準備繼續向儲秀宮走去的時候，卻聽龍廷鎮又道：「陛下，孫兒還有一事相詢？」

龍宣恩道：「朕要去探望七七，有什麼事情改天再說。」

龍廷鎮道：「此事耽擱不得，還請陛下停留片刻，容孫兒把話說完。」

龍宣恩兩道濃眉皺起，臉上流露出不悅之色，龍廷鎮今天和過去似乎大有不同，此前在自己的面前說話總是誠惶誠恐，甚至都不敢和自己的目光正對，現在卻顯得底氣十足，只是恢復了他的王位就敢如此囂張，若是當真立他為儲君，還不知這廝要張狂到怎樣的地步。龍宣恩強忍住心頭的怒氣道：「快說！」

龍廷鎮道：「孫兒實在不忍看到陛下如此操勞，特地擬了一份東西，請陛下過目。」他將早已準備好的退位詔書雙手奉上。

龍宣恩雙手接了過去，展開一看，氣得雙手瑟瑟發抖，不由得想起當初逆子龍燁霖逼迫自己退位的情景，想不到如今這一幕又會在自己的面前再次上演，龍廷鎮這個混帳東西居然和他爹一樣，不過此子要比他爹更加的可笑，以為僅憑著這張東西就能讓自己退位？將皇位交給他嗎？龍宣恩怒極反笑，他轉向兩旁宮人侍衛道：「你們知不知道這上面寫的是什麼？」

眾人都沒有說話，其實所有人都感到好奇。

龍宣恩道：「這混帳東西是要逼我退位呢！」他哈哈大笑了起來，他這一笑，周圍宮人也跟著笑了起來。

龍宣恩臉上的笑容倏然收斂，厲聲喝道：「混帳！才這麼點時間就已經露出你本來的面目了？朕從一開始就知道，你覬覦朕的皇位，朕當初既往不咎，還恢復了你的王位，你就應當感恩戴德，可你非但不知感激，反而貪得無厭，現在居然公然要朕退位，呵呵，混帳東西，你有沒有腦子？你不要命了？」他三下五除將那封詔書給撕了，狠狠扔在了龍廷鎮的臉上。

龍廷鎮表情木然，似乎沒有將龍宣恩的這番話放在心底。

龍宣恩怒道：「來人！將這個不知天高地厚的東西給朕抓起來！削了他的王位，打入天牢！」

兩旁大內侍衛卻全都無動於衷，龍宣恩內心一怔。

龍廷鎮仰天狂笑起來，倏然笑聲收斂，一雙佈滿血絲的眸子死死盯住龍宣恩，他咬牙切齒道：「老匹夫！你當初答應過我什麼？」他向前跨出一步，右腳落在地面之上，腳下堅硬的雲石竟然被他一腳踏碎。

龍宣恩看到勢頭不妙，慌忙向後退去，大聲道：「護駕……」

# 第六章

# 夕顏

胡小天腦海中都是夕顏的樣子，其實自己早就該想到，
如果夕顏不是李天衡的親人，她為何會為了李氏的利益深入大雍，
原來她一直都知道自己是她的未婚夫，
難怪她會和自己拜了天地，難怪她幾次都會對自己手下留情，
難怪她會說這世上對自己最好的人始終都是她。

貼身的兩名侍衛意圖護在龍宣恩身前，身後侍衛卻陡然拔出刀來，噗！噗！兩聲手起刀落，將這兩名意圖護駕的侍衛後心洞穿。

老太監王千嚇得魂飛魄散，擋在龍宣恩身前，揚起手中一物，照著龍廷鎮射了過去，他手中的卻是暴雨梨花針，乃是天機局打造的暗器，威力巨大。

龍廷鎮站在那裡不閃不避，任憑滿天飛針射在自己的身上，飛針鋪天蓋地，射速奇快，可是卻無法射入他的肌膚分毫，龍廷鎮猶如一個刀槍不入的金剛，肌膚之上青氣籠罩，面目變得前所未有的猙獰。

龍宣恩身邊帶來的侍衛竟然有大半開始倒戈相向，對想要保護龍宣恩的宮人侍衛大開殺戒。

龍廷鎮向前一步步走了過去，王千擋在龍宣恩身前，顫聲道：「別害皇上，別害皇上……」又是一波鋼針射出，龍廷鎮唇角露出一絲殘忍的笑意，他緩緩伸出手去，五指如勾，刷的一下向王千的頭頂插落。五根手指銳利如劍，毫無阻滯地穿透了王千的顱骨。

王千乾枯的雙手抓住龍廷鎮的手腕，龍廷鎮冷哼一聲，手爪驟然收縮，王千的頭顱宛如西瓜一樣被捏爆，鮮血和腦漿四處飛濺。聞到血腥的氣息，龍廷鎮的目光變得越發狂熱，他的喉頭發出野獸般的嘶吼，與此同時，原本負責護衛龍宣恩的那些侍衛也開始對宮人的屠殺，現場慘呼聲不斷，這群人下手極其殘忍，根本沒有想過留下活口。

龍宣恩在兩名小太監的掩護下沒命向儲秀宮的方向跑去，高呼道：「護駕……護駕……」

洪北漠此時靜靜坐在儲秀宮內，和他相對而坐的卻是七七，他們都聽到了外面的慘呼聲。七七歎了口氣道：「今天不知要有多少人死去。」

洪北漠道：「殿下不必擔心，所有一切都在微臣的掌控之中。」

七七唇角露出一絲笑意：「龍廷鎮是不是已經瘋了？」

洪北漠答道：「早就瘋了！」

七七道：「他會不會殺了皇上？」

洪北漠道：「不好說，他根本沒有控制自己的能力。」其實皇上的死活已經不重要了，洪北漠一邊回答著七七的問題，一邊心中暗自盤算著，他開始漸漸認清一個事實，他本以為所有的事情都在自己的控制之中，卻沒有想到終究還是有些事情發生了偏差，比如胡小天今日自導自演的那場刺殺，又比如說七七被人暗算。

七七道：「洪先生好像有心事呢。」

洪北漠低聲道：「只是奇怪為何沒有見到胡大人？」

七七微笑道：「他是個自由慣了的人，誰也管不住他。」

洪北漠道：「殿下是不是已經知道了那妖女的身分？」

七七點了點頭，漫不經心道：「若要人不知除非己莫為，這個世界上本來就沒有太多的秘密。」她揚起皓腕，端起几上的茶盞，洪北漠忽然留意到在她如雪皓腕之上戴著一串紫色的晶石手鏈，望著那串手鏈，洪北漠素來沉穩的面容突然變得激動了起來，他望向七七。

七七展顏一笑，輕聲道：「其實本宮想起的事情要比你想像中還要多得多。」

洪北漠強忍心中的激動，低聲道：「這是七星鏈！」

七七道：「你只知其一，不知其二，其實這只是一把鑰匙而已。」

洪北漠忽然站起身來，恭恭敬敬向七七一揖到地，顫聲道：「臣願為殿下肝腦塗地，在所不惜！」

七七輕聲歎了口氣道：「說起來，本宮還要感謝胡小天，如果沒有他，我還沒那麼容易找到這串七星逐月鏈。」

胡小天的身上也有一條鏈子，權德安應該是要多一重保險，給他上了手銬腳鐐，感覺材質不錯，份量十足，裡面應該融合了玄鐵的成份在內，如果在平時胡小天利用易筋錯骨大可輕易解脫出來，可是七七的那杯茶如同將他的丹田冰封住一樣，內息有如凝固其中，自己終究還是大意了，七七仍然是過去的那個七七，並沒有因為他們之間的未婚夫妻關係對他手下留情。

本以為權德安會將他和夕顏關在一起，也算得上是不幸中的萬幸，可等權德安將他丟入房內，方才發現夕顏已經不知去向。胡小天心中不由得驚慌起來：「你們究竟將她弄到了哪裡？」

權德安陰惻惻笑道：「你以為公主會讓你們雙宿雙棲嗎？」他拈起蘭花指道：「算你命大，殿下現在還不想殺你。」

胡小天從他的話音中聽出事情有些不對，難道夕顏已經遭遇了不測？七七任何事都能幹得出來，他沉聲道：「權公公，你我畢竟相識一場，不如你告訴我，你們打算如何處置夕顏？」

權德安冷冷道：「夕顏？你以為還瞞得住嗎？殿下早已知道她就是李天衡的女兒，你指腹為婚的未婚妻。」

胡小天聽到他的這番話，猶如被人兜頭蓋臉澆了一桶冷水，整個人凝固在那裡一動不動，什麼？夕顏竟然是李天衡的女兒，自己指腹為婚的未婚妻？她……她就是李無憂？不對，自己明明在西州見過，李無憂明明不是這個樣子……

胡小天一時間腦海陷入混亂之中，權德安搖了搖頭，轉身出門，將房門從外面鎖住。

胡小天此時腦海之中翻來覆去都是夕顏的樣子，他懊惱到了極點，其實自己早就該想到，如果夕顏不是李天衡的親人，她為何會為了李氏的利益深入大雍，又為何會對李家的事情如此關心，原來她一直都知道自己是她的未婚夫，難怪她會和自己拜了天地，難怪她幾次都會對自己手下留情，難怪她會說這世上對自己最好的人始終都是她，胡小天想到這裡竟熱淚盈眶。

自己真是糊塗啊，為何此前就沒有意識到這件事？他提醒自己一定要冷靜下來，七七今天的表現並不正常，她對夕顏所做的一切還可以理解，但是下毒暗算自己就無法用正常的道理來解釋，也許這一切都是她早已策劃完成的事情。

他自導自演的這場街頭刺殺本想將矛頭指向洪北漠，卻沒有料到旁生枝節，七七的意外中毒完全將他的計畫打亂。對七七的關心明顯影響了他的判斷，想起最後七七從他這裡拿走的七星鏈，胡小天漸漸推測到了問題的所在。縹緲山下的龍靈勝境是七七帶他進去過，如果在他和夕顏進入龍靈勝境之後，七七又進去過，不難發現有人曾經進入其中，她會因此而想到自己，在自己利用七星鏈打開上層密室之後，拿走七星鏈，那密室並未關閉，七七看到自然會由此而推斷出七星鏈就在自己的手中。

胡小天忽然想到，自己能夠自導自演一場刺殺，七七也可能做出同樣的事情，她的中毒也許根本就是一個圈套，自己想要設計洪北漠，而七七卻在設計自己。

胡小天的唇角露出一絲苦笑，雖然葆葆此前就已經提醒過自己，可是他對七七仍然抱有希望，認為自己仍舊可以說動七七達成同盟，更為鬱悶的是，他對七七的關心讓他疏於防範，現在回想起來，蒙自在所謂的移宮換血絕不是為了為七七解毒，真正的用意是要對付自己。

以蒙自在的醫術和見識，在驗血的時候應該可以發現自己體內的奧妙，或許他正是通過這種方式針對自己的身體下毒，所以自己仍然會被一杯茶水所制，由此可見七七和蒙自在也是一夥的。

現在的胡小天猶如被凍僵了一樣，丹田氣海宛如一潭死水，波瀾不興，連自己都身陷囹圄，又談什麼去救夕顏，胡小天提醒自己一定要冷靜，唯有身體先獲得自由，才有希望逃出生天，才有希望救出夕顏。

龍宣恩慌不擇路地逃入了儲秀宮，儲秀宮內卻已經人去樓空，他身邊還剩下兩名小太監，三名侍衛，後方龍廷鎮率領數三十多名大內侍衛在屠戮其餘宮人之後也尾隨而至。

儲秀宮內已經空空蕩蕩，這裡已經是人去樓空。

身邊小太監尹箏顫聲道：「陛下，咱們從後門逃走……」

龍宣恩點了點頭，在尹箏的攙扶下繼續向後門方向逃去。

卻聽身後傳來龍廷鎮的怒喝之聲：「給我將七七那個賤人找出來！」

胡小天將龍廷鎮的這聲大喝聽得清清楚楚，他內心一震，這聲音分明來自龍廷鎮，縱然龍廷鎮心中再恨七七，也不應該在宮內公然叫囂？難道又發生了什麼變化？他對外界發生的變化一無所知，只能從聽到的動靜中推測外界的狀況。慘呼聲不停響起，應該是又有數人被殺，哀嚎之聲，祈求之聲不絕於耳，聲音距離胡小天越來越近，胡小天暗暗祈禱，希望他們從這裡追殺過去就是，千萬不要發現自己。

沒過太久，就聽到龍廷鎮狂笑道：「給我搜，把那個小賤人找出來。」

胡小天暗叫不妙，這龍廷鎮明顯是在發動一場宮廷政變，儲秀宮的人去了哪裡？如果權德安在，以他的武功應該可以擋住龍廷鎮這幫人，奇怪，為何沒有聽到儲秀宮這邊發出任何的反抗？難道他們已經提前逃走？洪北漠和慕容展那些人呢？

洪北漠此時卻在攬雲閣內，通過望遠鏡遠眺著皇宮內的動靜，兩萬羽林軍已經將皇城各個大門控制住，只是目前仍然按兵不動，皇宮內龍廷鎮率領百餘名大內侍衛正在大開殺戒。原本這場奪嫡風暴準備在永陽公主大婚之日方才上演，可是事情的發展漸漸出現了偏差，他們不得不將計畫提前了。

決定提前進行這一計畫的人並非是洪北漠，而是七七。

天機局鷹組統領傅羽弘來到他的身邊，低聲耳語道：「殿下來了！」

洪北漠點了點頭，轉身望去，卻見七七已經沿著台階來到了攬雲閣，在她身邊護衛的是權德安和慕容展。

看到慕容展，洪北漠已經完全明白，七七絕非自己想像中只能倚重他和天機局，這位小公主才是真正的深不可測，正如她對自己說過的那句話，她能夠想起的事情要比自己知道的還要多得多，看來埋藏在她腦海深處的記憶已經開始慢慢復甦，隨之而甦醒的是她宇宙般浩瀚無垠的智慧，還有她日益膨脹的野心。

慕容展和權德安兩大高手陪同在七七身邊，仍然被七七高高在上的氣勢映襯得黯淡無光。

洪北漠恭敬道：「殿下！」

七七點了點頭，從洪北漠手中接過望遠鏡，觀察了一下皇城周圍的情景，輕聲道：「已經佈置好了？」

洪北漠低聲道：「只等殿下一聲令下，就展開行動。」

七七向前走了一步，雙手扶住憑欄，望著遠方的天際，美眸顯得有些迷離：「再等一等。」她轉向慕容展道：「宮外的事情可曾安排好了？」

慕容展道：「已經讓人將龍廷鎮謀反之事通報眾臣。」

七七將一份事先擬好的名單遞給了洪北漠：「龍廷鎮罪大惡極，謀朝篡位，殘害朝中大臣，找到這些人的屍體，一定要風光大葬！」

洪北漠看到那份名單，心中不由得一驚，這上面寫的名字自己根本沒有聽說他們的死訊，可他旋即就明白了過來，不是龍廷鎮殺了他們，而是七七要這些人去死，這位小公主代理朝政期間，有人對她信服，自然也有不少的異議，名單上的多半都曾經得罪過她，或者和她的意見相左，永陽公主是要借著這次宮變之機將這些人全都剷除，然後再將所有的責任全都推給龍廷鎮，小小年紀居然冷酷無情，殺伐果斷，難怪胡小天也會栽在她的手裡。

洪北漠欣賞之餘，心底深處對七七也多出了一分敬畏，恭敬道：「此事交給微臣去辦。」

七七分派完任務之後，眾人紛紛離去，權德安來到她身邊，低聲道：「殿下，已經安排好了。」

七七點了點頭，美眸之中流露出些許不忍之色，小聲道：「他還有沒有逃生的機會？」

權德安道：「任先生親手調製的藥物已經鎖住了他的丹田氣海，現在的他就如同一個廢人一樣，縱然有蓋世神功，也發揮不出一絲一毫的力氣。」

七七咬了咬櫻唇。

權德安看出了她的猶豫和不忍，低聲道：「殿下，此人不除必成日後大患，殿下萬萬不可猶豫。」

七七歎了一口氣道：「本宮終究還是欠了他……」腦海中忽然迴盪起胡小天飲下毒茶之前的那句話——那就讓你後悔一輩子，心下一陣惘然。

權德安道：「慕容統領已經派出高手前往鳳儀山莊剷除他的餘黨。」

七七點了點頭：「那妖女呢？」

「已經讓人押送去了靈霄宮。」

七七道：「暫時不要動她，她對我還有些用處。」

房門被人一腳踹開，一名面目猙獰的大內侍衛出現在大門外，胡小天抬頭望著這廝，發現這名侍衛身材極其魁梧，他的衣衫多處迸裂開來，露出裡面青灰色的肌膚，面部也是駭人的青灰色，一雙眼睛已經完全變成了血紅色，身上染著斑斑點點的血跡，那侍衛一步步向胡小天走了過來。

胡小天暗叫不妙，想不到自己最後竟然稀裡糊塗地死在這無名小卒的手裡。

那侍衛一把抓住胡小天，揚起手中彎刀，試圖一刀割斷他的脖子，胡小天急中生智大聲道：「你不想知道永陽公主的下落了？」

那侍衛微微一怔，外面傳來龍廷鎮的聲音道：「且慢！」

刀鋒距離胡小天的咽喉只剩下半寸的距離，當真是命懸一線。

龍廷鎮從外面走了進來，如果不是聽到這廝的聲音，胡小天幾乎認不出他的樣子，眼前的龍廷鎮身材似乎比過去大上了整整一號，臉上青氣籠罩，雙目血紅，和那名率先闖入房內的侍衛竟然有幾分相像。

胡小天第一個念頭就是這幫傢伙中毒了，可沒聽說中毒能讓一個人在短時間身材變大了一號，肌膚的色彩也明顯有些改變，彷彿換了一個人種。

龍廷鎮看到胡小天，臉上的表情越發猙獰，他一個箭步就來到胡小天的面前，身法之快捷已臻一流高手的境界。大手落在胡小天的咽喉之上，陰惻惻道：「她在哪裡？告訴我！」

胡小天向龍廷鎮蒲扇大小的手掌看了一眼，發現他手掌的膚色也變成了淡綠色，他處變不驚道：「你先幫我打開鐐銬，然後我再告訴你。」

龍廷鎮點了點頭，忽然抓起胡小天的身體猛然向前方投擲過去，胡小天的身體撞開窗戶飛到了門外，龍廷鎮怒吼道：「你有什麼資格跟本王談條件？」

胡小天的身體重重落在地上，摔得他七葷八素，他試圖調動內息，可是丹田處仍然死氣沉沉並無半點反應。

一名侍衛衝上來將胡小天抓住，然後照著他的腹部就是狠狠一拳，這一拳的力量足以開碑裂石，打得胡小天差點沒把隔夜飯給吐出來。

龍廷鎮揉身從房內跳了出來，當真是身如靈猿。接受藥物煉體之後，他的武功增長了數十倍。

此時右側傳來惶恐的大叫聲，卻是老皇帝龍宣恩被兩名侍衛抓了回來，龍廷鎮的注意力被轉移，暫時放過了胡小天。

龍宣恩被拖著來到龍廷鎮面前，這位統治大康數十年的一代帝王有生以來都未曾那麼狼狽過，皇冠也在逃亡的時候失落了，鼻青臉腫，身上到處都是擦傷，龍袍也撕裂了多處，不過儘管如此，龍宣恩表現得還算鎮定，畢竟是一國之君，生死關頭還能做到臨危不亂，他捂著胸口，表情顯得有些痛苦，望著眼前的龍廷鎮，心中也是震駭莫名，他的這位皇孫向來英俊瀟灑，玉樹臨風，可這才一會兒不見，怎麼變成了這個樣子。

龍廷鎮桀桀怪笑道：「昏君，沒想到你也有今天吧？」

龍宣恩也是聽到聲音之後方才敢斷定這是龍廷鎮，他強裝鎮定道：「廷鎮，你這是為何？朕……朕這就下旨立你為儲君好不好？」

龍廷鎮聽他這麼說，非但沒有感到欣慰，反而更是怒火中燒，衝上前去一腳將龍宣恩踹飛，咬牙切齒道：「老匹夫，早知今日，你何必當初？」

龍宣恩哪能禁得起他這一腳，飛出三丈開外，然後一個狗吃屎的架勢摔倒在地上，還是臉部先著地，兩顆門牙首先遭殃。他落地的位置恰恰就在胡小天身邊，胡小天暗叫倒楣，好不容易才被人忽略，這下又被狗皇帝給連累了。胡小天把頭低了下去，希望這廝沒有看到自己，仍然將精力放在龍宣恩身上才好。

看到胡小天，龍宣恩卻如同看到了一根救命稻草，指著胡小天道：「朕……朕早有立你為儲君之意，都是他……他勸朕三思而後行……都是他的緣故。」

胡小天暗罵龍宣恩無恥之尤，大家現在同病相憐，就算不是一個戰壕的戰友也不能相互出賣，老皇帝為了保住他自己的性命簡直是臉都不要了，更不用說出賣別人。

龍廷鎮望著滿嘴鮮血淋漓的龍宣恩，唇角露出一絲殘忍的笑意：「那好，你現在就下旨，把皇位交給我。」他揮了揮手，幾名侍衛一擁而上，將胡小天抓了起來，抱頭的抱頭，抓手的抓手，扯腳的扯腳。

龍廷鎮道：「胡小天你一直都跟本王作對，幫助那小賤人妄想跟本王爭奪皇位，簡直是癡心妄想，我不殺你，難平此恨。」

胡小天歎了口氣道：「你有沒有腦子，殺了我，你就再也找不到七七的下落。」

龍廷鎮道：「本王給你一個機會，我查到三，如果你再不說她的下落，就把你活活分屍。」

幾名侍衛抓住胡小天的身體向周圍一扯，胡小天感覺一陣撕裂般的疼痛，丹田之中自然而然有股內息一蕩，胡小天又驚又喜，驚的是，自己隨時可能被這幫瘋狂變異的侍衛活活分屍，喜的是丹田氣海在外力的作用下終於有所反應。

龍廷鎮道：「一！」

幾名侍衛同時加大了力量，其中兩人扣住胡小天的脈門發力，胡小天試圖催動內息，可是在剛才的微弱波瀾之後，丹田氣海卻再度陷入沉寂之中。

「二！」

幾名侍衛手上的力量又增加了幾分，龍宣恩躺在一旁，望著被高高舉起的胡小天，幾乎不忍卒看，胡小天的現在或許就是自己的結局。

胡小天道：「她藏在紫蘭宮井下的秘道之中！」他根本就是信口胡說，希望能夠拖延一些時間。

龍廷鎮呵呵笑了一聲，點點頭道：「算你聰明。」然後厲喝道：「撕了他！」

幾名侍衛同時發力，瀕臨死亡可以激發一個人的全部潛能，會讓一個人用最大的可能去贏得生機，胡小天絕不甘心這樣死去，在幾名侍衛同時發力的同時，他原本如同被冰封的丹田氣海傳來撕裂般的痛楚，似乎籠罩在丹田氣海周圍的冰層開始出現了裂縫，胡小天的手足也恢復了部分力量，他的身體竭力向中心回縮，和外力抗衡。

幾名侍衛加大了力量，首先是抓住他雙手的兩名侍衛感到了異常，他們的內力竟然如同大河決堤一般迅速飛逝。

若非是生死關頭，胡小天也無法衝破桎梏，啟動虛空大法，幾名侍衛剛開始還在和胡小天竭力抗爭，可馬上他們就開始感到害怕，一個個都想竭力擺脫胡小天的身體，試圖將他扔開，可是他們的雙手卻如同被黏在胡小天身上一樣根本擺脫不得，五六個人連同胡小天一起摔倒在地上滾成了一團。

周圍侍衛還以為胡小天在亡命掙扎，這些同伴無法成功將他制住，於是過來幫忙，他們的手剛剛沾到同伴的身體之上，就被一股無形的吸力所牽引，牢牢吸附其上，再也擺脫不得。

龍廷鎮看著眼前的狀況也是萬分驚奇，想不到胡小天在臨死之前仍然擁有如此強大的戰鬥力，可是手下侍衛的哀嚎聲讓他意識到事情有些不妙，有人叫道：「救我……救我……」

滾成一團的人群中有一人從中翻滾出來，龍廷鎮手下的這群侍衛全都是洪北漠推薦給他，每個都接受過藥物煉體的訓練，身材極其魁梧，可是翻滾出來的這一個卻如同風乾的乾屍，皮包骨頭，滿臉褶皺，一雙大手變得宛如鳥爪，無力向龍廷鎮伸去：「救命……」

龍廷鎮也被眼前所見嚇了一跳，他本想上前，可是走了一步卻停了下來，目光落在老皇帝龍宣恩身上，一個箭步衝了上去，將龍宣恩抓在手中，挾帶著老皇帝，迅速離開了儲秀宮。

源源不斷的內息擁入胡小天的丹田氣海，原本封閉他丹田氣海的那股冰層，在不斷膨脹的氣海的壓迫下逐漸開裂，最後變得支離破碎，胡小天大吼一聲，他的內息終於衝破了桎梏，宛如長江大河般瞬間擁入體內奇經八脈，虎軀一震，因虛空大法而被他吸附在周圍的十多名侍衛宛如風中飛絮般被他從身上震飛，慘叫著落地。

一片煙塵之中，胡小天衣衫襤褸卻仍如天神一般傲立，虎目灼灼生光，冷冷望著周圍已經失去戰鬥力的那群侍衛，內息飛速運轉全身，感覺再無阻礙，以易筋錯骨改變骨骼形狀，擺脫手足的鐐銬。

恢復自由的胡小天有種脫胎換骨的感覺，他大踏步向儲秀宮外追了出去，看到龍廷鎮正挾帶著龍宣恩向天和殿的方向逃竄，胡小天怒喝道：「逆賊！哪裡走！」

胡小天方才踏出儲秀宮的大門，一道潛力從右側傳來，卻是潛伏在那裡的一名侍衛，揮動長刀向胡小天當頭砍來。

胡小天身軀一晃，身法之快超出對方的想像，已經躲過來刀，繞到對方的身後，雙手抓住對方的頭顱，猛然一擰，喀嚓一聲，對方碩大的頭顱整個被擰轉到背後，頸椎斷裂顯然已經無法活命了。

胡小天足下不停，足尖一點，身軀拔高三丈有餘，然後施展馭翔術向前方俯衝而去。

龍廷鎮轉身望去，看到胡小天追來也是驚慌失措，大吼道：「攔住他！」

一名大內侍衛舉起長槍在空中抖了一個槍花，然後斜行向上刺向胡小天的下陰。胡小天在空中提起一口氣，身軀拔高三尺，躲過對方的刺殺，已然來到對方的頭頂之上，身軀下沉，右腳狠狠踏在那侍衛的頭頂，這一腳勢大力沉，竟然將對方的頭顱踏了個粉碎。

胡小天借著一踏之力，身軀再度騰飛而起，猶如一隻巨鳥向前方逃竄的龍廷鎮等人俯衝而去。

龍廷鎮冷哼一聲，抓起龍宣恩向胡小天投擲過去，惡狠狠叫道：「還給你！」

胡小天看到那老皇帝就像皮球一樣被扔了過來，慌忙伸出手去，在空中抓住他的身體，然後緩緩落在了地上。龍宣恩滿身都是鮮血，雙臂骨骼也已經被龍廷鎮捏碎，痛不欲生。

龍宣恩抓住胡小天的手腕道：「愛卿……救我……」

胡小天歎了口氣道：「陛下放心，我會盡力救你。」其實龍宣恩的死活他才不會在乎，可是這老皇帝在手中似乎還有些用處。他舉目望去，卻見龍廷鎮那群人已經逃入了天和殿。

此時從遠處數以千計的羽林軍已經過來接應，為首一人高喝道：「胡小天，你這逆賊，竟然密謀造反，挾持皇上。」

胡小天循聲望去，卻見那率隊前來之人正是慕容展，心中已經知道事情不妙，他向龍宣恩道：「你倒是說句話啊！」

龍宣恩在胡小天的攙扶下勉強站住，他用盡全力大喊道：「爾等給朕聽著，胡小天忠心耿耿，是他……救了朕……爾等快來救駕……」看到慕容展帶著羽林軍前來，他還以為可以獲救。

羽林軍弓箭手已經完成列隊，彎弓搭箭瞄準了胡小天，慕容展大喝道：「皇上，您不必擔心，臣等一定會從逆賊的手上將您營救出來，胡小天！你這逆賊還不束手投降？」

胡小天唇角露出一絲冷笑，他早已猜到是這個結局，老皇帝似乎還沒有明白怎麼回事，他聲嘶力竭地大喊道：「都把箭放下，胡小天是忠臣……他救了朕……」

胡小天拍了拍他的肩膀道：「你還是省省吧，他們要殺的可不僅是我。」

龍宣恩此時已經完全明白過來，氣得渾身瑟瑟發抖道：「逆賊！全都是狼子野心的逆賊……」

胡小天道：「逃吧，趁著他們沒射箭之前，先離開這裡。」

龍宣恩道：「如何離開？」

胡小天一把將他抓了起來，扛在肩頭之上，龍宣恩嚇得大聲慘叫起來，胡小天道：「都說我劫持了皇上，這事兒反正是跳到黃河都洗不清，我認了，希望還有人投鼠忌器。」

慕容展一聲令下，箭如飛蝗般射向胡小天兩人，胡小天早就料到他們會這麼做，在慕容展發出號令之時已經向天和殿逃去，他的目的並不是進入天和殿，而是要逃出這幫羽林軍的包圍圈。

身軀連續幾個起落已經來到天和殿的屋頂之上，站在金色琉璃瓦之上，俯視四方，但見四周都有羽林軍向這邊不斷迫近。螳螂捕蟬黃雀在後，龍廷鎮掀起了這場宮變，卻沒料到他只是其中一個獵物罷了。

趁著羽林軍的包圍圈尚未完全形成之時，胡小天從天和殿的屋頂凌空飛掠而下，挑選缺口帶著龍宣恩逃了出去。

龍廷鎮那幫人衝入了天和殿，大殿內空空蕩蕩，龍廷鎮大吼道：「恩師！」在他們的頭頂忽然傳來一聲鑾鈴之聲，幾人齊抬起頭來向上張望，數道深藍色的光芒突然綻放而出，自上而下照射在他們的身上，龍廷鎮看到那藍光突然覺得頭暈目眩，一屁股就坐倒在了地上，身後眾侍衛也如同泄了氣的皮球，一個個在藍光的照射下突然變得虛弱無力，軟癱如泥。

七七坐在溫暖的陽光下，可是卻始終感到寒冷，權德安觀察入微，找來斗篷為她披在身上，七七舒了口氣道：「如何了？」

權德安道：「羽林軍已經開始進入皇城，全面推進，肅清反賊。」

七七閉上了美眸。

權德安知道她此時心情複雜，也不便打擾她，悄悄退下的時候，洪北漠來了。

洪北漠來到七七面前恭敬道：「殿下，龍廷鎮那幫反賊已被我們控制了。」

七七睜開美眸，這消息卻沒有帶給她預想中的驚喜，她輕聲道：「皇上呢？」

洪北漠的表情卻顯得有些尷尬，抿了抿嘴唇道：「被胡小天劫走了！」

「什麼？」七七霍然站起身來，內心中卻是五味俱全，既有震驚，也有憤怒，這其中居然還有些許的慶幸，沒有人能夠體會到她此時的複雜心情。

洪北漠慌忙垂下頭去：「老臣無用！」

七七轉向權德安，權德安慌忙道：「老奴用玄鐵鍊將他鎖住，而且他的丹田氣海被封，原本不可能逃走的。」

七七冷笑了一聲道：「不可能？你所謂不可能的事情卻偏偏發生了！」

權德安滿臉羞慚道：「老奴知罪！」

七七冷冷道：「罷了，他向來詭計多端，或許剛才被擒只是偽裝也未可知。」

洪北漠提醒七七道：「皇上被他帶走，恐怕有些麻煩。」

七七淡然笑道：「那妖女不是還在我們的手中嗎？他抓走皇上又有什麼用處，無非是想用他來換妖女一命罷了。」她緩緩向前走了一步，唇角露出淡淡的笑意：「塞翁失馬安知非福，他這麼做也不算什麼壞事，這下等於落實了謀反之罪。」

洪北漠道：「胡小天的部下在雲澤借著水師操練之名排兵佈陣，其用意是要威脅朝廷，我看只要這邊的消息傳出去，他們就會有所動作。」

七七道：「你不是說你有應對之策嗎？」

洪北漠微笑點了點頭道：「已經派人在漁陽城佈陣，只要他們膽敢來犯，一定要讓這些人好好吃上一頓苦頭。」

胡小天帶著龍宣恩翻入紫蘭宮，途經皇宮各處，隨處都可看到死去宮人的屍體，龍廷鎮掀起的這場宮亂害死了不少的無辜。紫蘭宮昔日聯通密道的那口井如今已經被填平，胡小天踹開書齋的大門，進入其中將龍宣恩扔在了地上。先出去觀察了一下宮外的動靜，確信一時半會兒沒有人搜索到這裡，這才重新返回書齋。

龍宣恩經過這番折磨和驚嚇，只剩下了半條命了，哆哆嗦嗦道：「你……你究竟想將朕怎樣？」

胡小天躬下身去，低聲向他道：「知不知道你因何會落到如今的地步？」

龍宣恩顫聲道：「龍廷鎮狼子野心，他……他想要謀朝篡位……」

胡小天呵呵冷笑道：「想要謀朝篡位的是七七，你真是個老糊塗！」

龍宣恩聽胡小天這樣說如同五雷轟頂，整個人呆在那裡，過了好一會兒方才道：「七七？朕……朕如此疼愛她，她為何要這樣做？為何要這樣對我？」他雖然已經得知了真相，可是一時間仍然無法接受這個事實。

胡小天拉了張椅子坐下：「這都要怪你自己，總是霸著皇位不放，當初你兒子把你趕下皇位，你好不容易才奪回皇位，本以為你會吃一塹長一智，卻想不到你仍然愚不可及，霸著皇位不放，這才導致了今日的結局。」

龍宣恩根本沒有將他的這番話聽到耳朵裡，口中喃喃道：「為什麼？她為何要這樣對我？」他忽然抬起頭來：「一定是洪北漠，他唆使廷鎮造反，然後聯手七七打著征討叛逆肅清朝綱之名再將廷鎮除去，這樣七七就理所當然登上了帝位，廷鎮也只是他們利用的工具罷了。」

胡小天不禁笑了起來：「你還不算太糊塗。」

龍宣恩望著胡小天道：「七七為何要對付你？」說完之後，他又點了點頭道：「朕明白了，原來她中毒也是偽裝，連你也是她計畫中要除去的一個，呵呵，好毒的丫頭，不愧是我龍氏的子孫。」想到倒楣的不僅僅是自己一個，他心中方才感到些許安慰。

胡小天道：「這裡並非久留之地，你我現在是同病相憐，想要活命必須捐棄前嫌，通力合作。」面對這位大康之君，胡小天對他已經沒有半分尊敬。

龍宣恩也明白過時的鳳凰不如雞的道理，從眼前的局面來看，七七和洪北漠、慕容展等人計畫周詳，已經控制了宮中和皇城的大局，自己想要翻身已經沒有任何可能，無論跟胡小天合作與否，自己恐怕都難逃一死了。龍宣恩歎了口氣道：「朕落到今日之下場實屬咎由自取，一切還是順其自然吧。」

胡小天道：「你難道甘心這樣死去？洪北漠一直對你忠心耿耿，為何突然倒戈？你難道不想知道其中的原因？」

龍宣恩雙目緊閉，似乎對胡小天的話無動於衷。

胡小天道：「那座皇陵中到底有什麼？洪北漠到底說了什麼？才讓你甘心耗盡國庫，勞民傷財，舉國修建一座皇陵，難道皇城建成之後真可以得到長生嗎？」

龍宣恩聽到長生二字，突然又睜開了雙目：「洪北漠的確有過人之處。」

胡小天道：「你一定是得了他的好處，不然也不會迷信他這麼多年，你和凌嘉紫是什麼關係？你知不知道自己藏在畫軸中的七星鏈有什麼作用？」

龍宣恩目瞪口呆道：「你……你怎麼會知道？」

胡小天道：「若要人不知除非己莫為，皇上，這世上根本沒有什麼長生，沒有人會永生不死，洪北漠只是利用你，那座皇陵內藏著不可告人的秘密，他只是要通過你達成他的目的罷了。」

龍宣恩喃喃道：「朕……朕已經明白了……」其實他早就明白了這個道理，和洪北漠之間裂隙也是因此而產生。

胡小天道：「一定是洪北漠看出你懷疑他，所以才重新找到一個合作者，聯手將你除掉。」

龍宣恩咬牙切齒道：「賊子，朕不會讓你如意！」

胡小天知道龍宣恩罵的那個人絕不會是自己，他低聲道：「皇上難道眼睜睜就看著大康的江山被人奪去？難道就甘心被洪北漠白白利用了不成？」

龍宣恩咬了咬嘴唇，內心的仇恨已經成功被胡小天激起，他下定決心道：「朕還有一樣他們想要的東西。」

胡小天道：「什麼東西？」心中暗忖不會是七星鏈吧？

龍宣恩道：「你先帶朕離開，這裡並非久留之地，尚膳監有一個藏身之處。」

夜幕降臨，慕容展率領五萬羽林軍在皇宮內展開搜索，幾乎搜遍了皇宮的每一個角落，甚至連昔日連同司苑局、紫蘭宮、藏書閣的密道都挖開搜索，都沒有找到胡小天和龍宣恩的下落，這兩個人宛如人間蒸發一般失蹤。

七七對此倒沒有太過在意，正如她此前所言，夕顏的性命在她的手上，不愁胡小天不來找自己。她現在所面臨的最重要的問題就是控制大局穩定朝堂。

天和殿內的氣氛壓抑至極，聞訊趕來的文武百官全都肅立兩旁，靜候最新的消息，不出五載，皇權已經幾度更迭，這已經是第三次宮變，大康好不容易才從接連不斷的天災之中掙扎走出，卻又遭遇人禍，看來大康的國運真的到頭了。

周睿淵匆匆走入天和殿，他一出現，所有人都上前將他圍住，七嘴八舌地詢問事情的最新進展。

周睿淵安慰眾人道：「大家稍安勿躁，目前皇宮內的局勢已經被控制住，很快就會有結果。」

有人道：「皇上有沒有事？」一句話引來眾人紛紛提問。

周睿淵皺了皺眉頭，他也不清楚這場宮變的具體詳情，不過他來這裡卻是被羽林軍「請」來的，相信在場的臣子都跟自己一樣，誰也不想在情況未明的時候來宮內，畢竟存在著很大的風險，讓這些臣子忐忑不安的不僅僅來自宮內，這是血雨腥風的一天，龍廷鎮在掀起宮廷政變的同時，也派出手下大肆捕殺政見不同的臣子，根據他們初步瞭解的狀況，單單是京城被殺的臣子已有二十餘人。

此前的兩次宮變，無論是龍燁霖篡位還是老皇帝復辟，他們對待臣子還算寬容，都沒有展開大肆屠殺，而這次完全不同。接連經歷宮廷政變之後，能夠倖存下來的這幫臣子無一不懂得審時度勢明哲保身，活在這樣的亂世，能夠保全性命實屬萬幸，那還會有其他的奢望。

太師文承煥也和幾名臣子一起隨後趕到，他事先對這場宮變也是毫無察覺，他進入天和殿之後，馬上又有不少臣子向他圍攏過去，在如今的大康朝堂之上，他和周睿淵代表著兩座權力巔峰，都有不少的擁戴者。

眾人正在議論紛紛之際，忽然聽到外面傳來通報之聲：「永陽公主到！」

眾人慌忙聽聞永陽公主到了，慌忙回歸本位。

七七在慕容展和洪北漠的陪同下緩步走入天和殿內，她進入天和殿的剎那，整個大殿內鴉雀無聲，靜得連一根針落地的聲音都能聽得到。七七昂首而行，高傲冷漠的神情讓眾人不敢逼視，沒有人再敢將她當成一位青澀少女，她身上流露出的王者之氣比起龍宣恩有過之而無不及。

來到登上王座的台階前，七七停頓了一下，將右手伸了出去，權德安從後方慌忙走了出來，攙住她的手臂，陪著她一步步走了上去。

群臣百官彼此對望，誰都知道她想要做什麼，她是要坐在那張象徵大康最高權力巔峰的龍椅之上。

七七的步伐緩慢而從容，來到龍椅前，正準備坐下去。

群臣之中一個聲音慷慨激昂道：「國有國法家有家規，大康開國以來從未有女子登臨皇位的先例！」

七七停頓了一下，頭也不回，輕聲道：「兵部侍郎李元濟!李大人也算得上是大康的有功之臣，可惜不該居功自傲，更不該以權謀私貪贓枉法，五年前灤州蕩寇，你私下克扣軍餉之事，以為可以瞞天過海嗎？」她霍然轉過身去，一雙美眸迸射出凜冽殺氣，看得在場群臣一個個垂下頭去。

剛才說話的兵部侍郎李元濟嚇得臉色蒼白，他的嘴唇囁嚅了一下，顫聲道：「祖宗先例不可違，大康豈能由女子主政！」

七七冷冷道：「推出去，斬了！」

馬上有四名兇神惡煞般的大內侍衛衝上來將李元濟反剪雙臂退出天和殿外。

大殿內鴉雀無聲，目睹如此情景，竟然無人敢為李元濟出面說情。

七七環視眾人，然後緩緩坐在了龍椅子上，她輕聲歎了口氣道：「本宮只是一介女流，本不該坐在這張椅子上，可是龍廷鎮掀起宮亂，謀朝篡位，弒君亂政，大康風雨飄搖之時，本宮不出來承擔，誰來承擔？你們告訴我？還有誰願意承擔？若是有人比本宮更適合坐在這個位子上，本宮馬上拱手相讓。」

洪北漠唇角露出一絲欣慰的笑意，七七的冷酷和果決遠超他的想像，他這次寶押對了。

群臣之中，有一名老臣顫巍巍站了出來，躬身行禮道：「公主殿下，您剛剛說皇上已經遇害了嗎？」

七七點了點頭道：「把龍廷鎮帶進來！」

眾人舉目望去，卻見四名大內侍衛壓著頭髮蓬亂的龍廷鎮走了進來，龍廷鎮來到天和殿內還未站定，兩名侍衛同時抬腳踹在他的膝彎之上，龍廷鎮撲通一聲重重跪倒在地上。

此時的龍廷鎮面容浮腫，目光呆滯，口唇乾裂。

七七怒視龍廷鎮道：「龍廷鎮，陛下待你恩重如山，你非但不知感恩，卻恩將仇報，謀害皇上，禍亂宮廷，血洗朝堂，害得多少無辜忠良喪命，你該當何罪？」

龍廷鎮此時已經是萬念俱灰，自從在天和殿目睹那藍光之後，他整個人突然清醒了過來，連他都不知道自己為何要篡逆謀反，仔細回想，他有今日全都是洪北漠攛掇慫恿的結果，自己根本就是被人利用，若是當初早就看透洪北漠的本來面目，安心做一個皇孫也好，庸庸碌碌的活上一輩子未嘗不是一種幸事。

七七柳眉倒豎厲聲喝道：「你因何不說？說！」

龍廷鎮不是不想說，而是根本發不出聲音。所有一切顯然是洪北漠和七七聯手所為，借著自己的手除掉老皇帝，然後再以剷除叛逆之名幹掉自己，這樣才彰顯他們天經地義，這樣七七才理所當然地可以坐在那個讓自己日思夜想的皇位上，龍廷鎮恨不能衝上去一口咬死他們，可也只能是想想罷了。

七七冷哼一聲道：「你沒臉說是不是？權公公，將他謀反的證據傳閱下去。」

龍廷鎮心中一片黯然，欲加之罪何患無辭，更何況自己的確謀反在先。他自知難逃一死，雙目死死盯住七七，想不到這個同父異母的妹子，這個在自己眼中一直楚楚可憐的小女孩，如今卻成為一個冷血無情的魔頭。可轉念一想，皇族之中又哪有什麼親情可言，當年他和大皇兄龍廷盛還不是鬥得死去活來，到頭來兩人全都以失敗告終，成王敗寇，技不如人又有什麼好埋怨的？

# 第七章

# 油盡燈枯

今天這場劇變，無論身體還是心理都已無法繼續承受，
胡小天望著這個昏庸一生的老皇帝，
對他一直都是鄙視和唾棄，可是看到他都已經死去了，
無論多大的罪孽也只能留待後人評說了。

眾臣傳閱著龍廷鎮謀反的證據，看完之後一個個竊竊私語，表情都裝得義憤填膺，龍廷鎮謀朝篡位的確是不容置疑的事實，可這些大臣誰都不是傻子，焉能看不出螳螂捕蟬黃雀在後的奧秘？可是事已至此，誰也不敢多說什麼，畢竟剛才李元濟血淋淋的例子就在眼前擺著，除了少數所謂擁有堅定信仰的人之外，誰也不會嫌自己的命長。

周睿淵心中暗歎，龍廷鎮必死無疑，大康的江山終歸還是要落到女人之手，不過以他對七七的瞭解來看，這也算不上什麼壞事，與其落在一個昏庸皇孫的手裡繼續禍害，還不如由智慧高絕的公主掌控更為恰當，或許永陽公主執政之後大康真有可能迎來復興。他忽然想起了一個重要的人物，胡小天！最早想要捧七七上位的人應該是他，他對大康來說對七七個人來說都是一個極其重要的人物，為何七七會對他隻字不提？這一日之間到底發生了什麼？

羽林軍大肆在皇宮內展開搜捕幾乎搜遍了皇宮的每一個角落，然而百密一疏，總有他們搜不到的角落，皇宮並不只有一條密道，除了龍宣恩之外，沒有人會料到，在尚膳監牛羊房內還隱匿著一條密道，忍著牛羊屎尿和草料混合的氣息，胡小天找到了密道的入口，扶著老皇帝走了進去。

入口初時狹窄，僅容一人通行，走出十餘丈之後開始變得寬闊起來，老皇帝本來就受了傷，再加上這番奔波逃命，此時已經筋疲力盡，等到了寬闊之處一屁股坐在地上，呼哧呼哧喘著粗氣，已經無力前行了。

胡小天在黑暗中仍然可以視物，看到龍宣恩神情萎靡，坐在地上，身體靠在牆壁之上，喃喃道：「朕……走不動了……一步都走不動了……」

胡小天道：「那就歇一歇。」

龍宣恩搖了搖頭道：「朕累了，走不動了，也不想走了，你就把朕留在這裡，讓朕自生自滅吧……」

胡小天這才知道自己誤會了他的意思，原來老皇帝心中已經斷絕了生機。胡小天道：「我幫你看看。」剛才只顧著逃命，沒有來得及為他檢查傷勢，當然也和胡小天對老皇帝的死活並不上心有關，初步檢查之後方才發現，老皇帝的兩條手臂已經被龍廷鎮捏得骨骼寸斷，他的身上還佈滿大大小小的黑斑，顯然是中毒之後的徵兆，胡小天倒吸了一口冷氣，只怕龍宣恩命不久長了。

龍宣恩歎了口氣道：「朕沒有想到最終害朕的那個人竟然是七七……」

胡小天沒有說話，心想你就是個老糊塗，到了這步田地還抒發什麼感想。不過若是設身處地從龍宣恩的立場出發，老傢伙這次被傷得可真是不輕。

龍宣恩道：「我不成了，你別管我，自己逃命就是……」

胡小天安慰他道：「都逃到了這裡，為何不繼續堅持下去，咱們應該可以逃出生天。」

龍宣恩呵呵笑了一聲道：「逃出生天又能怎樣？朕還不知道你的心意嗎？你無非是想利用朕罷了……」他劇烈咳嗽起來，用手捂住嘴唇，止住咳嗽之後攤開手掌，掌心之上染滿黑色的血跡，龍宣恩道：「你以為朕甘心被洪北漠利用？」他搖了搖頭道：「如果不是他，朕在三十年前就已經死了，他有起死回生之能，所以朕才會對他深信不疑……」他又咳嗽了幾聲。

胡小天心中暗忖，洪北漠一定是利用某種超前的辦法救活了龍宣恩，所以他才會對洪北漠如此信任。

龍宣恩道：「洪北漠在皇陵之中建了一座輪迴塔，只要輪迴塔建成……就可以讓人返老還童，長生不老……」

「所以你就不惜以舉國之力修建這座皇陵？」

龍宣恩道：「為了活下去，一個人可以做任何事。」

「你就那麼相信他？」

龍宣恩忽然沉默了下去，過了好一會兒他方才壓低聲音道：「洪北漠不是凡人，他有鬼神莫測之能，他……應該已經得道成仙！」

胡小天不屑笑了起來，他才不相信什麼得道成仙的鬼話，不過從目前掌握到的情況來看，洪北漠應該和自己相似，同樣是誤打誤撞來到這個世界的人罷了，也許洪北漠來的地方比自己更為先進。

龍宣恩聽出他對自己的不屑，歎了口氣道：「你鬥不過他的。」

胡小天道：「你不是說手中有一樣他們想要的東西嗎？」

龍宣恩點了點頭道：「你不說，朕……險些就忘了，那東西被朕放在沐恩宮下的密室裡……」

胡小天一聽就知道絕不是七星鏈，因為此前他在縹緲峰雲廟之上得到了七星鏈，老皇帝在氣息奄奄的狀況下仍然念著的東西，想必要比七星鏈更加重要，他低聲道：「帶我去！」

龍宣恩搖了搖頭道：「朕走不動了，沿著這條密道……一直走下去，走到分岔處，左邊通往沐恩宮，右邊通往瑤池……」話未說完，又劇烈咳嗽了起來。

胡小天道：「我背你過去！」

黑暗中龍宣恩幾乎用盡全部的力量，他低聲道：「不必了，朕大限已至，朕對不起列祖列宗……你將朕……朕的牙齒取下……可……可開啟……密……」話未說完，龍宣恩的腦袋已經無力垂落下去，胡小天再看的時候發現他竟然已經死了。

龍宣恩本身就是油盡燈枯之年，再加上今天這場劇變，無論身體還是心理都已無法繼續承受，能夠支撐到這裡已經實屬不易，胡小天望著這個昏庸一生的老皇帝，對他一直都是鄙視和唾棄，可是看到他都已經死去了，無論多大的罪孽也只能留待後人評說了。

按照龍宣恩剛才的吩咐，胡小天將他的嘴巴掰開，在他嘴中摸索了一會兒，發現老皇帝上頜的牙齒和別處不同，稍一用力，將牙齒拽了出來，扯下老皇帝的龍袍將之包好揣入懷中，再檢查了一下其他的牙齒，確信沒有疏漏，這才起身離去，離去之前，又再次確認了龍宣恩的死亡，畢竟這老傢伙陰險狡詐，胡小天擔心他有詐死的可能。

龍宣恩非但沒有絲毫的呼吸和心跳，此時連體溫也迅速降了下去，再看他的臉上也瀰漫了不少的黑斑，胡小天搖了搖頭，知道龍宣恩的確是死了，將他平放在地上，扯下一塊皇袍蓋在他的臉上，龍宣恩窮其一生，耗盡大康國庫，勞民傷財修建的皇陵終究還是沒有用上。

沿著密道繼續前行，約莫在地下潛行了一里距離，方才看到龍宣恩所說的分岔口，胡小天選擇向左，走出二十餘步，就看到前方有一扇石門攔住去路，胡小天敲了敲石門，判斷出這石門不過半尺厚度，凝聚內力照著石門就是一拳，蓬的一聲石門被他砸得四分五裂，暴力開門的方法多半時候都能派上用場，通過這扇石門之後，就可看到有台階向上，拾階而上，沒過多久，就看到一個平台，舉目四望再也沒有門洞可供前行，胡小天心中暗自詫異，老皇帝臨死之前不是說可以通往沐恩宮嗎？難不成走到這裡就已經到了盡頭？難道說這老皇帝死前神志不清根本就是胡言亂語？

密道內黑暗無光，胡小天憑藉著夜間視物的能力觀察周圍的情況，很快就發現在腳下平台的地面上刻有一幅蟠龍浮雕，龍身盤旋，龍頭正面朝上，乍一看並無異常，可是胡小天伸手撫摸的時候發現，那龍的牙齒竟然有一部分是凹陷下去的，腦海中忽然閃過一絲靈光，取出老皇帝的假牙，放在龍嘴之上，沒想到剛好相符，胡小天大喜，原來老皇帝的假牙卻是開啟暗門的鑰匙，老皇帝的心思還真是縝密，設計這密道的工匠也是巧奪天工。

胡小天把假牙放在龍嘴之上，心中暗暗想笑，老皇帝還真把自己當成真龍天子了，假牙還要安在龍嘴上，從這一點上推斷，這條密道的年代應該不算久遠，洪北漠對此應該一無所知，兩人雖然是合作關係，可兩人彼此也都防範著對方，老皇帝偷挖了那麼一條密道還能守住秘密，城府真是夠深。

胡小天手指用力，將假牙摁了下去，只聽到咔啪一聲，假牙完全嵌入到龍嘴之中，沒多久就感到腳下發出轟隆隆的震動，胡小天慌忙撤到了一旁，地面裂開了一條弧形縫隙，有淡藍色的光芒從裡向外透出。裂縫越來越大，最後成為一個三尺直徑的圓洞，胡小天低頭看了看，洞口處有台階向下延展，他沿著台階走了下去。

原來這平台之下果然藏著一間密室。

沐恩宮乃是老皇帝的母妃生前居住的地方，老太太過世之後，龍宣恩就將這裡列為禁區，平日裡除了他偶然過來緬懷祭奠，就無人造訪此地。下方有一張美女畫像，畫像前擺放著供桌，供桌的燭台之上各有一顆夜明珠，將這間地下密室照亮。

借著夜明珠的光芒，胡小天觀察那幅畫像，畫像上並非是凌嘉紫，應該是龍宣恩的母妃，胡小天向畫像鞠了三個躬，低聲道：「得罪了！」他將畫像摘下，按照此前的經驗晃動了一下畫軸，發現其中並無響動，不過仍然將畫軸擰開，裡面只有一卷紙，胡小天將那卷紙展開，卻見標題上寫著《丹鼎篇》三個小字，胡小天不禁內心一震，難道這是《乾坤開物》失落的《丹鼎篇》？

不是說《乾坤開物》的丹鼎篇記載著煉製長生不老的丹藥的秘方，為何老皇帝得到了這份東西，卻沒有交給洪北漠？而是偷偷收藏在這裡？胡小天也顧不上看其中的內容，將《丹鼎篇》收好。又仔細搜索了一下密室，居然從供桌內又找到一份寫好的詔書，展開詔書一看，原來是老皇帝的退位詔書，龍宣恩早已做好了決定，要將皇位傳給七七，如此說來，七七謀劃這次篡位奪權卻是多此一舉了。

胡小天把這份密詔也收好了，心中暗自盤算，自己的內力已經恢復，想要從皇宮中脫身應該不難，只是夕顏還在七七的手裡，不把她救出自己也不能安心離開，忽然想起這條密道的另外一個出口通往瑤池，梁英豪目前就潛伏在李雲聰的藏書閣，要先跟他們聯絡上才好。

群臣退散，塵埃落定，七七向權德安招了招手道：「明日午時將那妖女於午門外凌遲處死，你將這消息廣為散佈出去。」

權德安低聲道：「是！」他知道七七這樣的做法是要逼迫胡小天現身。

權德安離去之後，洪北漠上前道：「恭喜殿下！微臣有一份禮物奉上。」

七七點了點頭，洪北漠將找到的傳國玉璽奉送到七七的面前。

七七的目光在傳國玉璽上掃了一眼，淡然道：「只是一個符號罷了。」

洪北漠道：「殿下準備何時登基？」

七七搖了搖頭道：「暫時不必考慮這件事，名號並不重要，只要坐在這張椅子上，別人怎麼稱呼本宮又有什麼分別？」小小年紀對虛名看得卻是很開。

洪北漠揣摩到她此時的心思，低聲道：「殿下還在擔心胡小天的事情嗎？」

七七並沒有否認，輕聲歎了口氣道：「他把皇上劫走，若是讓他們順利逃出了皇宮，恐怕會是一件很麻煩的事情。」

洪北漠聞言不由得笑了起來：「殿下不必擔心，龍宣恩此刻應該已經死了。」

七七秀眉微顰，不知洪北漠因何會如此斷定。

洪北漠道：「臣已經盡力為他延長壽元，可惜他的大限已至，誰都沒有回天之力，臣昨日還為他檢查過身體，斷定他的性命不會超過三天。」

「當真？」

洪北漠點了點頭道：「真正的隱患乃是胡小天，這次絕不可以放任他離開康都，放虎歸山必成大患。」

七七道：「你對皇宮中的內部結構應該極其瞭解，這皇宮地下是不是還有其他的地方可供他們隱匿？」

洪北漠道：「按照殿下的吩咐已經派人開放瑤池水閘，明日清晨就可以將池水抽乾，皇宮所有隱藏的地方必然無所遁形。」

七七腦海中忽然想起自己當年和胡小天第一次潛入瑤池之中進入龍靈勝境的情景，眼前似乎晃動著胡小天溫暖的笑容，他的笑容卻突然收斂，厲聲在她耳邊喝道：「七七，你為何如此待我？」

七七的內心猛然抽搐了一下，雙手下意識地抓緊。

這細微的舉動並沒有逃過洪北漠的眼睛，洪北漠恭敬道：「殿下，胡小天在鳳儀山莊埋伏了不少的手下，我已經派人將之一網打盡，他的那幫手下也被盡數俘獲，還請陛下發落。」

七七輕聲道：「有沒有查出他們想做什麼？」

洪北漠道：「他們利用鳳儀山莊作為掩護，在山下挖掘地道，看樣子意圖挖入皇陵。」

七七道：「皇上目前還不能死，要讓他們都知道皇上還活著，不過已經重病纏身，臥床不起。」

洪北漠恭敬道：「此事不難，交給微臣就是。」

七七又道：「胡小天的那幫手下暫且下獄吧，一天沒有找到胡小天，這些人就對咱們還有些用處。」

「是！」

洪北漠離去不久，慕容展率領侍衛壓著幾名太監走了進來，為首一人正是胡小天的把兄弟史學東，一幫太監全都跪倒在地上，史學東此前就聽到了不少的風聲，原本想趁亂逃出皇宮，卻想不到半路之上被侍衛抓了回來。抬頭看到高高在上的七七，史學東心中不由得暗暗叫苦，這次只怕是凶多吉少了。

七七冷冷望著史學東道：「史學東，胡小天有沒有去找你？」

史學東道：「有，他那天找我的時候，殿下剛好在場！」

「放肆！」七七柳眉倒豎，怒視史學東道：「你跟他乃是結拜兄弟，他的事情你怎麼會不知道？」

史學東笑了笑道：「公主此言差矣，您和他是未婚夫妻，你們的關係要比我近上不少，他去哪裡都不跟您說，怎麼會跟我說？」

七七心中暗惱，到了目前這種地步，史學東居然還敢在自己面前油嘴滑舌，心中氣不打一處來，厲聲道：「掌嘴！」

慕容展身邊馬上衝出一名侍衛，揚起蒲扇般的大手照著史學東的臉上劈哩啪啦就是一連串清脆的耳刮子，打得史學東面頰高腫，連呼饒命。

七七咬牙切齒道：「把他給我推出午門綁起來，明兒午時，若是胡小天再不出現，將他們一起砍了！」

大康皇宮戒備森嚴，用十步一崗五步一哨來形容都不為過，胡小天沿著密道的另外一條出口來到瑤池，等到了瑤池發現瑤池的水位比起此前下降了一半不止，用不了太久時間，這些隱藏在水面下的洞口就會暴露在天日之下，應該是有人放水。再看縹緲山下那條將龍首沉入水底溪水的長龍，觸角已經完全暴露出來，再過一會兒龍耳上的密洞就會暴露。

瑤池岸邊有不少侍衛巡查，胡小天不敢久留，尋找了一個機會，借著夜色逃出了瑤池，在途中幹掉了一名落單的侍衛，換上那侍衛的衣服，還好他所處的位置距離藏書閣不遠。

胡小天小心翼翼東躲西藏，總算來到了藏書閣東側，沿著大樹攀援到了樹冠頂部，俯首望去，卻見藏書閣外也有不少的侍衛巡查。

胡小天覷準機會，從大樹之上飛掠而起，在夜空中無聲無息滑翔，落地之時已經來到藏書閣裡面，他凝神屏息，感知著周圍的動靜，李雲聰的房間內應該沒有人在，胡小天本來打算向藏經閣內走去，忽然察覺到不遠處正有腳步聲走了過來，他慌忙在黑暗中隱匿身形，屏住呼吸。腳步聲來自於頭頂，卻有兩人沿著頭頂的階梯走了下來。

其中一人道：「洪大人，沒有皇上的親筆手諭，這七層書閣任何人都不得進入，咱家也是沒有辦法。」說話人是李雲聰。

洪北漠桀桀笑道：「李公公做事認真，一絲不苟，皇宮中有你這樣的人真是大康之幸。」

李雲聰道：「職責所在，不然皇上也不會將藏書閣放心交給我。」

洪北漠就在胡小天的頭頂位置停下了腳步，輕聲道：「李公公對皇上還真是忠心啊。」

李雲聰道：「比不上洪先生。」

洪北漠又笑了一聲，目光環視藏書閣，低聲道：「今日宮裡發生的事情，李公公想必已經聽說了？」

李雲聰道：「咱家一向大門不出二門不邁，外面的事情咱家從不過問。」

洪北漠知道李雲聰老奸巨猾，不過他對李雲聰這個老太監還是有些顧忌的，不僅僅是因為他的武功，洪北漠道：「今日龍廷鎮聯手胡小天謀逆造反，龍廷鎮試圖弒君，胡小天則聯手五仙教妖女毒殺永陽公主。」

胡小天在下面聽得清清楚楚，心中暗罵洪北漠你這個老烏龜，撒謊也要讓別人相信，我跟龍廷鎮聯手坑害自己的未婚妻，我放著自己老婆不捧，卻去捧龍廷鎮上位，你當老子腦袋秀逗了？

李雲聰倒吸了一口冷氣道：「怎會如此？陛下現在如何？」

洪北漠歎了口氣道：「幸虧我等及時發現他們的陰謀，救回公主，抓住龍廷鎮，五仙教的妖女也被我們俘獲，只是那胡小天逃了，他還擄走了皇上。」

李雲聰道：「胡小天為何會這樣做？他此次回來不是要和公主殿下成親？為何做出此等不智之事？」不但李雲聰會這麼想，天下多半人都會這麼想，洪北漠所說的事情實在是太讓人匪夷所思了。

洪北漠道：「李公公恐怕不知道，那胡小天野心勃勃，區區一個駙馬怎能讓他滿足，他想要的是大康的江山，那五仙教的妖女真實身分卻是叛賊李天衡的女兒，過去她曾經和胡小天訂婚，兩人表面上解除婚約，其實背地裡一直都有來往。」

洪北漠所說的事情有些李雲聰知道，有些李雲聰並不知道，不過李雲聰能夠斷定胡小天這次是被坑了無疑。

李雲聰長歎了一口氣道：「天佑我皇，但願皇上能夠逢凶化吉。」

洪北漠道：「我來這裡也是關心你這位老友啊。」

李雲聰道：「多謝洪先生掛懷，咱家身無長物，也沒什麼值得別人惦記的。」

洪北漠道：「胡小天窮凶極惡，在眼前的情況下任何事情都做得出來。」

李雲聰笑道：「洪先生原來是懷疑他藏在這裡了？」

洪北漠道：「整個皇宮幾乎都搜遍了，可是仍然找不到他和皇上的下落。」

李雲聰道：「既然如此，咱家還是將七層書閣打開，勞煩洪先生親自過目，以證咱家之清白。」

兩人暗藏機鋒，可是誰也沒有想到如今胡小天就藏身在他們所站的階梯下方。

洪北漠果然點了點頭道：「既然李公公有此誠意，洪某也只好得罪了。」

胡小天在階梯下聽得清清楚楚，心中暗罵，查！查你老母！老子就在你下面。

李雲聰當然知道這七層書閣內沒有人，所以才敢讓洪北漠放手去查，洪北漠明顯在懷疑自己藏匿胡小天，既然如此索性自證清白。其結果當然是一無所獲。

李雲聰送走了洪北漠，推門進入自己的房間內，點亮燭火，方才看到床上竟然坐著一人，心中不由大驚，雖然胡小天已經用易筋錯骨改變了形容，但是李雲聰仍然能夠猜到他的身分，傾耳聽了聽外面的動靜，方才以傳音入密向胡小天道：「這種時候你居然還敢來咱家這裡。」

胡小天微笑道：「在宮中我原本就沒有幾個朋友。」

李雲聰道：「洪北漠和他的手下還在外面，此刻應該沒有走遠，你究竟是如何混進來的？」

胡小天道：「李公公不用擔心，我可不是為了要連累你。」

李雲聰歎了口氣道：「咱家不是怕你連累，你究竟將皇上弄到哪裡去了？現在整個皇宮到處都在找你。」

胡小天道：「皇上已經死了！」

李雲聰聽到這個消息並沒有太強烈的反應，只是緩緩搖了搖頭，在他眼中龍宣恩活著跟死了也無太大的分別。

胡小天道：「李公公只需幫我聯絡梁英豪，其他的事情絕不再麻煩您。」

李雲聰緩緩搖了搖頭道：「大勢已去，你還強留在這裡作甚？以你的功夫，逃出皇宮應該不難，趁著行藏還未暴露儘早離去，若是被他們發現你的蹤跡，恐怕你再無逃生的機會。」

胡小天道：「我手中還有一封皇上的密詔。」

李雲聰淡然笑道：「又有何用？皇上都已經死了，你以為僅憑著一封密詔就能夠反敗為勝嗎？」

胡小天心中暗忖，密詔雖然沒有這個作用，可是自己得到的《乾坤開物》丹鼎篇，這樣東西卻是洪北漠夢寐以求的，用這件東西換取夕顏的平安應該不難。

李雲聰道：「你只怕還不知道，你在鳳儀山莊的手下已經全都被抓起，連你的結拜兄長史學東都被綁於午門之外，永陽公主已經下令，如果明日午時你不出現，她就將這些人連同那妖女在內全都凌遲處死。」

胡小天倒吸了一口冷氣，七七果然夠狠。

李雲聰望著胡小天道：「不是咱家說喪氣話，如今你縱有通天之能，恐怕也無力回天了。洪北漠、任天擎、慕容展全都是公主的人，現在滿朝文武也已經向公主殿下效忠，公主已經將你定為篡權謀逆的反賊！」

胡小天心中暗歎，其實自己前來康都的初衷也是和七七合作，絕不是為了單純履行婚約，也許他的動機註定了這樣的結局，七七如今的行徑證明她對自己從沒有真正信任過，憑心而論，七七有權選擇她的合作者，放棄自己選擇洪北漠，從而成就她對大康王朝的真正統治，順帶著將所有的罪責推到了龍廷鎮和自己的身上。

眼前的劣勢並非代表著失敗，他還有庸江水師，他的手中還握有洪北漠想要的東西，而這件東西比龍宣恩的性命更加重要。

李雲聰道：「咱家可聯繫不上你的人，他進入密道之後，咱家就將洞口封閉了，從此再未跟他見過面。」

胡小天點了點頭。

李雲聰勸道：「走吧！只要平安回到東梁郡，你還有東山再起的機會。」

胡小天道：「我還想麻煩李公公一件事。」

李雲聰苦笑道：「還有什麼事？咱家現在是自身難保，只怕幫不了你什麼。」

自從洪北漠剛才來過之後，李雲聰已經下定決心離開皇宮。

胡小天道：「勞煩李公公去將洪北漠請來，我想當面見他。」

李雲聰聞言一怔，胡小天本該躲著洪北漠才是，他讓自己去請洪北漠是何道理？難道想要鋌而走險拿下洪北漠？以洪北漠為質換取他朋友的平安？

胡小天微笑道：「李公公不必顧慮，你將這頁東西交給他，他自然會來。」胡小天將一頁東西遞給了李雲聰，李雲聰就著燈光一看，不由得驚呼道：「這……這是《乾坤開物》……丹鼎篇！」

胡小天點了點頭道：「只是其中的一部分，共有五頁。」他看了看仍然猶豫不決的李雲聰道：「李公公難道還想留在這皇宮中？你不怕你的秘密洩露出去？」他根本是在威脅，李雲聰若是拒絕幫助自己，自己就將他的身世秘密洩露出去。

李雲聰這才知道原來胡小天之所以留下還是有所依仗的，他望著那頁丹鼎篇，猶豫了很久方才點了點頭道：「好，咱家就再幫你一次，不過，你務必要記住，有朝一日你占了大康的天下，那皇陵……」

胡小天微笑道：「李公公想要什麼只管拿去，就算想將皇陵作為您的埋骨之地，小天也會答應。」

李雲聰點了點頭，抓起那頁紙向外走去。

洪北漠果然並沒有走遠，站在藏書閣門外向手下人吩咐道：「好好盯著這裡，不得讓任何人自由出入其間。」

洪北漠的話剛剛說完，卻聽到李雲聰的聲音從身後傳來：「洪先生請留步。」

洪北漠停下腳步，轉身望去，微笑道：「李公公找我何事啊？」

李雲聰來到他面前，方才低聲道：「剛剛有人托咱家將這件東西給洪先生送來，咱家年紀大了，這記性也不好，險些忘了。」他將手中的那頁紙遞了過去。

洪北漠接過那頁紙，當他看清上面的內容之時，內心劇震，強忍內心的激動，低聲道：「人在哪裡？」

李雲聰道：「就在裡面。」

洪北漠準備向藏書閣走去的時候，李雲聰又道：「咱家還有些事情，想出宮去辦，勞煩洪先生給個方便。」

洪北漠冷冷望著李雲聰，焉能不知道他是要趁機逃走。

李雲聰壓低聲音道：「他說了，要單獨見洪先生，咱家把話帶到，其餘的事情跟咱家全無關係，還請洪先生行個方便。」

洪北漠心中暗忖，若是此時和李雲聰翻臉似乎並無必要，他淡然道：「李公公不妨多等一些時候，等洪某忙完這件事，親自送你出宮。」

洪北漠大步走入藏書閣，李雲聰看出這廝不會輕易放了自己，只能跟在他的身後，自己實際上已經等同於被胡小天綁架，若是胡小天和洪北漠打起來，自己也不得不站在胡小天的立場上了，今晚無論結果如何，這皇宮已再無自己容身之地。

李雲聰指了指自己的房間，洪北漠緩步走了過去，推門進入房內，卻見燈光下胡小天靜靜坐在那裡，現在的胡小天已經恢復了本來的容貌，既然決定要和洪北漠攤牌，自然也沒有了易容的必要。

洪北漠微笑向胡小天點了點頭道：「胡大人果然膽色過人。」

胡小天道：「膽色過人也比不上你洪先生老謀深算。」他指了指對面的椅子道：「坐！」

洪北漠居然很客氣地坐下了，胡小天又指了指桌上的那杯茶道：「喝茶？」

洪北漠搖了搖頭，微笑道：「不用！」

「洪先生是怕我下毒吧？」

洪北漠道：「胡大人費盡思量把我請來，恐怕不是要毒死我那麼簡單。」

胡小天道：「以彼之道還施彼身，洪先生不要看輕我的報復心。」

洪北漠呵呵笑了起來：「你中毒的事情與我無關，在我的計畫中本來並沒有將你計算在內。」洪北漠並沒有說謊，在他的計畫中龍廷鎮才是頂罪的棋子，龍宣恩已經成為他前進道路上的阻礙，所以必死無疑，可是他並沒有剷除胡小天的計畫，因為他並不瞭解七七對胡小天的感情，如果因為對付胡小天而得罪了七七，對他的計畫沒有任何益處，反倒是弄巧成拙。

洪北漠甚至此前都不知道七七已經聯手慕容展和任天擎的事實，直到夕顏出現，他方才明白自己仍然低估了這位小公主，七七的心機比他想像中更深。給胡小天下毒，一併將胡小天除去，這都不是洪北漠原本計畫中的事情，他不得不佩服這位小公主的果決和冷血。

胡小天也沒有和洪北漠刨根問底的必要，他輕聲道：「那張東西你看到了？」

洪北漠點了點頭，意味深長道：「東西應該不止這一頁吧？」

胡小天道：「五頁，分別被我藏在不同的地方。」

洪北漠笑了起來：「看來咱們的確有好好談談的必要了。」

胡小天端起茶盞，慢條斯理地飲了一口，輕聲道：「我要你放了他們。」

洪北漠道：「公主已經下了命令，這件事恐怕沒那麼容易。」

胡小天又拿出了一頁紙遞給了洪北漠：「這是訂金，只要你洪先生想做的事情，應該可以辦到。」

洪北漠皺了皺眉頭，拿起那頁紙，幾乎馬上就斷定這頁東西絕對是真的。他低聲道：「如果再多兩頁，或許我還能有些辦法。」

胡小天望著眼前這個跟自己討價還價的老狐狸，不由得笑了起來：「沒問題，只要把人都給我放了，所有的我都給你，這些破爛東西對我沒有任何用處，不過……現在只能這麼多。」

「皇上在哪裡？」洪北漠仍然關心龍宣恩的下落。

胡小天將茶盞緩緩落下：「死了！」他看了洪北漠一眼道：「洪先生應該比任何人都要清楚吧，他活不久的，如果不是發現了你在騙他，他也不會對你留了一手，這些東西都是他給我的。」

洪北漠並沒有懷疑胡小天的話，小心翼翼地將這兩張紙收好。

胡小天忽然有種與虎謀皮的感覺，選擇和洪北漠合作實在是逼不得已，洪北漠想要的是皇陵，至於其他的事情他並不在意，無論是龍宣恩在台上還是七七當皇帝，無論江山落在什麼人的手中，只要支持他將皇陵繼續修建下去，他就會支持誰，然而洪北漠努力了這麼多年，皇陵仍然沒有完工，應該不僅僅是在財力和人力上出了問題，或許在技術上洪北漠仍然未能攻克難題。

胡小天憑著直覺判斷出這幾頁《乾坤開物》的丹鼎篇就是其中的關鍵，至於老皇帝為什麼始終將這幾頁紙藏匿起來，想必是早就看出這幾頁紙和所謂的煉製長生不老的丹藥無關，一早就識破了洪北漠的謊言，這幾頁紙也就成為龍宣恩要脅洪北漠的王牌，如今落在自己手中，也就變成了自己的機會。

洪北漠道：「其他的人都好說，只是那妖女並不在我的控制之中。」

胡小天望著洪北漠，對他的話將信將疑。

洪北漠道：「她暫時被關押在縹緲峰靈霄宮，不悟和尚負責看守她，想救她，恐怕只能靠你自己。」

胡小天道：「若是她出了任何事，你永遠無法得到丹鼎篇的全部。」

洪北漠呵呵笑道：「丹鼎篇或許並沒有你想像中那麼重要，你以為用它要脅我就能夠逼我就範嗎？」他冷冷望著胡小天道：「如果我當真在意這樣東西，就不會幫助公主殿下剷除龍宣恩。」

胡小天微笑道：「龍宣恩已支持不下去了，就憑你的本領也無法讓他的性命延續下去，你幫助七七奪了皇位也是無奈的選擇。」他站起身來，緩緩走了兩步道：「嘉豐十七年，康都棲霞湖，天降火球，引發天火，火勢波及三十里，波及之處，化為瓦礫，死傷無數……」說到這裡他故意停頓了一下，然後轉過身望著洪北漠。

洪北漠的面色變得前所未有的凝重，深邃的雙目死死盯住胡小天。

胡小天道：「當年的棲霞湖變成了棲霞山，當年落下的東西，應該就在棲霞山下，皇陵選擇在那裡修建是不是別有用意？」

洪北漠被他說破心思，不由得呵呵笑了起來。

胡小天道：「有人說當年是神仙顯靈，大康將士觸怒上天神靈方才遭遇了那場劫難，可是我卻知道根本不是那麼回事。」

洪北漠饒有興趣道：「哦，我倒是有些興趣聽一聽。」

胡小天道：「浩瀚宇宙，無邊無際，我們現在所生存的地方不過是這億萬星辰中的一顆罷了，宇宙之中不知有多少和我們一樣的人類，或許他們比我們更加聰明更加強大，強大到足以駕馭飛船遨遊太空的地步，有那麼一天，他們的飛船出了故障，結果不得不迫降在這裡，迫降在康都郊外的棲霞湖，卻不巧被人發現，人們認為這是一個怪物，於是當時的大康皇帝糾集兵馬發動攻擊。雖然這些飛船上的人擁有強大的科技，殺傷力奇大的武器，可是他們卻面臨數以千倍萬倍的對手，他們的能量也有用盡的時候，雙方交戰，大康一方死傷慘重，但是飛船一方也死傷不少，他們的飛船被掩埋，成員多半被殺，僥倖逃走的幾人不得不面對在這片陌生土地生存下去的現實。」

洪北漠沒有說話，靜靜望著胡小天。

胡小天道：「說起來這件事已經過去了整整一百五十年，飛船上的倖存者若是活到現在，都快有兩百歲了，相信他們中的一些人已經在這裡開枝散葉，繁衍後代，在他們的心中或許始終惦記著返回自己的家鄉。」

洪北漠道：「胡大人還真是會說故事，簡直天方夜譚，洪某聽到這裡都忍不住想為你鼓掌喝彩，難怪有人都說你胡大人是不世出的天才，出生的時候別人還把你當成一個又聾又啞的傻子，卻沒料到你胡大人才是大智若愚，一朝開悟，不但琴棋書畫融會貫通，而且擁有了一身化腐朽為神奇的醫術，除了鬼醫符刓好像還沒有第二個人可以跟你相提並論，可是胡大人開悟之前，鬼醫卻已經死了，胡大人能否解釋你的醫術師從何人？」

胡小天微笑道：「洪大人懷疑我的來歷？」

「這世上不只胡大人才擁有如此匪夷所思的想像力。」洪北漠的目光驟然變得陰冷：「你的來歷我清楚得很，不要以為你能夠阻止我，任何人都無法阻止！」

胡小天心中暗奇，老子的來歷你清楚得很？我不說你怎會知道？難道這洪北漠把自己也當成跟他一樣？難道洪北漠認為自己的出現就是為了阻止他修復那艘可能存在的飛船？胡小天道：「我懶得阻止你，只想救出我的人，離開這個地方，你愛怎麼玩就怎麼玩，只要把我的人全放了，以後大家井水不犯河水，你以為如何？」

洪北漠道：「再過兩個時辰，我們會陪同公主殿下前往龍靈勝景，你可混在我的隊伍之中，趁機登上縹緲峰，不悟和尚每到午夜子時必然閉關調息，你想救她，這是最好的機會。」

胡小天點了點頭：「多謝！」

洪北漠又道：「你若是膽敢反悔，我會保證會將你的那些手下殺得一個不留，還有，你不要以為你佈置在雲澤的那些水師能夠對我們構成威脅，若是激怒了我，未嘗不會重演當年棲霞湖邊的一幕。」

胡小天內心一沉，洪北漠顯然是在威脅自己，棲霞湖邊的一幕？當年在棲霞湖大康將士和那些從天而墜的不速之客浴血奮戰死傷慘重，全都是因為對方可能擁有殺傷力奇大的武器，難道洪北漠已經製造出同樣的武器？如果真是這樣，自己的數萬水師如果進擊漁陽城的話，恐怕連一絲一毫的勝算都沒有。

胡小天道：「你放心吧，我胡小天向來一言九鼎，只要我救出夕顏，我會再給你一頁，等你放了我的那些手下，你會得到第四頁，等我證實所有人都平安脫險之後，我會將丹鼎篇的最後一頁紙給你，而且我會幫你在七七面前保守秘密，此事不會洩露給其他人知道。」

洪北漠點了點頭道：「一言為定！」

瑤池的水已經基本流乾，大片湖底顯現出來，月光之下，竟然有不少白骨的反光，數百年來，這宮廷湖水之下也埋葬了不少的冤魂。從西岸到縹緲山已經臨時用木板搭起了長橋，七七在眾人的陪同下走上長橋，除了洪北漠之外，權德安、任天擎、慕容展全在其中。

易容後的胡小天跟在隊伍的後面，望著隊伍最前方的七七內心複雜至極，他和七七終於還是走到了敵對的兩面。

眾人來到那巨龍吸水的雕像前方，七七停下腳步，望著那巨大的龍首，腦海中不停閃回著她和胡小天初次前來探秘的情景，心中隱隱有些內疚，這內疚感隨著時間的推移卻變得越發強烈起來。

一旁蒙自在道：「殿下，就是這裡嗎？」

七七點了點頭道：「就是這裡。」她轉身向權德安道：「權公公，你和其他人都在這裡候著，任先生和洪先生隨我進去。」

「是！」

洪北漠指揮手下在龍首周圍駐防，特地看了胡小天一眼，指了指右前方。

胡小天和其他人一樣從木板上跳了下去，踩著淤泥向龍首的右後方走去。

七七和洪北漠、任天擎兩人進入龍耳密道，洪北漠舉著夜明珠為她照亮。三人循著胡小天上次的路線來到了密洞之中，洪北漠觀察著牆上的浮雕，這才明白胡小天因何知道了那麼多秘密，原來早有人在這裡記錄了一切。

七七表情漠然，來到祭台前方，望著方鼎上的銘文輕聲朗誦道：「嘉豐十七年，康都棲霞湖，天降火球，引發天火，火勢波及三十里，波及之處，化為瓦礫，死傷無數，嗚呼哀哉！百姓何辜。朕特鑄此鼎，鎮災伏魔，祈求上天，庇佑大康……」讀完銘文，她意味深長地向洪北漠望了一眼，雖然沒說話，可是洪北漠卻已經明白了她的意思，她必然是想說，你選擇棲霞山修建皇陵的目的就在於此。

任天擎敲了敲巨鼎的下方，低聲道：「這下面應該是中空的。」

七七點了點頭，洪北漠走了過來和任天擎合力推動方鼎，抬起條石，現出一個坑洞，胡小天上次以一人之力就將方鼎移開，兩者相比，胡小天的內力顯然要占優不少。

## 第八章

# 你婚我嫁各自由心

胡小天雙目射出陰冷的殺機，七七迴避他的目光。
胡小天呵呵笑道：「到底發生了什麼，你我心知肚明，
既然大家都已經到齊，就請各位給我們做個見證，
我胡小天從今日起就解除和這小賤人的婚約！
從今以後我和龍七七再無瓜葛，你婚我嫁各自由心！」

任天擎和洪北漠兩人共同將玉匣取出，七七示意他們將玉匣打開，藍色光芒隨著玉匣的開啟瀰散出來，原來裡面竟然是一顆藍色透明的頭骨。

洪北漠和任天擎兩人對望了一眼，同時將目光投向七七，七七凝望著那顆頭骨，美眸中光芒變幻，輕聲道：「你們下去等我。」

洪北漠兩人點了點頭，從原路回到下層，只留下七七一人獨自在密洞之中，七七等到他們離去，這才緩緩跪了下去，向那顆藍色頭骨三叩首，然後伸出雙手，掌心平貼在那藍色頭骨之上，頃刻間藍光大盛，七七閉上美眸，腦海中映射出一個個的金色字元……

胡小天重新攀上縹緲峰，因為所有人的注意力都集中在縹緲峰下，峰頂反倒沒有佈置警戒，或許和不悟留在這裡有關，以不悟的武功根本沒必要其他人插手，而且不悟的性情乖戾很難和他人共處。

按照洪北漠的指引，胡小天潛入靈霄宮，正是午夜子時，不悟在這個時候應該在閉關調息，胡小天儘量繞過不悟所在的地方，進入靈霄宮，逐間宮室傾聽其中的動靜，找了六間宮室，終於聽到裡面的呼吸聲，胡小天聽力敏銳，單從呼吸中就判斷出此人應該是夕顏，他心中暗自驚喜，正所謂踏破鐵鞋無覓處，得來全不費工夫，看來洪北漠果然看重這套《乾坤開物》的丹鼎篇，不然也不會如此輕易說出夕顏的下落，驚喜之餘，也不敢掉以輕心，胡小天向周圍看了看，確信沒有人跟蹤自己，這才悄悄推門進入。

濃重的夜色並不能阻擋胡小天的視力，他看到夕顏被綁在右前方的一棵盤龍抱柱之上，螓首低垂，應該是已經睡了，胡小天環視四周，確信這宮室內並無他人駐守，迅速來到夕顏面前，附在她耳邊道：「丫頭，醒來！」

夕顏朦朧之中聽到有人在呼喚自己，那聲音彷彿是胡小天，她還以為自己是在做夢，喃喃囈語道：「沒良心的傢伙，你……你只顧著公主……」

胡小天聽她這樣說心中越發感動，低下頭去在夕顏的俏臉上親吻了一記，夕顏感覺有人親吻自己的面頰，此時方才清醒過來，剛想發出驚呼，卻被胡小天將櫻唇捂住，低聲道：「別叫，是我！」

夕顏這才知道剛才聽到的聲音並不是夢，胡小天居然真的冒險前來，一時間百感交集，鼻子一酸，雙眸中簌簌留下淚水。胡小天抽出暗藏的匕首，將捆在她身上的繩索割斷，夕顏穴道被制，自己無法站立，一失去繩索的束縛馬上就倒向胡小天的懷中，胡小天將她擁在懷中，看到她俏臉上晶瑩的淚痕，低聲道：「莫哭，我帶你離開這裡再說！」

話還未說完，卻聽腳下發出轟隆隆巨響，胡小天慌忙騰空而起，試圖利用馭翔術飛起在空中然後直接衝出窗外。頭頂也是一個巨大的鐵籠兜罩落。

這鐵籠長寬各有三丈，將胡小天和夕顏罩在其中，胡小天本以為營救過程非常順利，卻想不到在最後關頭出了岔子，心中暗叫不妙，洪北漠那老狗為何沒有告訴自己這裡暗藏機關，根本是有意為之，他壓根就沒有想過要配合自己，是要利用夕顏作為誘餌將自己引入籠中。

胡小天背起夕顏衝到鐵籠前，伸手抓住兩根鐵柵，意圖將之拉開，觸手處卻感覺盡是鋒芒，慌忙鬆開手掌，那鐵柵兒臂般粗細，上方生滿蒺藜，幸虧胡小天及時撤手，不然此刻掌心已經被紮出無數血洞了。

夕顏趴在他的背上，看到眼前情景也是又驚又急，歎息道：「你這傻子，明知是個圈套，為何要過來？」

胡小天道：「你能為我隻身涉險，我一樣可以為你去死。」一句話說得夕顏剛剛止住的淚水又湧泉般流了出來，啐道：「傻子！我一直以為你是個聰明人，沒想到你還是個傻子……」

胡小天笑道：「我生來就是傻子，丫頭，我還有辦法。」手雖然不能碰那生滿蒺藜的鐵籠，可是胡小天還有劍氣外放的本事，揚起手中的匕首，話說過去還從沒有利用這麼短的匕首使出劍氣的經歷，可凡事總得有第一次，胡小天凝聚內力猛一揮匕首，這一揮還是格外用力，身處險境是其中一個原因，還背著夕顏這個大美女，在美女面前怎麼都不能太跌份兒，可事與願違，正應了欲速則不達的道理，這一揮，壓根沒發出半點劍氣。

可是房門卻被蓬蓬踹開，兩人舉著火把進入宮室內，隨後走入的是不悟，不悟和尚陰著一張臉，本就醜怪的面孔顯得越發不堪，一雙眼睛盯住胡小天，雖說這雙移植後的眼睛已經可以看到東西，胡小天怎麼看怎麼覺得不順眼。心中暗罵洪北漠，老狗啊老狗，你不是跟我說不悟這會兒在閉關嗎？還真是坑我沒商量。兵不厭詐，別人棋高一著又有什麼好埋怨的？不過胡小天心中暗自好奇，洪北漠當真不想要丹鼎篇了？

不悟望著胡小天陰惻惻笑道：「小子，你果然有些膽色。」

胡小天笑瞇瞇向他點了點頭道：「師父，咱們又見面了。」一日為師終身為父，話說胡小天忽然意識到自己跟父親這個詞兒犯衝，不管是親爹還是這個等同於父親的師父，都是坑死自己沒商量。

不悟道：「衝在你叫我一聲師父的份上，我不親手殺你。」

胡小天道：「一日為師終身為父，看在你教我武功的份上，我也不親手殺你。」

不悟醜怪的臉上露出一絲笑意，外面又有火光閃動，卻是七七在洪北漠等人的陪同下來到縹緲峰之上。

洪北漠望著已成籠中困獸的胡小天，唇角露出一絲得意的微笑。

七七站在人群中遠遠望著胡小天，可是胡小天卻根本沒有看她，似乎根本沒有注意到她的存在，胡小天轉身向夕顏道：「別怕，有我在，沒有人可以欺負你。」

夕顏嫣然一笑，小聲道：「我信你，有你在我身邊，我什麼都不怕！」

聽到兩人你濃我依的對話，七七的心中有種說不出的失落滋味，她冷冷道：「胡小天，你勾結妖女謀害本宮，又聯合龍廷鎮害死皇上，意圖顛覆大康社稷，你該當何罪？」

胡小天這才將目光向七七望去，一雙朗目中迸射出陰冷的殺機，七七幾乎要迴避他的目光，可是咬了咬櫻唇，硬起心腸目光和他對望，絲毫沒有退縮的意思。

胡小天呵呵笑道：「到底發生了什麼，你我心知肚明，既然大家都已經到齊了，就請各位給我們做個見證，我胡小天從今日起就解除和這小賤人的婚約！從今以後我和龍七七再無瓜葛，你婚我嫁各自由心！」

「你……」七七怎麼也沒有想到胡小天在生死關頭沒有討饒求生，卻在眾人面前解除了跟自己的婚約，其實她已經準備向天下宣佈自己和胡小天的婚約無效，終究被這廝搶了先。

胡小天道：「永陽公主，你不忠，不孝，不義，我決不能娶你這樣的女人為妻，就算娶了你，我也會把你休掉！」

「住口！」七七被胡小天氣得柳眉倒豎。

夕顏輕聲歎了口氣道：「臭小子，你總算做對了一件事。」

七七指著胡小天道：「胡小天，只要我一聲令下，你和這個妖女就會死無葬身之地！」

胡小天道：「死又有什麼可怕，最怕就是孤零零死去，我有夕顏作伴，黃泉路上也不寂寞，你身邊雖然人數眾多，可是他們之中又有哪一個真心對你好的？又有哪一個不是想要利用你？當然，你無所謂啊，反正你們都是相互利用。」胡小天的目光投向洪北漠道：「洪北漠，你真是個出爾反爾的老不要臉，看來你早已得到了丹鼎篇，自然我手頭的這些東西對你已經無關緊要了。」

洪北漠不置可否地笑了笑。

胡小天又向任天擎道：「任天擎，我對你聞名已久，可惜一直未曾謀面，看來任天擎就是蒙自在，蒙自在就是任天擎，當初進入藏書閣借閱天人萬像圖的就是你吧，想必那本《般若波羅密多心經》也被你順手帶走了。」

任天擎臉色驟變，怒道：「你胡說八道！」

此時洪北漠和慕容展同時向任天擎投去充滿質疑的目光。

任天擎心中清楚，這小子就是在故意勾起他們之間的懷疑，此時解釋反倒越描越黑，他冷笑道：「死到臨頭，你還有什麼本事？」

胡小天向慕容展笑了笑道：「慕容展，我一直以為你是個目空一切孤冷高傲的爺們，可惜啊可惜，你骨子裡就是一個奴顏婢膝的奴才，甚至連自己的女兒都保護不了，又或者你根本就是冷血無情之人，只在乎自己，又何嘗在乎過自己家人？」

慕容展面無表情，一雙銀白色的眼眸冷冷望著胡小天。

夕顏附在胡小天耳邊小聲道：「那根東西我藏在左腿內側了。」

胡小天心中一怔，那根東西？那根東西？反手在夕顏左腿內側一摸，卻摸到了一根硬梆梆的短棍，呃！怎麼會？胡小天差點沒想歪了，可馬上從質感就意識到，這根東西正是他和夕顏在龍靈勝境找到的那個劍柄。

胡小天只是吃驚了一下，卻沒有特別的喜悅，那玩意兒雖然是個劍柄，卻沒有任何的殺傷力。胡小天將那根劍柄悄悄握在手中，最後望著不悟道：「師父，雖然你人品不好，可畢竟教過我武功，你雖然不仁，可是我卻不能不義，你幫著別人坑害自己的徒弟有些不夠厚道吧？知道你欠了別人的人情，可是以你的身分和性情怎麼會甘心被別人使喚？你不覺得丟人，我都替你害臊。」

不悟怪眼一翻，並沒有搭理他，老臉卻的確有些發燒了。他向來性情孤傲，如果不是因為這雙眼睛的緣故，斷然不會甘心被人所利用。

胡小天又道：「你托我查的事情已經有了眉目，穆雨明就在宮中，我好不容易才查清這件事，看來這個秘密也要被我帶走了。」

不悟聞言一驚，大聲道：「他在何處？」

胡小天成功勾起了他的好奇心之後卻不再理會他，從懷中掏出了一份密詔：

「龍七七，你雖然心機深重，可這次宮變的事情卻是多此一舉，本來我沒有害你之心，只想著幫你登上皇位，沒想到你連我都要坑，這份密詔乃是老皇帝早已寫好的，他從來都沒有考慮要把皇位傳給龍廷鎮，一直都將你當成皇位的繼承人，可到頭來卻被你害死，你是不是恩將仇報？」

七七輕聲嘆了口氣道：「說了這麼多，無非想拖延時間，多活一會兒罷了，也好，看在你我有過一場婚約的面子上，你殺了她，我便放你一條生路。」

胡小天呵呵笑道：「賤人，事到如今你還要害人嗎？」他一邊說話一邊后退，右手將劍柄拿了出來，抱著嘗試一下的念頭擰動了一下。只聽到咔啪一聲，自劍柄之上竟然射出一道四尺余長的藍色光芒，胡小天吃了一驚，這次可真算得上是驚喜了。居然得到了一支高科技武器，光劍！這是一支光劍！雖然胡小天早就猜到這玩意兒的作用，可上次一直當它是廢品來看，沒想到居然可以使用。

夕顏道：「逃！」胡小天根本不用她提醒自己，揮動光劍照著鐵籠揮去。劍光所及之處如入無物之境，鐵籠被劃出了一個巨大的圓圈，割斷的鐵柵叮咚不決落在地上。

胡小天背著夕顏從洞口竄了出去，因為七七等人大都站在宮門前方，后方并沒有侍衛駐守，面對宮牆，胡小天又是一劍劃了出去，兩尺厚度的宮牆也如同切豆腐一樣被他劃出了一個巨大的缺口，什麼樣的神兵利器也無法跟這支光劍抗衡。

光劍的威力簡直是超出想像，胡小天絕處逢生。心中大喜過望，衝出宮牆，前方有兩名侍衛聞訊趕來，胡小天揮舞光劍，此時也顧不上掩飾武功招式，誅天七劍輪番使出，那兩名侍衛看到光劍砍落，慌忙揚起手中長刀去格擋，可是長刀遇到光劍，根本擋不住光劍劈落的勢頭。光劍毫無阻滯地切斷長刀，斜行將侍衛劈成了兩半，創口處齊齊整整，連血都沒有流出一滴。只是空氣中彌散著一股焦糊的味道。

七七等人都沒有想到胡小天居然還能做困獸之鬥，在全都以為他成為甕中之鱉的狀況下還能奪路而逃，洪北漠望著那鐵籠上仍然發紅的缺口，雙目之中盡是震駭的光芒，他大吼道：「給我追！」

數十名侍衛彎弓搭箭瞄準了逃走的胡小天，因為都看到了這廝光劍的厲害。誰都不敢輕易靠近。

胡小天利用馭翔術高飛而起，在對方射箭之時又迅速俯衝而下，他要盡快離開縹緲峰。

羽箭咻咻不停，從胡小天的頭頂飛掠而過，不少射向他背後的羽箭，被胡小天用光劍旋轉劈落。

他的雙足剛一落在地上，就感到一股強大壓力從前方向自己逼迫而來，定睛望去，卻是不悟和尚繞到了他的前方，阻擋住了他的去路，不悟一言不發，一拳向胡小天的胸口打來。

胡小天剛才跟他講師徒情分，現在可不管這些，誰敢擋住他的去路他就幹掉誰，光劍一揚，雙手舉起一個力劈華山照著不悟猛劈過去，光劍高速劃過夜空發出嗡的一聲悶響。中途和不悟的無形拳風相撞，兩股能量撞擊在一起，光劍下劈的勢頭居然一滯，更麻煩的是，這光劍的光芒比起剛才似乎黯淡了不少，面對頂級高手，這光劍也不是無堅不摧。

胡小天心中暗叫不好，這光劍的能量並非無休無止，隨著時間呈現出逐漸衰減之勢，如果自己不能在光劍的效力完全失去之前逃離縹緲峰，恐怕必將陷入眾人的重重圍困之中，對方不但人數眾多，而且高手不少，單單是不悟一個人就夠自己應付了，更何況自己現在身上還背著夕顏。

胡小天向不悟道：「你不想知道穆雨明的下落了？」

不悟冷笑道：「只要抓住這妖女，不愁你不說實話。」他又是一拳攻了過來。

胡小天在不悟出拳的剎那已經倒飛了出去，不悟應該是所有人中武功最高的一個，這種時候必須保存實力，尋找最弱的環節進行突破。

夕顏道：「這柄劍應該可以吸收日月精華！」

胡小天點了點頭，心想不外乎就是太陽能，看來這把光劍儲能不足，這才用了幾下，就已經出現了能量衰減，恐怕撐不了太久的時間。身軀凌空之後，覷定慕容展的方向，俯衝而下，洪北漠深不可測，而且擅用機關，任天擎到底武功怎樣胡小天還不清楚，但是這個人給他的感覺比洪北漠隱藏得還要深，唯有慕容展是幾人中最弱的一環。

慕容展看到胡小天奔著自己過來，不慌不忙，腰間細劍鏘的一聲彈射出來，手腕一抖，數十朵劍花綻放在夜空之中，分從上下左右擋住胡小天攻擊的來路。

胡小天以不變應萬變，手中光劍在空中畫了一個圓圈，將前方劍花盡數擊碎，身劍合一，光劍朝著慕容展的面門直刺而去。

慕容展足尖一點，身軀疾退，右手在劍柄上摁落下去，蓬！細劍的劍身分裂成為無數針芒，鋪天蓋地，宛如漫天飛雨一般射向胡小天。

胡小天揮動光劍，風車般阻擋在自己和夕顏的身前，慕容展利用細劍解體射出的飛針宛如飛蛾撲火般射在光盾之上，全都被光劍的光芒所融，並沒有一根傷及胡小天他們。

慕容展雖然被胡小天逼退，但是胡小天前進的步伐也受到了阻礙，此時洪北漠、任天擎、不悟三大高手已經迫近了胡小天，將他圍在垓心。

胡小天雖然衝出牢籠，可是轉眼間又落入他們的包圍圈中，手中光劍的光芒長度如今只剩下了兩尺。

夕顏也看出形勢危急，附在他耳邊道：「你走，別管我！」

胡小天呵呵笑道：「要走一起走，要死一起死！」說話的時候，目光冷冷望著七七，七七在眾人的護衛之中，權德安自始至終都站在她的身邊，想要衝出包圍圈，控制住七七，恐怕很難。

七七輕聲道：「胡小天，你現在殺了她，我一樣放你走！」

胡小天搖了搖頭，目光望向夕顏，變得溫柔起來，輕聲道：「她是我拜過天地的妻子，就算我死，也不會傷害她一分。無憂，咱們的婚約還有效嗎？」

夕顏咬了咬櫻唇，淚水奪眶而出，此時她方才意識到胡小天已經知道了她的本來身分，她沒有說話只是將俏臉緊緊貼在胡小天的面龐之上。

七七目睹兩人相濡以沫的情景，內心中宛如針刺一般難受，她厲聲喝道：「給我殺了這個賤人！」

洪北漠向前走了一步，嘆了口氣道：「這把光劍雖然威力很大，但是終有能量耗盡之時，何必做困獸之鬥，胡小天，你認命吧！」

胡小天揚起光劍，雙手一擰，光劍上的光芒陡然暴漲，重新恢復了四尺長度。藍色光芒照亮了他堅毅的面龐，胡小天道：「我倒要看看誰會先死！」

洪北漠卻知道這光劍雖然恢復了長度可是能量下降的速度卻是更加迅速了，他悄然向周圍幾人使了個眼色，提醒幾人不要急於進攻。

胡小天又擰動了一下光劍，他的本意是要在短時間內將光劍的能量提升到最大，速戰速決，力爭幹掉一名強大的對手，方才有逃生的機會，卻見擰過之後連劍柄處都變得發藍，劍芒並未繼續增長，可是劍柄處卻透出藍光，將古樸的銘文映射得清清楚楚。

洪北漠的臉色卻變了，看到胡小天又要擰動那劍柄，慌忙驚呼道：「且慢……」他的聲音中分明帶著恐懼。

胡小天看了看洪北漠，又看了看劍柄，他心中忽然明白了，難道這光劍的檔位不但代表能量的遞增，其中或許還有自毀的一檔，如果自己將蓄能後的光劍短時間內擰到自毀一檔，說不定這光劍會爆炸，其威力之大，恐怕在場的每一個人都無法逃生。

胡小天猜到了其中的奧妙不由得哈哈大笑起來，他盯住洪北漠道：「既然如此，咱們所有人就一起同歸於盡！」他作勢要擰動劍柄。

洪北漠此時已經嚇得面色慘白，他大聲道：「不要！」

胡小天從洪北漠的反應中已經可以認定這光劍果然擁有自毀的能力，他不無得意地點了點頭道：「有那麼多人陪葬，也是值了！」夕顏沒有說話，只是默默摟緊了胡小天。

七七緊咬櫻唇，臉上的表情也是緊張至極，她聰穎過人，已經明白胡小天手中的光劍乃是一個威力驚人的殺器，不然洪北漠也不至於在己方完全佔據優勢的前提下表現得如此緊張。

七七道：「胡小天，別忘了，你的手下還在本宮的手裡。」

胡小天道：「一個人若是決心去死，哪還顧得上那麼多，我死不足惜，只是你們若是這樣死了，什麼皇朝大業，什麼雄心壯志豈不是全都化作灰飛湮滅？」他向七七走了一步，眾人紛紛向後退去，七七卻仍然站在原地，雙目靜靜望著他，並沒有任何畏懼的神情，她雖然年少，可是內心要比多數人鎮定得多，也難怪她能夠讓這幫人對她言聽計從，七七平靜道：「我放你走！」

胡小天冷笑道：「以為我會相信你嗎？」

此時頭頂夜空之中忽然傳來一陣低沉的鳴響，這聲音久久迴盪在夜空之中，胡小天聽到這聲音，心中大喜過望，這鳴叫聲分明來自他的飛梟，胡小天仰天長嘯，以示呼應。

沒多久就有兩道白光出現在頭頂的夜空中，胡小天目力強勁，目力所及可以看到兩道白光之間還有一個黑影，應該是夏長明帶著雪雕和飛梟前來接應，夏長明來得正是時候，從胡小天的聲音辨明他所處的位置，迅速趕到縹緲峰的上空。

胡小天朗聲道：「誰敢輕舉妄動，咱們就同歸於盡！」他的聲音遠遠送了出去，其實是要夏長明清楚下方的狀況，不要急於降落。

洪北漠仰首望著上空，明白胡小天的援軍到了，內心中暗自惋惜，想不到功敗垂成，胡小天在最後關頭居然祭出同歸於盡的大招，此前他並沒有想到胡小天居然得到了一柄光劍。洪北漠提醒身邊人要冷靜，在眼前的狀況下，如果當真逼急了胡小天，不排除他引爆光劍的可能。雖然光劍能量不足，可是在頃刻間引爆，仍然可以將周圍十丈以內的地方夷為平地，只怕他們多半都難以倖免於難。

胡小天望著七七道：「龍七七，你我之間恩斷義絕，今日我不殺你，可你若是膽敢傷害我一名兄弟，就休怪我無情。」他環視洪北漠等人道：「我不信他們能夠日夜不停地守在你的身邊，你敢傷害我一名兄弟，我就用十倍奉還，我保證會讓你真正成為一位孤家寡人！」

七七望著胡小天陰冷的眼眸忽然感覺到一陣不寒而慄，她咬了咬櫻唇道：「若要我放過他們倒也不難，你需保證，有生之年不得再侵擾大康邊境。」

胡小天呵呵笑道：「人不犯我我不犯人！你只要不惹我，我不會主動找你的麻煩！」

七七點了點頭道：「我且信你一次！」

此時頭頂傳來一聲震徹人心的鳴叫，卻是飛梟已經從高空中俯衝而下，展開的雙翼遮蔽了月光。眾人雖然弓弩在手，可是因為忌憚胡小天手中的光劍，誰也不敢輕舉妄動。

飛梟警惕地望著周圍眾人，胡小天迅速靠近飛梟身邊，抱著夕顏騰空飛躍到飛梟的背上，他朗聲道：「諸位，咱們最好後會無期！」飛梟振動雙翅，扶搖而上。

眾人舉目望去，卻見那飛梟載著胡小天兩人瞬間已經升騰到了十餘丈的高空之中，胡小天大笑著將一物從空中扔了下去。

眾人看到他丟下一物，還以為是這廝啟動了光劍，洪北漠大吼道：「閃開！」眾人閃開之後全都撲倒在地，等了一會兒卻不見有任何的反應，聽到胡小天充滿嘲諷的大笑聲漸行漸遠，眾人爬起身來，慕容展小心翼翼靠近中心，從地面上撿起胡小天丟下的那件東西，展開一看卻是一封密詔，慌忙送到七七的面前。

七七展開密詔，借著火光望去，卻見這封密詔正是龍宣恩親手所寫的傳位詔書，望著那封密詔，七七整個人呆在了那裡，胡小天這樣做是不是以德報怨？有了這封密詔，她就可以名正言順地登上皇位，轉念又想到，應該是胡小天明白大勢不可違，無論有沒有這封密詔，都無法阻止自己登臨大寶的步伐，與其這樣還不如送自己一個順水人情。只是自己如此待他，他完全可以讓這封密詔毀去，讓它永不見天日。

七七抬起頭，夜空中已經看不到那隻飛梟的影子，他應該帶著那妖女比翼雙飛了，心念及此不由得如同刀絞一般難受。

權德安來到七七面前關切道：「殿下，您沒事吧？」

七七搖了搖頭，將那封密詔遞給了權德安，權德安看過之後自然是喜形於色，雖然七七找了一個很好的藉口剷除了老皇帝，可是在登上皇位這件事上終究還是欠缺了一個冠冕堂皇的理由，這封密詔的出現無疑解決了這個難題。

洪北漠來到七七面前，躬身致歉道：「都怪微臣疏忽，讓胡小天那賊子有機可乘，請殿下降罪！」

七七淡然掃了他一眼，輕聲道：「你早就知道那把劍內有玄機對不對？」

洪北漠道：「微臣並不知道會有光劍落在他的手中。」

七七歎了口氣道：「也許是上天安排，他命不該絕。」美眸投向對面的任天擎道：「任先生可按照我的吩咐做了？」

任天擎微笑道：「殿下放心，一切都已安排妥當。」

七七點了點頭，雙手負在身後，抬頭仰望著早已失去胡小天蹤影的夜空，良久方才歎了口氣道：「慕容統領，傳令下去，把胡小天的那些手下都放了。」

慕容展以為自己聽錯：「什麼？」

七七道：「他都逃了，殺掉他的那幫手下又有什麼意義？放了吧！」說完之後，她緩步向雲廟走去，走了幾步道：「洪先生跟我進來。」

洪北漠跟著她走入雲廟之中，舉起燈籠為她照亮前方的道路，七七默默來到雲廟內，注視著雲廟牆上懸掛著的一幅幅畫像，等她看到那牆上空缺的地方，指了指那裡道：「這裡本該有一幅畫像。」

洪北漠道：「乃是太子妃的。」

七七點了點頭，望著空白的牆面呆呆出神，似乎在思索著什麼，過了好一會兒方才道：「如果不是我憶起丹鼎篇的內容，你會不會背叛我？」

洪北漠聞言忽然跪了下去，恭敬道：「殿下乃是天命所歸，微臣對殿下忠心耿耿，絕無半點背叛之心，若有半句謊言，天打雷劈不得好死！」

七七搖了搖頭道：「就算你有背叛我的心思，我也不會怪你，這些年來，你刻苦經營的確也很不容易，你心中想些什麼，本宮也明白。」

洪北漠道：「臣對殿下不敢有絲毫隱瞞。」

七七道：「你最好不要有隱瞞的想法，沒有我，你永遠達不成自己的心願。」

洪北漠此時已經是額頭見汗。

七七道：「胡小天究竟是什麼來歷？他和我們是不是同一種人？」

洪北漠低聲道：「微臣也在懷疑他的來路，只是目前尚無確切的證據表明他跟我們有關。」

七七道：「暫時不必管他，他在北方對我們並無壞處。」

洪北漠道：「請恕臣直言，胡小天的存在對殿下始終都是一個威脅。」

七七淡然一笑道：「他的日子不會好過，當年逃出生天的一共有四人，還有一人失去了下落，本宮之所以不殺他，也是因為這個原因。」

洪北漠道：「殿下是想循著他這條線索找到當年的那個失蹤者？」他心中暗

歎，七七果然是天命所歸，她從凌嘉紫那裡傳承的記憶開始逐漸復甦，有些事就連他也不清楚。

七七點點頭道：「有些事你是看不到的。」美眸中隱然泛出幽蘭色的光華。

飛梟載著胡小天和夕顏飛到夜空之中，兩隻雪雕一左一右來到飛梟的兩側跟牠會合，夏長明凌空站立在雪雕的背上，充滿欣慰道：「主公，我就知道您吉人自有天相。」

胡小天淡然一笑，看了看懷中的夕顏，她緊閉美眸似乎已經睡了過去，胡小天向夏長明道：「鳳儀山莊是不是出事了？」

夏長明道：「兄弟們全部被抓了。」

「你怎麼知道我在縹緲峰？」

夏長明道：「這邊出事之後，梁英豪就出宮跟我聯絡，也是他進入皇宮中，發出信號，我這才知道您在縹緲峰上。」

胡小天緩緩點了點頭。

飛梟和雪雕飛出康都，在城北百里處的山坳中落下，此前牠們曾經在此落腳。

胡小天抱著夕顏從飛梟身上跳了下去，夕顏睜開美眸，眨了眨眼睛道：「逃出來了？」俏臉之上居然沒有任何畏懼。

胡小天微微一笑點了點頭。

夕顏這才看到一旁的夏長明，俏臉一熱掙扎了一下，離開了胡小天的懷抱，望著不遠處的飛梟和雪雕，美眸之中綻放出異彩，驚喜道：「好美的雪雕！」

胡小天心中暗笑畢竟是女人，喜歡以貌取人嗎，明明是飛梟把他們兩人救了出來，她卻首先被雪雕吸引了過去。

夏長明道：「我們內部可能有奸細，主公出事當天，朝廷派人將鳳儀山莊團團圍困，山莊裡面的弟兄被一網打盡。」

胡小天皺了皺眉頭，這並不能說明問題，鳳儀山莊是他的物業，這件事廣為人知，七七選擇這裡下手並不稀奇，單單是這件事或許並不能說明他們中有內奸。

夏長明道：「就連我們在京城內買下的那幾套民宅也被官兵查抄，若非知道內情的人洩露消息，此事絕不會發生。」

胡小天閉上雙目，被自己人出賣的滋味並不好受，過了好一會兒他方才道：「有沒有楊令奇的消息？」

夏長明道：「楊令奇也被抓了，我調查過，只有展鵬失去了下落。」

胡小天搖了搖頭斷然道：「展鵬絕不會背叛我！」

夏長明低聲道：「主公，我們何時離開？」

胡小天道：「梁英豪知道如何跟你聯絡嗎？」

夏長明點了點頭道：「他知道我會在這裡落腳，如無意外，明日黃昏之前應該可以趕到這裡。」

「那就等到他回來。」

夏長明道：「主公為何不先行離去，留我在這裡等他也是一樣。」

胡小天仰望繁星滿天的夜空，低聲道：「在確定兄弟們已經平安之前，我不能離開。」

夏長明微微一怔，低聲道：「朝廷未必肯放了他們。」

胡小天轉身向山坡上走去，獨自一人站在山坡之上，遙望著康都的方向，他有種預感，或許七七會因為今晚發生的事情改變做法，將那份密詔丟給七七，一來是因為那密詔對他來說並無特別的意義，與其留下或者毀去不如扔給七七，權當是一個分別的禮物，希望自己以德報怨的行為能夠讓她念及自己過去對她的好處，此次宮變已經讓自己和七七成為不可調和的對立面，胡小天揚起那柄失去光芒的劍柄，一種無形的恐懼籠罩了他的內心，他憑藉著這把光劍震懾群雄，而洪北漠藏在皇陵中的卻可能是一艘巨大的飛船，其中不知擁有怎樣威力龐大的武器，七七的野心再加上洪北漠的能耐，大康王朝的戰力或許會在短期內被他們推動到一個極其可怕的地步。

胡小天敢斷定，七七絕不會甘心就此作罷，大康的皇位還不足以讓她的野心得到滿足。

七七徹夜未眠，當清晨的第一縷晨光透入宮廷，她方才準備從勤政殿離開，來到宮殿外，瞇起美眸望了望天空，有些疲倦地打了個哈欠，權德安匆匆走上來為她披上斗篷，關切道：「殿下，清晨風冷，小心著涼。」

七七淡淡笑了笑：「今天的天氣不錯。」

權德安道：「殿下一夜未眠，還是去歇著吧。」

七七搖了搖頭道：「我不累！對了，楊先生呢？」

權德安道：「他倒是早就來了，老奴讓他在外面候著呢。」

七七瞪了他一眼：「豈可對楊先生如此無禮，還不趕緊請他過來。」

「是！」權德安匆匆去了，不多時帶著楊令奇走了過來，楊令奇恭恭敬敬向七七行禮道：「屬下參見公主殿下！」

七七看了楊令奇一眼道：「讓楊先生久等了，剛才有些事情耽擱了，還望楊先生不要見怪。」

楊令奇恭敬道：「公主實在是太客氣了。」

七七道：「楊先生這麼早過來見本宮，是不是有什麼急事？」

楊令奇道：「屬下有一事不明，公主殿下因何會放過胡小天的那些部下？」

七七微笑道：「楊先生認為我這件事做得不妥？」

楊令奇道：「放虎歸山必留後患！」

七七道：「在本宮眼中，也只有胡小天稱得上是老虎罷了，他的那些部下不足為慮。」美眸在楊令奇的臉上掃了一眼，似乎已經看穿他的心事，輕聲道：「楊先生不必擔心，你在康都不會有任何的危險。」

楊令奇道：「屬下早已看淡生死，只是公主若是想成就大業，就不可念及兒女私情……」

「大膽！」七七鳳目圓睜陡然怒喝道。

楊令奇嚇得撲通一聲跪了下去。

七七憤然拂袖離去，權德安緊跟她的步伐走了過去，低聲勸道：「殿下息怒，殿下息怒！」

七七來到大門前方才停下步伐，轉身看了看仍然跪在原地的楊令奇，歎了口氣道：「讓他起來吧。」

權德安咳嗽了一聲道：「其實楊令奇說得還是有些道理的。」當局者迷旁觀者清，連權德安也能夠看出七七對胡小天餘情未了，如果說放胡小天和夕顏離去實屬無奈，可是現在又放了他的手下，就明顯有些婦人之仁了。

七七瞪了權德安一眼，顯然責怪他也跟著亂說話。

權德安躬身道：「老奴知罪！」

七七歎了口氣道：「本宮焉能不知道你們的心思，既然已經錯過了除掉胡小天最佳的時機，現在也沒必要跟他進一步將矛盾激化，若是殺了他的那些手下，只會進一步將他觸怒，或許他會不惜一切代價舉兵前來復仇也未必可知，適逢政權更迭之時，百官忐忑，民心未穩，當務之急應當以維穩為主，而不是引發戰火。」

權德安恭敬道：「公主殿下深謀遠慮，奴才佩服！」

七七道：「楊令奇這個人雖然有功，可是背叛舊主，不忠不義，終究不堪大用，你暫時將他安置妥當，告訴他，等本宮忙完手上的事情再行封賞。」

「是！」

展鵬和梁英豪兩人在當日黃昏抵達了胡小天他們落腳的山坳，兩人帶來了好消息，朝廷已經無條件釋放了胡小天的那些手下，已經公開宣佈龍廷鎮謀朝篡位之事，胡小天和夕顏也被冠以勾結龍廷鎮意圖毒殺公主的罪名，只是對老皇帝龍宣恩的死訊卻沒有宣佈，只是公開聲明，皇上受了驚嚇，病情加重，指定由永陽公主暫攝朝政，丞相周睿淵和太師文承煥兩人從旁輔佐。

胡小天聽他們說完京城的狀況也放下心來，雖然自己背負了叛國之名，可畢竟這次全身而退，看來自己臨走之時扔給七七的那封密詔還是起到了一定的效果，她最終對自己的手下網開一面，沒有把事情做絕。

夕顏看到胡小天欣慰的表情，忍不住酸溜溜道：「看來這位永陽公主對你還是餘情未了啊！」

胡小天不禁笑了起來：「什麼餘情未了，只不過是不想把我逼急了，如果她當真把事情做絕，事情必然鬧到魚死網破的地步，對她也不會有什麼好處。」

梁英豪點了點頭道：「她應該是出於這樣的考慮，而且她這麼做等於顯示自己仁德為懷，更顯得主公背叛大康不仁不義，道理全都被她占去了。」

展鵬怒道：「如此年輕，心腸卻如此歹毒，真是聞所未聞，見所未見！」

胡小天道：「她想怎樣就怎樣，總之我們大家平安無事就好。」

夕顏打趣道：「只是你從今以後就成了天字第一號大奸臣，大反賊！」

胡小天微笑道：「我可不敢當，有珠玉在前呢。」

夕顏聽出這廝明顯在影射自己老爹，不由得皺起了鄙夷，哼了一聲道：「那你也是天字第一號。」她轉身走向遠處。

展鵬和梁英豪、夏長明三人望著胡小天都笑了起來。

得悉自己人平安的消息，胡小天壓抑而緊繃的內心總算得以放鬆了一些，他輕聲道：「有沒有楊令奇的消息？」

三人同時搖搖頭，展鵬道：「這幾日都沒見過他，或許他僥倖躲過了抓捕。」

胡小天點了點頭道：「算了，咱們還是儘快離開吧。展鵬，你和梁英豪還得在這裡多留幾日，打探一下這邊的消息，順便接應安置一下咱們的弟兄。」

展鵬和梁英豪同時領命。

胡小天道：「我和長明先行返回雲澤。」說話的時候回身向遠處的夕顏看了看，卻發現夕顏躺倒在草坡之上，胡小天心中一驚，慌忙趕了過去，來到夕顏近前，只見她面無血色，櫻唇緊咬，雙手捂住胸口，表情痛苦不堪。

胡小天展臂將她從地上抱起，看到夕顏光潔的額頭之上盡是細密的汗水，關切道：「夕顏，你怎麼了？」

夕顏顫聲道：「任天擎那個老賊……他……他在我身上動了手腳……」

胡小天道：「是不是中毒了？」

夕顏搖了搖頭在胡小天的攙扶下支持坐了起來，然後連續封住自己的多處穴道，顫聲道：「不是中毒，是……」她的話未說完，就已經被空中的一聲雕鳴聲打斷，胡小天仰首望去，卻見一隻黑色巨鷹出現在他們的頭頂天空之上。

飛梟和雪雕同時發出警惕的鳴叫，聲振雲嶽，那隻黑色巨鷹遲遲不敢落下，應該是忌憚飛梟的緣故。胡小天讓夏長明制止住飛梟和雪雕，此時那隻黑色巨鷹方才緩緩降落，巨鷹背上載著一名藍衣人，胡小天此前曾經在雍都見過，只是那時此人臉上戴著金色面具，如今卻以真實面目出現在他的面前。此人長身玉立，樣貌也是英俊不凡，他看都不向其他人看上一眼，徑直來到夕顏面前，輕聲道：「師妹，師父讓我來接你。」

夕顏點了點頭，美眸望向胡小天，流露出不捨之意。

胡小天心中暗忖，夕顏的師父就是五仙教的教主吧，這藍衣青年應該就是她的師兄。念在夕顏的面子上，胡小天對那藍衣人也表現出相當的禮貌，抱拳道：「在下胡小天，敢問兄台尊姓大名。」

藍衣人冷冷瞥了他一眼，表情高傲冷漠，竟然對胡小天的主動示好表現得不理不睬，低聲道：「師妹，咱們還是快走吧。」

胡小天道：「她受了傷！」

藍衣人道：「你不想害死她就不要多話。」

展鵬看到這藍衣人如此無禮頓時忍不住了，怒道：「你這人好生無禮！」

胡小天伸手攔住展鵬，這種時候沒必要做無謂之爭。

夕顏歎了口氣道：「師兄，你去一旁等我，我和胡公子有幾句話要單獨說。」

藍衣人點了點頭，冷冷看了胡小天一眼，默默向遠處走去。

展鵬等人也識趣地走到了一旁，胡小天來到夕顏面前，夕顏伸出手去握住他的大手，胡小天將她的柔荑捧在掌心，低聲道：「只要你想留下，沒有人可以阻止。」

夕顏搖了搖頭，唇角露出一絲無奈的笑意：「任天擎在我體內種下毒針，我若留下來必死無疑。」

胡小天聞言臉上不由得流露出擔憂無比的神情，夕顏柔聲道：「你不必擔心，我師父可以幫我復原如初。」

胡小天道：「不如我陪你過去，順便也跟你師父見個面。」

夕顏俏臉一熱道：「你去做什麼？我師父性情古怪，不喜見外人，若是看到你不高興說不定會把你殺了。」

胡小天笑道：「她有這麼厲害？」

夕顏輕聲歎了口氣道：「總之你不用為我擔心，有我師兄護送我回去，不會有任何的風險。」

胡小天向遠處的藍衣人看了一眼道：「你師兄倒也長得人模狗樣。」

夕顏忍不住想笑，知道他心中想著什麼，她小聲道：「反倒是你自己要小心才對，龍七七不會輕易放過你的。」

胡小天道：「我和她已經恩斷義絕，以後不會再有什麼瓜葛。」

夕顏道：「此地無銀三百兩，我又沒說你什麼，你這麼著急表白做什麼？」

胡小天將她的手握得更緊：「我是怕你誤會。」

夕顏盯住他的雙目幽幽道：「你是什麼樣的人我還能不知道？喜新厭舊，處處

留情，勾三搭四，狼心狗肺。」

胡小天呵呵笑道：「人非聖賢孰能無過，知錯能改，善莫大焉。你總得給我一個改正的機會，畢竟你我還有婚約在先。」

夕顏道：「那段婚約早就不復存在了。」

「那都是誤會，況且當時我也不知道你的真實身分。」

夕顏道：「胡小天，這世上不是任何事都由你說了算，你以為我那麼好欺負，你想訂婚就訂婚，你想取消婚約就取消？你現在被龍七七拋棄，掉過頭來想起我來了，別人不要的東西，你以為我會當成寶貝？」

胡小天瞪大了雙眼道：「有沒有搞錯？是我不要她……」

夕顏微笑掙脫了他的手掌，搖搖晃晃站起身來：「別人不要的東西，我也不稀罕。」

胡小天道：「噯，我不是東西啊！」

夕顏雖然背身朝他，卻忍不住笑了起來，可這一笑卻又牽動了傷處，捂住心口秀眉微顰道：「這句話你倒是沒有說錯。」

胡小天揚聲道：「什麼時候我們才能見面呢？」

夕顏沒有回答，只是揮了揮手。

望著夕顏在藍衣人的護送下騎上黑色巨鷹，胡小天心中生出無限眷戀，他大聲道：「我會想你的，不要讓我等太久。」

黑色巨鷹振翅飛向天空，夕顏俯視下方的胡小天，美眸中淚波蕩漾，身前藍衣人道：「你和他不會有結果的！」

夕顏一腔幽怨化為憤怒，斥道：「我的事情無需你來過問！」

人雖然是個感情動物，可是人的一生並不能只為感情而活，胡小天雖然不捨夕顏離去，可是他也知道後方的事情不可耽擱，在夕顏離去不久，他和夏長明即刻返回雲澤，己方已經收到了他在康都遇險的消息。

趙武晟率領三萬精銳水師厲兵秣馬，正準備進攻漁陽城，以此向朝廷施壓，胡小天的到來及時制止了即將發生的戰爭。

胡小天下令庸江水師陸續沿著望春江返回武興郡，雲澤只留下五千水師將士駐守。白泉城方面胡小天留下一萬名將士駐守，這樣的兵力分佈僅夠自保。

三日之後，胡小天已經出現在東梁郡，而關於他聯手李天衡毒害永陽公主，勾結龍廷鎮意圖謀朝篡位的消息也是傳得沸沸揚揚。胡小天麾下眾將這兩日也全都來到了東梁郡，此次集會目的卻是為了商量他們要如何應對眼前的局面，以及日後的發展。

朝陽初升，天地間彷彿籠上了一層金色的光華，胡小天靜靜站在庭院內，欣賞著花園內綻放的鮮花，武興郡的晨風要比康都清冷得多，望著花瓣上的那顆露珠在晨光的照射下異彩紛呈，又因為花瓣在風中的瑟縮而悄然滑落，似乎滴落在胡小天的內心深處，一種莫名的惆悵湧上心頭，他輕聲歎了一口氣。

維薩輕手輕腳來到他的身後，將一件藍色披風披在他的肩頭。

胡小天就勢抓住她的柔荑，轉身望著維薩比朝霞更加明豔的俏臉，看得維薩有些羞澀地垂下螓首，小聲道：「看什麼看？又不是沒有見過。」

胡小天笑道：「你指的是哪裡？」

維薩攥起粉拳照著他堅實的胸膛就是一拳，嬌嗔道：「討厭！」胡小天輕輕一扯，將她溫軟的嬌軀擁入懷中。

維薩將俏臉緊貼在他的胸膛上，輕聲道：「你回來真好……」

胡小天笑道：「昨晚回來已經太晚，所以就沒有驚醒你，你不會怪我吧？」

維薩搖了搖頭：「回來就好，維薩開心都來不及呢。」

胡小天挑起她曲線柔美的下巴，在她櫻唇上輕吻了一記道：「我該走了，大家應該都來了。」

維薩道：「主人中午想吃什麼？」

胡小天望著維薩嬌豔嫵媚的俏臉，意味深長地笑了笑，低聲道：「吃你！」

維薩撅起櫻唇，似喜還顰，嬌聲道：「人家說的是正經事。」

胡小天呵呵笑了一聲道：「那就去諸葛先生家裡吃，他不來參加會談，我就去他那兒。」諸葛觀棋雖然決定追隨胡小天，但是他並不願意公開露面，其原因也是為了避嫌。

維薩莞爾笑道：「那我就先去準備。」

胡小天點了點頭，他也出門向前方議事廳走去。

余天星、趙武晟、熊天霸、祖達成、李明成、顏宣明、高遠等人全都在議事廳恭候，看到胡小天進來，眾人齊齊向胡小天施禮，胡小天微笑道：「不好意思我來晚了。」

熊天霸嘿嘿笑道：「主公這是咋說的，是俺們來早了才對，說好的巳時還沒到呢。」

胡小天招呼眾人坐下，舉目四望，李永福如今仍然在雲澤碧心山留守，此番無法回來參加議事，常凡奇因為前往康都護送嫁妝也沒有回來，胡小天不禁有些擔心，詢問道：「常凡奇和梁大壯他們是否已經收到了消息？」

余天星起身恭敬答道：「啟稟主公，已經派人通知了，他們也收到了消息，正在返回的途中。」

胡小天點了點頭，微笑道：「康都發生的事情，大家應該都聽說了吧？」

眾人齊齊點頭，雖然全都知道康都發生了事情，但是具體情況如何還不太清楚。

胡小天道：「如今我已經成為了叛國謀反的逆臣。」

熊天霸第一個叫道：「謀反就謀反唄，早就看那皇帝老兒不順眼了，主公何必鳥他，只要您一聲令下，我這就帶著兄弟們殺往康都，將那皇帝老兒從皇位上拖下來，擁立主公為王。」

胡小天知道這廝向來愚魯，笑著呵斥道：「你不得胡說八道，我是讓你過來幫著出主意，可不是讓你添亂的。」

趙武晟笑道：「熊孩子話糙理不糙，我看這皇位應該有德者居之，皇上既然昏庸無用，無能管理大康，主公取而代之也未嘗不可！」他這麼一說眾人紛紛回應，連李明成這個素來沉穩的文臣也跟著附和起來。

胡小天搖了搖頭道：「此事不得再提，我心中最大的願望是能夠穩固大康北方防線，換來一方百姓的安居樂業，從未想過謀朝篡位，也沒想過要貪圖什麼權力富貴，可是滿腔忠誠到頭來卻換得被人百般猜忌，如今竟誣我要謀反。」

高遠道：「朝廷的做法實在太讓人寒心了，如果不是主公為大康守住庸江防線，恐怕那雍人早已渡江，別說東梁郡，只怕庸江以南的大片土地早已為雍人佔領。」

祖達成道：「我等全都聽從主公的號令，只要主公一聲令下，我等就發兵康都找那昏庸無道的皇上討個說法，問個明白。」

眾人群情激奮，七嘴八舌說要發兵直搗康都，奪了大康的江山，擁立胡小天當皇帝，唯有余天星始終不發一言。

胡小天知道余天星自從雲澤碧心山一戰受挫之後，整個人的情緒都變得低落了許多，在人前似乎有種抬不起頭來的感覺，胡小天微笑望著他道：「軍師，你還沒說你的意見呢。」他一說，眾人都朝著余天星望去。

余天星笑了笑，他向胡小天拱了拱手道：「主公，屬下以為和大康就此劃清界限也未嘗是一件壞事，可是效仿西川的做法卻不可取。稱王只是一個名號罷了，乃是水到渠成的事情，當務之急我們應該暫緩擴張穩固邊防。」

胡小天緩緩點了點頭，余天星的這番話正切合他的心思，他們這兩年擴張的速度已經很快，在庸江下游擁有三座城池，最近又攻下雲澤碧心山，事實上南到雲澤，北至庸江的大片水域都已在自己的實際掌控之中，手裡的地盤越大，需要的防守兵力就越多，而自己目前的兵力仍然捉襟見肘，自保尚可，若是掀起一場對大康的全面戰爭根本沒有取勝的可能，更何況自己的背後還有鄖陽的蘇宇馳，這是一把懸在自己背後的尖刀，如果自己發動對康都的進攻，隨時都可能陷入腹背受敵的境地。

熊天霸大聲抗議道：「難道就這麼算了？就任憑朝廷誣陷主公是反賊嗎？」

胡小天不禁笑道：「朝廷還沒說，你就已經給我扣上反賊的帽子了。」

眾人齊聲笑了起來。

胡小天道：「軍師的這番見解甚得我心，我們不怕打仗，但是絕不能打無把握之仗，不打無意義之仗，誰都有妻兒老小，在我心中每一位將士的性命都比金子還要珍貴，我不會讓他們去做無謂犧牲，打鐵還需自身硬，不鍛煉好自己這身筋骨又有什麼本領去教訓別人？」

眾人聽到胡小天的這番話一個個感慨萬千，都認為胡小天真乃明主也，在當今的時代，少有上位者會如此在意普通士卒的性命，口口聲聲愛民如子，可是又有哪個上位者心中不是百姓如同草芥一般？胡小天這這番話動之以情曉之以理，讓眾人心悅誠服。

第九章

# 一百五十年前的戰爭

諸葛觀棋暗忖，先祖有「兵聖」之稱，
斷然不會編出一個荒誕的故事來愚弄後人，
祖上相傳的故事恰恰和胡小天描繪壁畫上的情景相符，
由此可見在一百五十年前可能存在一場這樣的戰爭。

胡小天否決發動戰事絕不是因為心中念著對七七的舊情，而是對目前現狀的清醒認識。對他而言首先要應對的並不是大康朝廷，而是要拔出背後的這根毒刺，蘇宇馳乃是大康不可多得的大將，當初龍宣恩將他安插在鄖陽就是看中了他的過人實力。蘇宇馳駐軍鄖陽之初也曾經趁著胡小天前往蟒蛟島之時意圖攻其不備，控制東梁郡並抓住胡小天的罪證，可惜被胡小天及時破局，自從那次之後，蘇宇馳和他一直倒是相安無事。

不過胡小天也從未放鬆過對蘇宇馳的戒備，此前攻打雲澤碧心山黑水寨水賊之時特地聯絡興州郭光弼，讓蘇宇馳無暇分身，順利攻下碧心山。原本胡小天可以通過這次完婚，在大康的政壇上紮穩腳跟，而現在這個計畫已經成為泡影，他不得不面對腹背受敵的可能，必須要在雙方對自己形成合圍之前率先破局。

胡小天並未主動聲張龍宣恩已經駕崩之事，這是一張牌，他必須要使之發揮出最大的力量。

這場會議開了整整一個上午，眾人達成了共識，決定暫緩擴張的步伐，穩固目前的防線，趁著大康權力更替尚未穩固之時圖謀發展，積極壯大自身的實力。

胡小天來到諸葛觀棋家中的時候已經是午時三刻，維薩在門前已經是望眼欲穿，看到胡小天的身影終於出現，她迎了上來，輕聲嗔道：「說好了午時之前過來，現在都什麼時候了？」

胡小天笑道：「等急了？」

維薩道：「我倒沒什麼，只是……」她壓低聲向胡小天道：「姐姐有喜了！」

胡小天聞言也是非常開心，諸葛觀棋兩口子婚後多年一直都沒有懷孕，現在洪凌雪終於懷孕，此事對諸葛觀棋來說算得上大喜事，胡小天嘿嘿笑道：「如此說來果然是我的不是了，害得嫂子等了這麼久。」

此事諸葛觀棋和洪凌雪夫婦二人都迎了出來，諸葛觀棋抱拳行禮道：「主公一切安好！」

胡小天笑道：「好！好得很呢，剛剛聽到喜訊更是好上加好。」

洪凌雪猜到一定是維薩將喜事告訴了胡小天，有些不好意思地笑了笑，維薩走過去挽住她的手臂道：「你們兩人去聊吧，我陪姐姐去說話。」

胡小天道：「吃了飯再去啊，別餓著肚子。」

「我們去廂房吃。」

望著兩姐妹遠去，胡小天不由得想到了自己，話說自己這兩年倒也勤耕不輟，可身邊的紅顏知己卻沒有一個開枝散葉，奇怪啊！明明我這方面很強啊，難不成這場穿越讓我的成活度出了問題？都不用擔心避孕的事情了。

諸葛觀棋看到這廝若有所思的樣子，還以為他在為目前的形勢而憂慮，微笑道：「主公，咱們裡面坐吧，菜都涼了。」

兩人來到客廳坐下了，酒過三巡，菜過五味，胡小天方才談起今日上午商議的詳情。

諸葛觀棋微笑聽完，由衷讚道：「主公眼光遠大，此番佈局志在千秋。」

胡小天將酒杯落在桌上：「這麼說，觀棋兄對我的決定也表示贊同了？」

諸葛觀棋道：「贊同，舉雙手贊同啊。」

胡小天道：「其實我也是沒得選，形勢逼人，若是不懂得審時度勢，最後吃虧的只能是我們。」

諸葛觀棋深有同感地點了點頭：「讓三分風平浪靜，退一步海闊天空，更何況主公此番並沒有什麼實質上的損失。」

胡小天笑道：「這話我可不認同，我現在成了一個謀朝篡位的反賊，為天下正義之士所不齒。」

諸葛觀棋呵呵笑道：「如此亂世，何謂正義？何謂忠直？大康皇上昏庸無道，橫徵暴斂，害得民不聊生，生靈塗炭，一個不把百姓福祉放在心上之人又有什麼資格去談道義。在百姓眼中這何嘗是一個將道義擺在心中的皇上，所以主公又何必介意朝廷怎麼講。」

胡小天道：「觀棋兄總是能說到我的心窩裡去，來！咱們乾了這一杯。」

兩人同飲了一杯，胡小天壓低聲音道：「其實老皇帝已經死了。」

諸葛觀棋聞言一驚：「死了？」

胡小天這才將七七和洪北漠等人聯手設計謀朝篡位的事情說了一遍，諸葛觀棋聽完也是心中大驚，如果胡小天不說，外人很難想像這場宮變之殘酷。

胡小天的笑意中多少有些無奈：「七七野心太大！」

諸葛觀棋道：「野心越大越容易迷失自己，在這件事上她顯然被洪北漠利用了。」

胡小天搖了搖頭道：「不是被利用，而是相互利用，洪北漠想要的是皇陵，七七想要的是皇位，兩人各有所需，一拍即合。」

諸葛觀棋處事極有分寸，雖然從胡小天的話中聽出皇陵內必然隱藏著天大的秘密，可是如果胡小天不主動提起這個秘密，他絕不會主動發問。諸葛觀棋道：「其實皇上駕崩之時可以加以利用，主公不妨將真相透露出去，一旦這件事廣為散播開來，他們必將面臨臣民的質疑。」

胡小天道：「還不是時候，如果我沒猜錯，他們在皇陵沒有完工之前不會宣佈皇上的死訊，就算咱們宣佈這件事，也未必有人肯信。」

諸葛觀棋道：「主公難道打算就這麼算了？」

胡小天道：「現在宣佈皇上的死訊，對大康沒有好處，對咱們也沒什麼好處，知道這消息的越少，這件事才越有價值。」

諸葛觀棋道：「那倒也是，至少現在朝廷是沒有精力顧及這邊的事情的。」

胡小天卻搖了搖頭，他低聲道：「觀棋兄，有件事我想問你，當年在皇宮內設計瑤池縹緲山靈霄宮的乃是一代兵聖諸葛先生。」

諸葛觀棋點了點頭，諸葛運春乃是他的先祖，這件事他當然清楚。

胡小天道：「敢問觀棋兄，諸葛先生有沒有留下關於當年修建縹緲山的記錄？」

諸葛觀棋皺了皺眉頭，然後搖了搖頭道：「我從未在任何祖上留下的典籍中看到相關記錄，也從未聽家人講過這方面的事情。」

胡小天道：「這縹緲山修得非常奇怪，山上共有三條長龍。」

諸葛觀棋道：「這三條長龍究竟是如何分佈的？」

胡小天用手蘸了酒水在桌上畫出大概的形狀。

諸葛觀棋道：「二龍戲珠，一龍戲水，應該是一個風水局。」

胡小天道：「這條戲水長龍的耳道之中藏著一條密道，我送給先生的那本書就是得自於裡面的密室，這密室名為龍靈勝境。」

諸葛觀棋道：「我先祖之中，曾經有兩位功名顯赫。」

胡小天對此也有過瞭解，諸葛家，有一位乃是侍奉過太宗龍胤空的諸葛小憐，此人擅長機關設計乃是墨氏大家墨無傷的嫡傳弟子，還有一位就是人稱兵聖的諸葛運春，他追隨明宗龍淵，為明宗復國立下汗馬功勞，他不但繼承了祖上的機關設計，而且還是兵法大家，深得明宗器重，也被後世軍人敬仰，被尊稱為兵聖。

七七在胡小天前來東梁郡的時候曾經送給他一本《兵聖陣圖》，胡小天後來又轉贈給了諸葛觀棋。想起這件事，胡小天忽然意識到自己和七七關係最為融洽的時候還是在離開康都之前。從那時候的情況來看，七七應該是對自己動情的，可是在自己離開的這段時間，七七這小妮子的身上不知發生了怎樣的變化，又或是她內心中的野望克服了一切的羈絆佔據了上風。

諸葛觀棋道：「兩位先祖的功業都是我無法企及的。」

胡小天笑道：「諸葛兄又何必過謙呢？我們站在前人的肩膀上，所處的時代不同，看到的世界不同，又何必執著於和前人相比？做好眼前就好，無需想得太多。」

諸葛觀棋呵呵笑道：「主公的境界我就比不了。」

胡小天道：「所謂境界無非是看到的東西多還是少罷了，不是我的境界高，更不是我懂得多，而是很多事剛巧被我遇上了。」他接著剛才的話說道：「我在龍靈勝境之中發現了一些壁畫，壁畫中描繪了一場戰爭，而這場戰爭卻是在大康歷史上從未記載過的。」

諸葛觀棋聞言一怔：「發生在何時？」

胡小天道：「一百五十年前，明宗執政的年代。」

諸葛觀棋目光猛然一亮。

胡小天道：「奇怪的是在大康史書之上並未記載過這場發生在康都棲霞湖的慘烈戰役，而是用一段簡短的文字描述——嘉豐十七年，康都棲霞湖，天降火球，引發天火，火勢波及三十里，波及之處，化為瓦礫，死傷無數……」

諸葛觀棋道：「死一萬一千人，傷者不計其數。」

胡小天有些吃驚地望著諸葛觀棋。

諸葛觀棋道：「我曾經聽家父說過，這件事乃是我祖上口口相傳之秘，當年那場乃是天人之戰，天魔下凡屠戮百姓，明宗派出大將軍宗化極率領三萬精銳與天魔會戰，付出慘重代價方才擊退天魔，後來方才在戰場遺址建成棲霞山，立碑鎮魔。又於皇宮大內挖瑤池，堆縹緲峰，兩龍鎖天，一龍遁地，這縹緲峰的風水實則是一個鎖天困地的囚字。」說到這裡諸葛觀棋停頓了一下，他歎了口氣道：「一直以來這件事都是我們諸葛家口口相傳，概不外傳之秘，對於其中的真偽我們從未有人去查證過，若非主公主動說起這件事，我或許要到以後臨終之時方才將此事告訴我的後人。」

胡小天道：「觀棋兄相信有過這樣一場戰役嗎？」

諸葛觀棋道：「這世上關於仙魔之類的傳說很多，可是誰又曾經親眼見證過？

過去我一直以為我祖上口口相傳，或許有所謬誤，最終演化成了今日之故事。」

胡小天道：「壁畫上所刻畫的就是這場戰爭，龍靈勝景應該是觀棋兄的先祖所建，這其中的一切也應該是他所留下。」

諸葛觀棋暗忖，自己的這位先祖有兵聖之稱，以他的頭腦和見識斷然不會編出一個荒誕的故事來愚弄後人，祖上口口相傳的故事恰恰和胡小天所描繪壁畫上的情景相符，由此可見在一百五十年前很可能存在一場這樣的戰爭。只是他對天魔降臨的說法仍不相信，低聲道：「那龍靈勝景中還有什麼？」

胡小天道：「一顆碩大透明的藍色頭骨，我想應該是你所說的天魔。」

諸葛觀棋雖然博覽群書智慧超群，可是他的認識畢竟受到所處時代的局限，無法想像出一顆碩大透明的藍色頭骨來自於何物？他將信將疑道：「也許是人工雕琢而成呢？」

胡小天知道他很難接受這個事實，從腰間取出光劍，當著諸葛觀棋的面摶動，伴隨著清脆的咔啪聲像，一道四尺長度的藍白光刃從劍柄中投射而出。

諸葛觀棋望著眼前的一幕目瞪口呆，他從未見過這樣的景象。

胡小天將一個空碗放在地上，光劍從空碗中間緩緩劃過，那空碗從中一分為二，切口處齊齊整整，演示之後，他關閉光劍，將劍柄重新懸在腰間，輕聲道：「這叫光劍，依靠日月光華聚集能量，光刃無堅不摧。」

諸葛觀棋驚歎道：「這世上竟然有如此霸道的武器！」

胡小天搖了搖頭道：「這兵器根本不屬於這個世界。」

諸葛觀棋已經猜到這光劍胡小天應該得之於龍靈勝境，他試探著問道：「主公是說，這武器是當年天魔遺留下來的？」

胡小天道：「觀棋兄，其實這個世界上本沒有什麼仙魔，你所說的仙魔其實也是和你我一樣的人類，只不過他們生存的地方和我們不同。」他指了指窗外的太陽道：「如同太陽，其實它比我們生存的這個世界要大得多，只是因為距離遙遠，所以看起來才面盆一般大小，我們每晚看到的星辰其實都是一個世界，在那些星辰之上都可能生存著和我們相同或不同的人。」

諸葛觀棋雖然學富五車，可是胡小天乍一給他灌輸這樣的思維他仍然有些接受無能，只是潛意識中感覺到胡小天說的應該有道理，低聲道：「主公是說，當年有外人來到了大康？」

胡小天點了點頭道：「他們可以飛天遁地，他們可以日行萬里，他們的體魄遠比我們要強大，或許他們的生命也要比我們長得多，這把光劍只是他們武器中的一件。」

諸葛觀棋點了點頭，他開始明白為何當年的天魔之戰，大康會付出如此慘重的代價。如果有那麼一支天魔軍團降臨世上，恐怕即便是集合列國大軍也無法與之抗衡。

胡小天道：「洪北漠應該掌握了當年天魔的秘密，擁有不少的殺器，此前庸江水師在雲澤練兵威懾朝廷，他似乎對擊敗水師充滿了把握。」

諸葛觀棋道：「早就聽說洪北漠擅長機關之術，原來他是天魔傳人。」諸葛觀棋忽然明白，為何胡小天毫不猶豫地否決了即刻向康都進軍的計畫，甚至放棄了繼續向雲澤周邊擴展版圖的念頭，真正的原因卻是對洪北漠感到忌憚。如果洪北漠當真擁有了如光劍這般威力巨大的殺器，那麼他肯定可以組織起一支讓人望而生畏的軍團，這樣的軍團橫掃列國也不是難事。

諸葛觀棋道：「我有一事不明，既然洪北漠擁有這麼強大的實力，此前他為何不展示真正的實力？」

胡小天瞇起雙目道：「也許他並不想介入列國的爭端，也許他最大的願望就是將皇陵建成。」

「皇陵內是不是藏著一件極其重要的東西？」

胡小天點了點頭。

諸葛觀棋歎了口氣道：「如此說來，保持現狀才是明智之舉。」

胡小天卻搖了搖頭道：「不瞞觀棋兄，自從康都回來之後，我始終心緒不寧，總覺得會有大事發生，洪北漠深不可測，一旦讓他建成皇陵，對天下蒼生而言或許是一場意想不到的劫難。」

諸葛觀棋沉默了一會兒方才道：「主公是在擔心嘉豐十七年的那場慘烈戰事會重演？」

胡小天道：「我從老皇帝手中得到了《乾坤開物》缺失的丹鼎篇，本想以這篇東西誘使洪北漠跟我合作，可沒想到最終還是被他出賣。」

諸葛觀棋道：「也許他早就擁有了這一部分，所以主公手中的東西對他已經沒有了吸引力。」

胡小天道：「我雖然給了他兩頁，可是在此之前我已經全部抄錄了一遍，這五頁東西就是《乾坤開物》缺失的丹鼎篇，我對這方面沒什麼研究，其中有不少文字於我而言太過深奧，諸葛兄有時間看看，或許能夠從中看出一些奧妙。」胡小天將《丹鼎篇》遞給了諸葛觀棋。

諸葛觀棋心中暗暗感動，胡小天對他可謂是信任有加，這些秘密毫不顧忌地告訴了自己，這樣的信任比起給他怎樣的財富地位都更為珍貴。

胡小天在識人方面的確有著自己的長處，諸葛觀棋非同凡人，名利對他而言並不重要，想要諸葛觀棋真心誠意地為自己辦事，就必須要給他足夠的信任，正所謂疑人不用，用人不疑，這也是胡小天在用人方面始終秉持的原則。

諸葛觀棋道：「主公此前鑄造的轟天雷威力極其巨大，若是擁有百門轟天雷，我看天下可定。」

胡小天卻歎了口氣道：「轟天雷對付尋常的敵人或許是件了不得的殺器，可是對洪北漠或許起不到太大的作用。」

洪北漠恭恭敬敬從七七手中接過了她寫好的那卷東西，七七果然沒有讓他失望，居然可以默寫出丹鼎篇的全部內容，洪北漠迫不及待地展開望去，卻見七七所默寫的內容和胡小天給他的那兩頁絲毫不差，讚歎傳承之神奇的同時，也不得不佩服七七超人一等的智慧。

七七道：「這《丹鼎篇》好像沒什麼稀奇。」

洪北漠道：「臣一直以為這其中記載著天大的秘密，可是真正得到之後方才發現和想像中的並不相同。」

七七微笑道：「是不是有種大失所望的感覺？」

洪北漠道：「想必是臣愚魯，無法體會其中的真意。」

七七道：「過段時間本宮想去皇陵裡面看看。」

洪北漠聞言一驚，躬身道：「殿下，皇陵內部尚未完工，現在過去為之尚早。」

七七呵呵笑了一聲道：「洪先生，本宮不會干涉你的事情，只是本宮必須要清楚你在做些什麼。你我既然合作，就應當坦誠相待，難道洪先生到現在還不明白，真正的丹鼎篇在哪裡嗎？」

洪北漠咬了咬嘴唇，望著七七充滿倨傲的俏臉，心中忽然明白，所謂丹鼎篇只不過是一個將人引入歧途的騙局罷了，真正的丹鼎篇卻是眼前的永陽公主七七。七七雖然年少，可是老謀深算的洪北漠在她的面前卻沒有絲毫的優勢可言，洪北漠開始意識到自己開始想要的那種合作只不過是一廂情願罷了，就算自己可以幫助七七登上皇位，七七也不會對皇陵的事情不聞不問，而他卻又不得不放棄初衷，讓七七插手其間，離開七七他根本無法成事。

七七道：「洪先生還記不記得那幅壁畫？」

洪北漠點了點頭。

七七道：「壁畫上明明是兩名巨人被擒，可是龍靈勝境內為何只有一個頭骨？」

洪北漠恭敬道：「微臣不知，我也是在跟隨殿下前往龍靈勝境之時方才第一次見到那個頭骨。」

七七道：「你知不知道那頭骨代表著什麼？」

洪北漠道：「微臣愚昧！」

七七道：「你既然知道記憶傳承和《巡天寶鑑》，又豈能不知那頭骨的來歷？

洪先生，看來你還有很多事瞞著我呢。」

洪北漠面露尷尬之色，正想解釋之時，權德安從外面悄然走了進來，低聲向七七稟報道：「啟稟殿下，天香國福王殿下到了。」

七七道：「請他進來吧。」

天香國福王楊隆越乃是天香國王楊隆景同父異母的兄弟，此番前來乃是奉命前來觀禮，楊隆越抵達康都之後方才聽說康都發生宮變的事情，永陽公主也已經公開宣佈解除和胡小天的婚約，於是楊隆越的這趟出使就變得毫無意義，原定在五月十六的大婚已經取消了，又何談觀禮？可楊隆越既然到了康都也不甘心白跑這一趟，在禮節上總要前來拜訪一下的。

因為天香國太后龍宣嬌乃是大康皇帝龍宣恩的嫡親妹子，衝著這層關係，七七還要稱楊隆越一聲叔叔。選擇在宮內見面，並沒有以尋常使節之禮相待，就是這個原因。

楊隆越在兩名天香國武士的陪同下來到勤政殿，他讓兩人在外面候著，獨自一人走入大殿之中，一路之上看到大康皇宮的規模，楊隆越心中暗歎，到底是曾經雄霸中原的霸主，單單是大康皇宮的氣派規模就不是天香國王宮可比，當然天香國的王宮也有自己的長處，論到精巧雅致，倒也算得上別具一格。

楊隆越今年二十二歲，身材魁梧壯碩，國字面龐，肌膚黧黑，頭髮稍顯蜷曲，他的生母乃是天香蠻族，生母的身分也影響到了楊隆越在王族中的地位。

七七主動起身相迎，微笑道：「來的可是叔叔嗎？」

楊隆越看到永陽公主對自己如此禮遇，也是心情大悅，抱拳行禮道：「天香國使臣楊隆越參見永陽公主殿下。」在過去天香國和大康之間一直都是從屬關係，楊隆越雖然在輩分上要高於七七，可是拋開這層關係，仍然要以下國之禮相見。

七七格格笑了起來：「都是一家人，叔叔又何須如此客套，我選擇在這裡見你，而不是在朝堂見面，就是不想你太過拘束了。」

楊隆越原本就是豁達爽直之人，聞言也笑了起來。

七七邀他坐下，洪北漠和權德安兩人也留下來陪同會面。

七七已經知道楊隆越此番的來意，可仍然明知故問道：「不知叔叔此次前來康都有何指教呢？」

「呃……」楊隆越顯然沒有做好這方面的準備，自己來康都做什麼其實是大家心知肚明的事情，他沒想到七七居然會有此一問，如果照實回答，恐怕這位公主侄女會面子上過不去，楊隆越這種時候居然還考慮到別人的感受，他咳嗽了一聲，總算想到了一個藉口：「早就聽說大康地大物博，物華天寶，一直都想過來看看，今春方才得閒，總算得償所願。」

七七聽他這樣說，心中暗自好笑，這位福王倒是一個厚道人，不過此人也識得大體，並沒有提起自己和胡小天完婚的事情，輕聲道：「叔叔此番來得有些不是時候，大康適逢多事之秋，剛剛才平息了一場宮廷叛亂，皇上因為受了驚嚇，如今臥病在床，恐怕是不能跟你相見了。」

楊隆越道：「貴上的身體如何？」

七七道：「本來也不是什麼重病，可是皇上年事已高，再加上受了些驚嚇，恢復也要比常人慢上不少。」

楊隆越道：「還請殿下為我帶上問候。」

「一定，一定！」

七七道：「洪先生！」

洪北漠道：「臣在！」

七七向楊隆越笑道：「叔叔初次來到大康，就由洪先生代我陪同你好好在康都遊玩一下。」

楊隆越笑道：「殿下客氣了，實不相瞞，我此次前來打算用三個月的時間遊歷大康，今天入宮乃是為了跟公主打一聲招呼，公主不必專門派人陪我遊歷，若是當我是一家人，任憑我自行安排行程就是。」

七七點了點頭道：「既然如此，我也只好主隨客便，叔叔只管放心在大康遊歷。」她向權德安招了招手，讓權德安拿來筆墨紙硯，當即寫了一張通關文書，蓋上自己的璽印，七七放著傳國玉璽不用也是有原因的，她要讓大康文武百官逐漸接受這個事實，自己的璽印已經等同於甚至超過傳國玉璽的作用。

楊隆越看到七七雖然年幼，可為人處世卻透出一種超越年齡的成熟和練達，心中不禁暗讚，難怪大康皇帝選擇她代攝朝政，這位永陽公主的確有過人之能。

楊隆越謝過七七，正準備告辭離去之時，卻聽七七道：「兩年前，大康曾經派出一支船隊出海前往羅宋，船隊由前戶部尚書胡不為統領，那只船隊在南津島補給之後，經過天香國海域的時候突然失蹤，不知貴國方面有沒有聽說過這件事？」

楊隆越笑道：「此事倒是聽說了，不過得知貴國船隊失蹤的消息是在事情發生兩個月之後，因為兩國素來交好，當時王上特地派出船隊幫忙搜索，持續兩月方才結束，可是並未在我國附近海域有任何發現。」

七七道：「大康天香同氣連枝，親如一家，以後若有機會，我必當面向天香國王表達謝意。」

楊隆越微笑道：「殿下都說是一家人，又何須如此客氣。」

七七笑道：「對了，最近我還聽說一個消息，有人曾經親眼看到胡不為在貴國王都出入呢。」

楊隆越表情鎮定如常：「有嗎？我身在王都卻未曾聽說過這樣的消息呢，會不會是有人故意在挑唆我們兩國的關係，借著胡不為的事情來製造矛盾呢？」

七七道：「胡不為有功於大康，受命於危難之中，若是他能夠躲過劫難，平安無事，本宮高興都來不及呢。」

楊隆越道：「殿下如此體恤下屬，身為大康的臣子的確是一種福分呢。」他並不想繼續在這裡待下去，眼前的這位永陽公主心機太重，分明想要從自己這裡套取有關胡不為的消息，楊隆越深悉說話越多漏洞越多的道理，及時告辭離開了大康皇宮。

七七讓洪北漠代替自己將福王楊隆越送出宮外，洪北漠陪同楊隆越離開皇宮的途中微笑道：「殿下讓我轉告福王殿下，此次讓您白跑了一趟真是過意不去。」

楊隆越當然明白洪北漠所指的是什麼，笑道：「世事變幻莫測，誰也不知道明天會發生什麼，我此番前來雖然未能觀禮成功，可是也趁此機會遊歷大康的大好河山，算得上此行非虛了。」

洪北漠道：「福王殿下打算往北方去嗎？」

楊隆越微微一怔，旋即又笑了起來：「不瞞洪先生，本王的師尊身在大雍，我的確準備順路去看看他。」

洪北漠道：「尊師重道，讓人佩服。」

楊隆越笑道：「這不是應該的嗎？」

兩人相視而笑。

洪北漠送走了楊隆越又返回勤政殿，將剛才途中和楊隆越的對話稟明了七七，七七聽完道：「楊隆越肯定不是遊山玩水那麼簡單。」

洪北漠道：「楊隆越乃是天香國諸王子之中最有能力的一個，可是他的出身決定他在王族之中並不得志，微臣得到消息，有人花費了不菲的代價想要將他除掉。」七七皺了皺眉頭，楊隆越只是天香國的一個普通王爺，究竟是什麼人想要除掉他？她很快就做出了判斷：「是不是天香國王？」

洪北漠低聲道：「天香國太后。」

七七有些不解道：「她兒子都已經登上了王位，為何她還要對楊隆越下手？」天香國太后龍宣嬌乃是大康老皇帝龍宣恩的親妹子，按照輩分，七七還應當稱她一聲姑奶奶。

洪北漠道：「天香國王生性懦弱，平日裡只是喜好舞文弄墨風花雪月之事，於朝廷大事懶於過問，一直以來都是太后掌權，天香國的一幫老舊臣子對此頗有微詞，偏偏這楊隆越是個強硬人物，能征善戰，做事果決，在軍中深受擁戴，所以激起了太后的防備之心，於是她本想借著這次殿下完婚觀禮之機將楊隆越除掉。」

七七冷哼了一聲道：「那豈不是要嫁禍於我嗎？」

洪北漠點了點頭道：「從種種跡象來看，的確有這個可能。」

七七心中不由得一陣惱怒，大康連年災荒，國力不斷削弱，現在連昔日的附屬天香國都敢打他們的主意，當真是有些虎落平陽被犬欺的意味了。她咬牙切齒道：「此前胡不為的事情本宮還沒有跟他們清算，現在又添一筆新仇，以為大康到了人見人欺的地步了嗎？」

洪北漠道：「微臣在天香國布有眼線，臣可斷定胡不為就在天香國，一直都在天香國太后的庇護下。」

七七道：「她龍宣嬌若是不仁，就休怪我不念同宗之情。」心中卻忽然想到，如果洪北漠當初告訴自己的身世屬實，自己的身上並沒有皇家血統，自己和龍宣嬌之間壓根就沒有任何的血緣關係，自然談不上什麼同宗之情。

洪北漠道：「大康此番宮變，必然會招來外地覬覦，他們一定會認為大康朝廷內部矛盾重重，權力不穩，說不定會有人想趁著這個時候對大康不利。」

七七點了點頭，她正是出於這樣的考慮方才暫緩對胡小天一方的行動，攘外必先安內，擺在她面前首要的問題就是穩固內政，讓那幫已經因頻繁宮變成為驚弓之鳥的臣子安下心來。

七七低聲道：「楊隆越若是死在大康境內總是一件麻煩事，天香國雖然不足為慮，可是現在也不是跟他們發生爭執的時候。」

洪北漠笑道：「若是微臣的推斷沒有錯誤，他此番是要從胡小天的地盤過境的，如果他在胡小天的地盤遇到了麻煩，這件事我們就可撇開關係，還可以順便幫胡小天再樹立一個仇家呢。」

七七道：「洪先生想得真是周全。」

洪北漠恭敬道：「為大康盡忠，為殿下盡責乃是微臣的本份。」

七七道：「今天上午，文太師前來通報了一個消息，大雍運給咱們的糧食在原價之上漲價五成。」

洪北漠聞言不禁皺了皺眉頭，大雍這種時候提出糧食漲價，根本就是趁火打劫。

七七道：「這些周邊列國全都抱著趁你病要你命的念頭，一個個擺足了架勢要欺負咱們。」

洪北漠道：「自古以來都是這樣，忍一時之氣，等到大康恢復元氣，再找他們一個個討回來。」

胡小天本想找秦雨瞳詢問任天擎的事情，可是等他忙完諸般事務想起秦雨瞳的時候，方才知道秦雨瞳此時並不在東梁郡，問過方芳才知道秦雨瞳在他前往康都不久之後就動身去了大雍，據說是去神農社。

梁大壯和常凡奇兩人帶著沒有送出去的聘禮返回了東梁郡，雖然白跑了一趟，不過好在眾人都平安無事。原本被朝廷抓起的那幫手下也陸續歸來，胡小天本以為史學東也會跟著一起過來，問過之後方才知道，史學東跟他老子一起回歸故里了。

知道這些人平安，胡小天也就放下心來。他一方面派出刺探搜集周圍方方面面的情報，一方面加緊練兵備戰。轉眼之間，夏季已經來臨，庸江流域的天氣也開始變得悶熱起來，自從胡小天離開康都之後，朝廷除了歷數他的罪狀，給他扣上了一個叛逆謀反的帽子，其餘並沒有見他們有什麼具體的舉措，看來七七對大康的現狀認識得很透，深悉攘外必先安內的道理，並不急於征討叛逆，而是穩固權力盤整內部。

天公作美，大康經過連年饑荒，今年總算迎來了一個風調雨順的大好時節，田壟中麥色青青，即便是胡小天這個門外漢也能夠看出今秋的豐收前景。看來大康易主之後，國運果然在悄聲無息中發生了變化。

胡小天站在庸江北岸的大堤之上，向北眺望著一望無垠的麥田，看到正在田間勞作的百姓，聽到一陣陣樸實的笑聲，民以食為天，老百姓要求不高，無非是想吃飽穿暖，歷經荒年之後終於看到豐收有望，怎能不讓這些百姓笑顏逐開。

梁大壯樂呵呵來到胡小天的身後：「少爺，有貴客到了。」

胡小天道：「貴客？什麼貴客？」

梁大壯道：「天香國福王楊隆越。」

胡小天皺了皺眉頭，他和楊隆越素未謀面，和天香國也從未有過任何官方的來往，可是天香國那邊的狀況卻一直牽動著他的內心，因為那邊不僅僅有棄他而去的父親，還有背叛他的結義兄弟，更有讓他魂牽夢縈的安平公主龍曦月。

胡小天不知楊隆越前來的目的何在？究竟是為公還是為私？得知楊隆越前來拜訪的消息，他即刻返回了東梁郡，府邸內太守李明成正在陪同楊隆越敘話。聽聞胡小天到來，兩人同時起身相迎。

楊隆越對胡小天聞名已久，知道他是大康新近湧現出來的青年俊傑，看到胡小天如此年輕仍然有些意外。

胡小天抱拳作揖，微笑道：「不知福王殿下大駕光臨，胡某有失遠迎，失禮之處還請不要見怪。」

楊隆越看到胡小天如此客氣，心中對他又多了幾分好感，抱拳還禮道：「在下和胡大人素昧平生，今次過境東梁郡冒昧前來造訪，叨擾之處還望胡大人不要見怪才好。」

兩人同時笑了起來，重新落座之後，胡小天讓人將茶換過，又讓梁大壯去準備酒宴為楊隆越接風洗塵。

胡小天道：「不知福王殿下今次過境東梁郡前往何處？」

楊隆越道：「我是要前往邵遠見我的師尊。」他的師父乃是有西南刀聖之稱的謝天元，謝天元自從三年前去了大雍，直到現在未歸，如今仍然住在邵遠，楊隆越此番前來大康觀禮，沒想到中途發生了變故，他的使命也隨著胡小天和永陽公主婚事的取消而作罷，索性趁此機會在大雍好好遊歷一番，剛好再去邵遠探望一下久未見面的師父。

胡小天笑道：「福王殿下此次一定要多留幾日，我剛好最近得閒，也可陪殿下四處轉轉。」

楊隆越微笑道：「實不相瞞，隆越此番前來結識胡大人是其中一個原因，其實也是受了別人的委託。」

「哦？」

楊隆越道：「我和胡大人其實本該在康都相識，我奉了王上之命特地前往康都觀禮，可是等我到了康都方才知道，原來胡大人和永陽公主的婚約已經取消了。」

胡小天呵呵笑了起來：「如此說來的確是相見恨晚呢。」

楊隆越道：「我此番觀禮也帶來了不少的禮物。」

胡小天心中暗忖，婚事都取消了還怎麼好意思收你的禮物。

楊隆越道：「有份禮物必須要親自交到胡大人的手上。」

胡小天微笑道：「卻不知福王殿下受了什麼人的委託呢？」

「胡大人看過即知。」楊隆越將一封信遞給了胡小天。

胡小天接過那封信拆開一看，這封信竟然是胡不為所寫，他掃了一眼，這封信的大概內容無非是表露出懺悔之意，字裡行間特地強調了他因為形勢所迫不得已才做出這樣的選擇，最後恭賀他和七七新婚大喜，又特地點明慕容飛煙無恙，信中還附上了一張地圖，胡小天一看就知道這張圖乃是尚書府，這幅圖上做出標記，應該就是胡不為想要送給自己的新婚禮物，至於特地提起慕容飛煙的事情，顯然不僅僅是讓他安心那麼簡單，更像是一種威脅。

胡小天將那封信收好，不露聲色道：「這封信是誰委託福王殿下交給我的？」

楊隆越道：「藍先生！」

胡小天喝了口茶：「這位藍先生我卻從未見過。」

楊隆越道：「我來東梁郡之前曾經到過康都，蒙永陽公主召見，當時她提起一件事，兩年前大康曾經有一支萬人船隊從天香國的海域經過，可是自從那時起就不知所蹤，據我所知當時負責帶隊的首領就是尊父。」

胡小天微笑道：「福王殿下是怎樣回答公主的？」

楊隆越道：「一概不知。」

胡小天呵呵笑道：「看來我也沒必要多問了。」

楊隆越道：「胡大人不問，又怎知我會給出怎樣的回答？」

胡小天聽出他弦外有音，將手中茶盞緩緩落下，銳利的目光直視楊隆越的雙目道：「殿下可知道當年那支船隊的下落？」心中已經明白，這楊隆越必然是知道胡不為等人的下落的。

楊隆越點了點頭：「那支船隊在南津島補給之後，就轉而進入天香國的海域，於海龍灘登陸，當時就是我負責接應。」

胡小天靜靜望著楊隆越，此時已經完全明白，楊隆越此番並非是簡單的過境，更不是要去邵遠探望他的師父，此人真正的目標乃是自己，胡小天微笑道：「這答案真是讓人意外，若是讓大康知道，恐怕會影響到兩國之間長久以來的良好關係。」

楊隆越道：「有些事大家都是心知肚明，可是找不到確實的證據，誰也不肯主動戳破這層紙。」

胡小天道：「福王殿下現在好像已經將這層紙捅破了。」楊隆越剛才的那番話已經讓他意識到，他和楊隆越之間有進一步加深理解的必要，而且他們正朝著合作的方向不斷靠近。

楊隆越微笑道：「我和胡大人一見如故，雖然只是第一次見面，卻如同我們是相識已久的知心好友一樣，有什麼話就直截了當地說了，還望胡大人不要笑話。」

胡小天笑道：「承蒙福王看得起在下，其實我也和殿下有著相同的感覺，你我如此投緣，自然應當是知無不言言無不盡。」

此時酒菜已經準備好了，胡小天邀請楊隆越入席，雖然是初次見面，可是胡小天對楊隆越已經有了一個清醒的認識，此人外表粗獷豪放不羈，其實內心心思縝密，據胡小天對他的瞭解，他在天香國內並不得志，今次不遠千里特地渡過庸江前來東梁郡和自己想見，真正的目的卻是要謀求跟自己合作。

酒過三巡，菜過五味，兩人的話題重新回到那支失蹤大康船隊的上面，胡小天道：「福王殿下可知道家父的消息？」

楊隆越道：「我從未見過令尊大人，這封信乃是太后委託我親手交給胡大人的，至於委託她的那個人應當是藍先生。」

胡小天明白，楊隆越口中的藍先生應當就是老爹胡不為。

楊隆越道：「太后對藍先生極其信任，事無鉅細總會和藍先生商量。我今次前來大康觀禮，其實就是他們的意思。」

胡小天沒有說話，雖然楊隆越尚未點明，可是胡小天卻已經從他的語氣中聽出他對天香國太后和藍先生的不滿。

楊隆越歎了口氣道：「其實本來我是準備在觀禮之後直接返回天香國的，可是在中途卻改變了主意，因為我發現有人想要趁著我前來大康觀禮的機會謀害我！」

胡小天哦了一聲，並未感到特別的驚奇，身為王族子弟雖然擁有著與生俱來的榮光，可是也要承擔著比尋常人大得多的風險，雖然他並不清楚具體的過程，可是仍然能夠判斷出圍繞楊隆越的這場謀殺不外乎宮廷權力之爭，只是楊隆越究竟想從自己這裡得到什麼？而他又能給自己什麼？

楊隆越當然清楚眼前的年輕人非比尋常，乃是新近湧現出的一方霸主，別的不說，單單胡小天能夠在大雍和大康兩大強國之間夾縫生存，而且看來還活得逍遙自在，由此就能推斷出他過人的能力。楊隆越也不會認為自己單憑三寸不爛之舌就能夠說服對方跟自己合作，誰都不是傻子，尤其是在這個風雲變化的亂世，任何的合作都要建立在互利互惠的基礎上，想要從對方那裡得到幫助，首先就要看自己能夠給對方什麼。幸運的是，楊隆越知道胡小天想要什麼，而且他知道自己應該提供給對方怎樣的幫助。

胡小天的表情仍然風波不驚，輕聲道：「不知什麼人想要害福王殿下？」

楊隆越並沒有在這件事上做絲毫的隱瞞：「太后！」

胡小天道：「看來殿下的存在影響到了她的利益。」

楊隆越頗為感慨道：「我雖與世無爭，怎奈別人並不是那麼認為，她認為我的存在威脅到了王上的統治。」

胡小天微笑道：「匹夫無罪懷璧其罪，一個人如果太有本事也不是什麼好事。」

楊隆越道：「胡大人何嘗不也是這樣？你辛辛苦苦為大康守住北方邊境，掌控庸江，到頭來還不是落得一個叛國謀逆的罪名？」

胡小天道：「我做事只求問心無愧，別人怎樣說，怎樣看並不重要。」楊隆越很不簡單，旁敲側擊不斷指出他們之間近乎相同的處境，想要讓胡小天生出同病相憐的感覺。

楊隆越道：「問心無愧並不意味著甘心坐以待斃，更不代表著任人宰割，對胡大人的遭遇我多少還是瞭解一些，剛才轉交給你的這封信究竟何人所寫，我心中也非常清楚。」

胡小天笑道：「福王殿下好像話裡有話啊。」

楊隆越道：「胡大人知不知道當初令尊為何要拋妻棄子，陷你們於危難之中而不顧嗎？」

胡小天其實早就知道了一些內情，此間的細節當然不能讓外人知道，聽到楊隆越說得如此神秘，似乎他對自己的家事有所瞭解，心中不禁有些好奇。

楊隆越向前探了探身子，壓低聲音道：「因為你的性命對令尊無關緊要，他在這世上還有一個兒子！」

胡小天內心之中怦怦直跳，他此前就聽李雲聰說過這件事，現在的天香國王楊隆景很可能就是他老爹和天香國太后龍宣嬌的親生兒子，他本以為這件事世上知道的人並不多，卻想不到楊隆越居然也會提起這個秘密，看來他應當已經知情，胡小天佯裝驚奇道：「怎麼可能。」

楊隆越道：「就是我的王兄，現在的天香國王楊隆景。」

胡小天對這個秘密早已心知肚明，所以楊隆越的話並未給他造成任何的震驚，他也認為這件事應當屬實，如果不是為了親生兒子，胡不為也不會拋妻棄子，母親臨終前的那番話應該不會欺騙自己，她當時意識被維薩用攝魂術控制，若非如此也不會吐露真情，胡不為應該是從心底深處厭惡這場婚姻，更討厭他這個近親結合的怪物。

因為對這個家庭的不滿，從而將內心的天平完全傾斜到另外一個兒子身上，最終趁著前往羅宋開闢糧運通道的機會，率領一萬名大康最精銳的水軍將士神不知鬼不覺地消失在天香國的水域之中。

胡小天緩緩搖了搖頭道：「這件事沒可能的。」

楊隆越道：「我不遠千里而來，可不是為了向胡大人說一句謊話的，於我沒有任何好處，胡大人現在坐擁三城，北控庸江下游，南制雲澤，已然制霸一方，可是胡大人卻不可因為眼前的局面而忽略了潛在的危機。」

胡小天道：「不知我能幫到福王殿下什麼？」楊隆越說了這麼多，無非是想要說服自己跟他合作。這對胡小天而言，也是一個絕佳的機會，但是他仍然表現得不甚熱衷，給楊隆越造成一種他的話並沒有打動自己的錯覺。

楊隆越道：「你我同病相憐，天香國想要除掉我，而大康朝廷也要對你下手，我們應該認清局勢，守望相助。」

胡小天笑道：「福王殿下，我真不知道能夠幫得上你什麼忙？」

楊隆越道：「有樣東西請胡大人過目。」他將手中一幅畫遞給胡小天。

胡小天展開那幅畫，內心中不由得一震，那幅畫上所繪製的乃是安平公主龍曦月。

楊隆越低聲道：「畫上的人乃是天香國太后的義女，如今住在綠影閣，還被封為映月公主。我來大康參加觀禮之時，天香國太后向列國公開招婿，其實她是要借著這個機會，聯合中原列國各大勢力，從中選擇一個最為牢靠的合作夥伴，真正的用意卻是借著此次招親形成征討大康的聯盟。」

胡小天不知道楊隆越到底清不清楚自己和龍曦月的關係，不過有一點他能夠斷定，楊隆越不會無緣無故拿出這張畫像給自己看。這位天香國的福王不是一個簡單人物，他的目的是要扳倒天香國太后龍宣嬌，甚至有將天香國王楊隆景取而代之的野心，從他所說的這些事情可以看出，他在天香國內還是擁有著一定的勢力，不但可以及時察覺天香國太后意圖借著此次觀禮之機謀殺他的計畫，還可以在離開國內之後，及時得悉國內的局勢。

胡小天對楊隆越的做法還是有些不解，從楊隆越所說的這些事來看，大康朝廷方面才是他最好的合作者，他為何捨近求遠，選擇找自己合作？單單用捨近求遠這個理由好像不夠充分。

第十章

# 趁你病要你命

胡小天心中暗忖，大康暴露出真正的實力，
若是洪北漠的手中擁有某種厲害的武器，
恐怕現在夾擊大康會損失慘重，
天香國方面抱著趁你病要你命的念頭，
十有八九犯了輕敵的大忌。

胡小天微笑道：「福王殿下所說的這些事，大康朝廷一定相當感興趣。」

楊隆越從胡小天的這句話中聽出了他對自己動機的質疑，他笑道：「我並不看好現在的大康朝廷，他們自顧不暇又能給我什麼幫助，胡大人若是肯跟我聯手，我們可以挫敗天香國利用招親形成聯盟的計畫。」

胡小天道：「可我仍然沒聽出這件事於我有什麼好處？」

楊隆越道：「胡大人應該是個明白人，映月公主的模樣您應該並不陌生。」

胡小天當然不會陌生，映月公主就是龍曦月，只是當年她被蕭天穆和周默設計送去了天香國，據胡小天所知，天香國太后龍宣嬌一直對她照顧有加，卻不知為何突然要上演招親一幕，為何一定要利用龍曦月？這件事再次驗證了皇家親情淡泊的事實，龍宣嬌果然不愧是老皇帝的妹子，一樣的心狠手辣，一樣的冷酷無情。

楊隆越道：「我記得當年胡大人曾經親自護送安平公主前往大雍聯姻，後來安平公主在雍都遭遇不測，大雍方面為了做出補償，特地將東梁郡割讓給大康，這東梁郡正是胡大人如今立足發展之地。」

胡小天微笑望著楊隆越，這位天香國福王果然不同尋常，他已經完全知悉了龍曦月的身分，由此推測出當初在大雍發生了什麼並不難。

楊隆越道：「我對胡大人並無惡意，我祖上自從立國三百餘年，從未有過野心勃勃之君主，一直安心立足於東南邊陲，從未有過進軍中原之先例，胡大人或許會以為我今日之所作所為，最終的目的全都是為了一己之私，隆越敢以性命擔保，隆越只想讓這份祖宗家業得以延續，並無其他的奢望。」他的這番話意在表明自己絕沒有逐鹿中原之意，而是不想天香國的江山斷送在龍宣嬌的手中。

胡小天卻始終沒有正面回應楊隆越的請求，端起面前酒杯道：「福王殿下，請用酒。」

楊隆越和胡小天共飲了一個多時辰，卻沒有從胡小天那裡得到想要的答覆，胡小天全程也是以禮相待，特地將東梁郡最好的驛館提供給楊隆越暫住。

送走楊隆越之後，胡小天讓梁大壯將余天星請了過來，將剛才兩人之間的對話簡單向余天星說了一遍。

余天星道：「楊隆越這是要和主公結盟啊。」

胡小天點了點頭道：「他在天香國的處境很危險，龍宣嬌視他如眼中釘肉中刺，一心想要將他剷除，為天香國王楊隆景掃除障礙。」想起楊隆景這個胡不為的親生子，胡小天心中也感到隱隱有些不舒服。同樣是兒子，老爹給予的待遇卻是天壤之別，尤其是想到徐鳳儀的遭遇，胡小天更是為母親感到不平，胡不為念著老情人和私生子且不評論，可是不能因為老情人就把在大康的家庭拋棄了。

胡不為委託楊隆越送來的這份禮物究竟是什麼意思？信中明顯有示好的意思，至於那幅地圖，應該是說明他在康都的尚書府中內有玄機，不過現在這張地圖應該毫無意義了，洪北漠借著為他修建婚房早已將尚書府弄了個底兒朝天，什麼秘密估計都已經被他發覺了，胡不為現在才告訴自己家中尚有秘密留存已經太晚。

余天星道：「主公有沒有想過，天香國或許會找你聯盟呢？」

胡小天內心一怔。

余天星道：「如果楊隆越所說的事情屬實，那麼天香國應該是有了挺進中原的野心，此番公開為映月公主招親，其目的就是尋找一個最有利於他們的聯盟，天香國想要挺進中原，目標就是侵略大康的地盤，所以大康首先就要被排除出去，南越國區區小國不足為慮，更何況南越本身就處在西南邊陲，對天香國的未來發展毫無用處。大雍雖然是實力最強的一個，可是目前大雍的北方戰事正急，被黑胡人牢牢拖住，並無精力兼顧大康，正是因為這個原因，天香國才會選擇這個時刻意圖搶佔中原地盤。再有就是西川，西川位於大康西部，李天衡經過這兩年刻苦經營，已經穩固了他的統治，如果能夠和西川聯盟，自然可以起到裡應外合的效果。」

胡小天搖了搖頭道：「西川卻是最不可能的一個。」當初胡不為和李天衡密謀造反，而他們舉事的計畫還沒有來得及展開，就被龍燁霖突發的宮廷政變徹底打亂，胡不為身在京城，陷入波瀾之中，而李天衡卻因為是封疆大吏而躲過一劫，順勢挑起大旗，自立為王。他和胡不為的裂痕也自此產生，如今胡不為化名藍先生進入天香國，憑藉著他和太后龍宣嬌之間的關係在背後操縱天香國的朝政，現在的胡不為未必肯再和李天衡合作。

余天星道：「所以主公才是天香國最理想的合作對象，楊隆越就是看透了這一點，所以才搶先一步和主公聯盟。」

胡小天道：「天香國就算跟我合作也不會有什麼誠意。」

余天星道：「無非是想將主公當成跳板罷了，先和主公聯手夾擊大康，接下來說不定又會聯盟大雍對付主公。不過這世上的事情往往都是如此，你利用我，我利用你，主公若是想對付大康，這倒不失為一個很好的機會。」

胡小天道：「你看楊隆越這個人怎麼樣？」

余天星道：「他在天香國應該有些勢力，不過看來已經無法和太后抗衡，否則他也不會不遠千里跋涉而來向主公尋求助力。」

胡小天道：「楊隆越最大的優勢就是誠心與我合作。」

余天星道：「主公現在還不打算和大康為敵？」

胡小天搖了搖頭，心中暗忖，大康並且暴露出真正的實力，若是洪北漠的手中擁有某種厲害的武器，恐怕現在夾擊大康會損失慘重，天香國方面抱著趁你病要你命的念頭十有八九犯了輕敵的大忌。

自從自己離開大康之後，大康方面除了歷數自己的罪狀之外並未有過任何實質性的行動，也許七七並不想將自己逼入絕境，以免引來一場兩敗俱傷的結果，對胡小天而言，目前相安無事的狀態反倒是一件好事，大康不主動招惹自己，自己剛好可以默默發展。

其實胡小天在心底已經否決了和天香國合作的可能，一是因為當初那個拋妻棄子的父親，二是因為背叛他的兩位結義兄弟，雖然他生性豁達，可畢竟有些事他是放不下的，他也不會忘記身在天香時刻對自己望眼欲穿的龍曦月還有慕容飛煙。

余天星在一旁靜靜等待著胡小天的回答，胡小天卻已經陷入長久的沉默之中，呆呆出神，似乎忘記了余天星還在身邊，余天星終忍不住咳嗽了一聲道：「主公心中究竟是怎麼打算呢？」

胡小天充滿歉意地笑了笑道：「任何事都有輕重緩急，若是把天香國引入中原，等於引狼入室，我們也等於多了一個對手。」

余天星笑道：「主公看來已經有了決斷。」

胡小天點了點頭道：「管好自己就行了，別人的事情我們不必操心。」天香國的內政，他無意干涉，他想要聯手的理想對象也不是天香國，擺在他眼前迫在眉睫的一件事卻是要解決鄖陽的事情，蘇宇馳這顆埋伏在自己背後的釘子才是他最大的隱患。

當天黃昏時分，一個讓胡小天喜出望外的消息傳來，霍勝男從康都平安歸來，本來霍勝男已經提前被七七派出了康都，原本應該早就到了東梁郡，可她在離開康都前往東梁郡的中途就聽說康都宮變的事情，出於對胡小天的關心，霍勝男又冒著風險重新返回康都，等她到了鳳儀山莊方才發現，昔日鳳儀山莊已經被焚毀，現場只剩下一片焦土瓦礫。

霍勝男左右打聽，陸續得知永陽公主釋放了胡小天手下的消息，確信胡小天已經平安逃離了康都，霍勝男方才離開了康都，她心繫胡小天的安危，恨不能生出雙翅飛來相見，可人往往都是欲速則不達，她在途徑天波城的時候因為連日奔襲又兼之擔驚受怕，竟然病倒，在天波城客棧中得蒙客棧老闆夫婦好心照顧，養病半月方才痊癒，等到痊癒之後即刻辭別恩人踏上歸途，幾番周折之後，她抵達東梁郡的時間竟然比胡小天還要慢了近一個月。

歷經這番波折，再次見到胡小天平安無恙地出現在自己的面前，霍勝男也是百感交集，放下昔日的堅強果敢，撲入胡小天的懷抱之中。

胡小天緊緊將她擁入懷中道：「瘦了！這段時間想必你受了不少的委屈。」

霍勝男聽到他關切的話語，眼淚不由得落了下來。

胡小天笑道：「怎麼？向來比男兒還要堅強的霍大將軍也會流眼淚？」

霍勝男不好意思地在他肩頭擦去淚水道：「除了你之外，我才不會在任何人面前掉眼淚。」

此時外面傳來維薩的聲音，霍勝男準備迴避到屏風後戴上面具，胡小天卻笑道：「不必再隱藏身分，這裡是東梁郡，你大可堂堂正正的做回自己。」

大雍皇城，吏部尚書董炳琨的府邸周圍戒備森嚴，和往日的氣氛大不相同，原來是董淑妃一早過來省親，此番不但是董淑妃來了，連七皇子薛道銘也一起回來。

董家一直是大雍最有勢力的門閥之一，能和董家抗衡的唯有李家，這兩家都是名臣良將層出不窮，深得大雍皇室的器重，不過自從大皇子薛道洪登基以後，董家就變得低調了許多，畢竟他們所支持的七皇子薛道銘也是當初繼任皇位呼聲較高的一個，和如今的皇上薛道洪互為競爭，薛道洪登基之後，無論是薛道銘還是董家人都變得謹小慎微，生恐薛道洪會尋找機會向他們下手。

董淑妃此番回娘家省親也是新皇登基之後的第一次，一家人在花廳坐下，董淑妃幽然歎了口氣道：「還是自己家裡好。」

她的嫂子楊玉琦笑道：「再好也不能跟皇宮相比，錦衣玉食，養尊處優，身邊還有那麼多的宮人伺候著。」

董炳琨瞪了妻子一眼，暗罵這老娘們兒不會說話。

董淑妃呵呵笑了一聲道：「這兩日口味寡淡，就是想吃嫂子親手做的魚羹。」

楊玉琦笑道：「這還不容易，我這就去做。」她也不是尋常婦道人家，聽出這位小姑子想要支開她的意思。

等到夫人離去之後，董炳琨有些無奈笑道：「妹子勿怪，你嫂子就是這個樣子，說話向來都是口無遮攔。」

董淑妃歎了口氣道：「嫂子說得沒錯啊，別人都看著我們住在皇宮中千般的好處，誰又知道我們風光背後的委屈和心酸呢？」

薛道銘向母親請辭道：「母妃，舅舅，孩兒出去和幾位表哥說話。」

董淑妃點了點頭。

花廳內只剩下兄妹兩人，董炳琨當然知道最近妹妹的處境，自從薛勝康駕崩之後，他們母子在宮中的地位也是一落千丈。且不說妹妹在後宮的權力完全被架空，就連能征善戰的外甥，如今也已經處於賦閑狀態。

董淑妃道：「皇上心裡對道銘顧忌得很呢。」也只有在自己的娘家，她才敢說出這樣的話。

董炳琨道：「妹子，皇上能夠信得過的只有李沉舟，別說是咱們，就連燕王和長公主，也不是一樣受到他的排擠。」

董淑妃點了點頭，低聲道：「過去我一直都以為這孩子忠厚豁達，卻想不到他登基之後做事如此絕情，燕王可是他的親叔叔，此番將聚寶齋全都上繳國庫應該也是逼不得已。」

董炳琨道：「燕王可沒有表面上看起來那麼簡單，只不過皇上出手更為果斷一些。」

董淑妃道：「還不都是李沉舟出的主意。」

董炳琨的唇角浮現出一絲苦笑：「妹子還需忍耐啊！」

「忍耐？這個世界絕不是你不去招惹別人，別人就不會加害於你，人家早就看我們母子不順眼，這一刀早晚都會砍下來的。」

董炳琨沉默了下去，薛道洪登基之後重用李沉舟，李家的地位與日俱增，此消彼長，他們董家在大雍的影響力卻日見衰落。即便是這樣，薛道洪也不會安於現狀，他最終的目的還是要剷除薛道銘這個昔日皇位的競爭者，甚至會考慮清除他們董家，只是時機未到，他現在還沒有把握徹底清除董家的勢力。

董淑妃明顯對大哥的這種沉默不滿，她咬牙切齒道：「坐以待斃就是等死！」

董炳琨瞭解妹妹的性情，乾咳了一聲道：「時機很重要。」

董淑妃道：「你知不知道天香國向天下王室招親的事情？」

董炳琨搖了搖頭，他的確還沒有聽說這件事。

董淑妃道：「天香國的太后龍宣嬌要為她的義女映月公主招婿，此事已經公開宣佈，公開擇婿之日就訂在九九重陽。」

董炳琨道：「龍宣嬌何時有了一位乾女兒？」

董淑妃將一封信遞給了董炳琨：「有人將這位映月公主的畫像特地寄給了道銘，你猜猜則映月公主像誰？」

董炳琨接過那封信，從中抽出一張畫，展開之後，看到那畫像不由得皺起了眉頭。

董淑妃道：「根本就是龍曦月那個小賤人。」

董炳琨道：「不可能，當初她不是已經死了？」

董淑妃呵呵冷笑道：「誰親眼看到？死後屍首被人劫走，從高空中摔下來面目全非，我始終覺得這件事必有蹊蹺，現在看來，十有八九是咱們被大康的遮眼法給騙了，死的另有其人，真正的龍曦月早已脫身離去，龍宣嬌是她的親姑姑，她輾轉去投靠也很有可能。」

董炳琨雙眉緊鎖，沉吟道：「這世上相似的人很多，僅靠外貌未必能夠證明什麼。」他並不相信龍曦月能夠在眾目睽睽之下金蟬脫殼，如果此事為真，那麼大雍真是讓人好好擺了一道，不但讓安平公主全身而退，還白白搭上了一座東梁郡。

董淑妃道：「可是皇上卻下旨，讓道銘前往天香國一趟參加選婿。」

董炳琨道：「道銘答應了？」

董淑妃歎了口氣道：「他看到這幅畫像就七魂不見了六魄，連想都不想就答應下來了。」這是讓她最為頭疼的事情，兒子什麼都好，唯獨對龍曦月用情太深，也不知這孩子是中了什麼邪，自從龍曦月死後，他心如止水，甚至連女色都不近了。

董炳琨道：「你是擔心這次的天香國之行乃是一個圈套？」

董淑妃道：「天香國只是一個小國罷了，就算沒有圈套，以道銘的身分也不至於屈就去娶一個天香國的公主，更何況這個映月公主還只是龍宣嬌的義女，根本不是什麼皇家血脈，怎麼能夠配得上我們道銘。」

董炳琨啞然失笑，妹妹畢竟還只是一個婦道人家，考慮問題首先想到門戶之見，卻沒有想到這件事背後的真正原因。

董淑妃道：「我讓他一起過來，就是想讓你好好勸一勸他，他向來都聽你的話，天香國不能去。」

董炳琨道：「他都已經答應了皇上，難道還能出爾反爾收回成命？」

董淑妃咬了咬嘴唇道：「我不管，總之我不能看著他冒險。」

董炳琨瞇起雙目，手指輕輕在茶几上叩擊了兩下，低聲道：「皇家的聯姻又有那一場不是充滿了政治目的，天香國此番向天下招親必有深意。」

董淑妃道：「一個小國罷了。」

董炳琨搖了搖頭：「天香國雖然國土面積不大，可也不能用小國冠之，這些年來他們一直在雲霄嶺之南埋頭發展刻苦經營，收服了不少周邊部落，單就國土面積而言已經相當於大康的一半，還要超過西川，天香國最為強大的並非是陸軍，而是水師，他們所擁有的海域面積早已超過了中原列國，控制的大小海島都有五百餘個。」

董淑妃道：「蠻夷之地有什麼了不起的？」

董炳琨道：「你或許還記得數年前大康戶部尚書胡不為率領大康一萬名精銳水師，五百艘最強大的戰船前往羅宋開拓海上糧運通道的事情？」

董淑妃眨了眨眼睛道：「不就是那胡小天的父親嗎？」

董炳琨點了點頭道：「就是他，雖然胡不為帶走的水師和戰船並不算多，可是那一萬名水軍將士卻是大康水軍中堅力量之所在，五百艘戰船更是凝聚了大康造船的頂尖工藝，很多人都說這群人在海上遭遇風浪喪生，可是最近有一個傳言，這些人其實並未失蹤，而是轉而投靠了天香國，編入了天香國的軍隊之中，天香國的水軍力量原本比不上大康，可是這兩年他們的水師發展很快，造船工藝也迅速提升，由此來推斷，胡不為連同那些水師將士十有八九投靠了天香國。」

董淑妃聽兄長洋洋灑灑說了一通，已經不耐煩了，如果說的是大雍國內的事情她或許還聽得進去，天香國和大雍之間隔著大康，相距數千里，他們的事情跟自己又有何關係，她現在最關心的就是如何阻止兒子前往天香國。

董炳琨道：「大康內亂不停，新近又發生了龍廷鎮叛亂的事情，如今朝政已經完全落在了永陽公主的手裡。」

董淑妃道：「這小妮子年齡沒多大吧，想不到居然擁有這樣的手段。」

董炳琨道：「連胡小天都跟她反目成仇，如今也變成了大康的叛臣。」

董淑妃感歎道：「大康四分五裂，敗亡已經是必然的事情。」

董炳琨道：「所以周邊列強誰都想趁著這個機會瓜分大康的土地，我看天香國太后這次為映月公主徵婚只是一個幌子，她真正的用意卻是要尋找一個聯盟，夾擊大康。」

董淑妃顰起眉頭，她的眼界顯然沒有放得這麼遠，她所盯住得目前仍只是大雍國內，最大的願望只是想兒子登上皇位。

董炳琨道：「就眼前的局勢而言，道銘去一趟天香國也未必是什麼壞事，成為天香國的駙馬對他也只有好處，現在離開還可以暫避風頭。」

董淑妃雖然也明白大哥說的道理，可是一想起天香國距離如此遙遠，兒子若是去了那邊，沒有半載是回不來的，心中不禁又惆悵起來。

董炳琨道：「當局者迷旁觀者清，出去走走，他的眼界也會提升不少，更何況這邊有咱們為他看著，又有什麼好擔心的呢？你若是不放心他，我讓天將陪他走這一趟就是。」

胡小天被一串緊急的敲門聲驚醒，偎依在他懷中的霍勝男也在同時醒了過來，小聲道：「發生了什麼事情？」

胡小天皺了皺眉頭，雖然並不高興被人這樣打擾好夢，可是也推測到一定有急事發生，外面傳來了梁大壯有些心虛的聲音：「少爺，出大事了。」

胡小天在霍勝男嬌豔如雪的香肩輕吻了一下，這才道：「什麼事情？」

「天香國福王楊隆越遇刺了。」

「什麼？」胡小天霍然從床上坐了起來，連帶霍勝男身上的錦被也滑落了半邊，一時間室內春光無限，胡小天卻已經沒有心情欣賞眼前誘人春色，大聲道：「你去備馬，我馬上過去。」

胡小天迅速起身穿戴停當，霍勝男也起身將穿衣，她知道此事非同小可，小聲提醒胡小天一定要冷靜，準備和他一起過去看看。

楊隆越被人刺了一劍，這一劍透胸而入，不幸之萬幸並未刺中他的心脈要害，胡小天為他檢查之後方才放下心來，讓梁大壯將藥箱放下，同仁堂的方知堂父女已經先行趕到，方芳如今也得了秦雨瞳的不少真傳，已經給楊隆越吃了一顆丹藥止血。

胡小天讓方芳和霍勝男兩人幫忙去將器械消毒，親自為楊隆越止血縫合。

楊隆越望著胡小天在自己的胸膛前穿針引線，熟練縫合著自己的皮膚，瞪大了雙眼，緊緊咬著嘴巴，他也算得上膽色過人，可親眼見證別人像縫衣服一樣在自己身上修來補去，內心也不禁一陣陣發毛，大氣都不敢出。

胡小天結束縫合之後，示意方芳過來幫忙完成最後的包紮，摘下口罩，向楊隆越笑了笑道：「福王殿下吉人自有天相，這一劍並未傷到你的要害。」

楊隆越此時方才小心舒了口氣道：「多謝胡大人了。」

胡小天道：「慚愧，福王殿下在東梁郡受傷，完全是我的疏忽，還望殿下不要怪罪才好。」

楊隆越搖了搖頭道：「哪裡的話，如果不是胡大人派出手下在暗處保護我，我只怕已經橫屍街頭了。」胡小天專門讓展鵬負責暗中保護楊隆越，卻想不到仍然出事。楊隆越死裡逃生不但是他自己的幸運也是胡小天的幸運，如果他死在東梁郡，胡小天多少都要承擔一些責任，天香國太后剛好有了一個推脫責任的理由。

胡小天微笑道：「福王殿下好好休息，你不用擔心，我已經下令在全城展開搜索，力爭將殺手找出來。」

楊隆越歎了口氣道：「多謝胡大人盛情，不必找了，我知道背後真凶是誰。」

胡小天安慰他道：「先別想了，我會加強周邊的警戒，福王大人只管安心養傷，其他的事情都交給我來處理。」

楊隆越點了點頭，虛弱道：「給胡大人添麻煩了。」

胡小天來到外面，卻見展鵬已經到了，他向展鵬使了個眼色，兩人來到無人之處，展鵬抱拳道：「屬下未能完成主公交給我的使命，請主公治罪。」

胡小天淡然道：「我為何要怪罪你？此事又不是你能夠控制的，楊隆越也說了，如果不是你及時出現，他恐怕就死了。」他停頓了一下又道：「有沒有看清殺手的樣子？」

展鵬道：「黑衣蒙面，看他的出手武功很高，應該在我之上。我用箭驚走了他，如果他再多留一刻，恐怕福王性命難保。」

胡小天點了點頭道：「展鵬，這裡暫時還是交給你負責，嚴控所有人出入此間，務必要保證福王的平安。」

「是！」

胡小天和霍勝男、維薩一起離開了驛館，迎面正遇到在城內搜尋殺手空手而返的熊天霸，熊天霸上前稟報，那殺手並未從城門出入，他們在城內各條街巷都搜遍了並沒有發現殺手的蹤跡。

胡小天聽熊天霸說完，想了想道：「繼續搜查，不過儘量不要驚動城內百姓。」

熊天霸道：「主公只管將這件事交給我來辦，您回去休息吧。」

胡小天看了看東方的天空，已經露出了魚肚白，黎明已經在不知不覺中到來，他轉向霍勝男和維薩道：「想不想去江邊看日出？」

霍勝男和維薩對望了一眼，兩人同時笑了起來，胡小天翻身來到小灰背上，霍勝男已經上了她的那匹棗紅色的駿馬，英姿颯爽笑道：「看看咱們三個誰最先到庸江岸邊！」

維薩格格笑道：「好啊！」二女同時縱馬揚鞭，齊頭並進向東梁郡南門衝去，胡小天微笑望著她們遠去的背影，拍了拍仍然耷拉著耳朵的小灰道：「小灰啊小灰，你知道應該怎麼做嗎？」

小灰打了個響鼻，然後搖了搖腦袋。

胡小天道：「好男不跟女鬥，懂得謙讓才是家庭和諧的根本。」

小灰的兩隻長耳朵突然就支楞了起來，這才意識到比賽已經開始了，馬上撒開四蹄向前方追去，胡小天叫道：「慢些，慢些！」

熊天霸咧著大嘴笑了起來，都說主公智慧超群，也不過如此，啥好男不跟女鬥，那是馬和馬之間的競爭，三匹馬全都是公的，誰讓誰啊！

三匹馬前後離開了東梁郡的南門，小灰離開城門之後，更是不斷加速，一會兒功夫就已經超過了前方齊頭並進的維薩，小灰嗚律律叫了一聲，顯得得意非凡，然後放慢了速度，等到霍勝男和維薩兩騎又奔出一段的距離，牠又開始加速追趕，實在是太輕敵了。

霍勝男馬上就發現了這個秘密，哼了一聲道：「不公平，不公平，小灰可是難得一見的寶馬良駒，我們的這兩匹馬腳力根本比不上牠。」

維薩也附和道：「就是不公平，不比了！」

前方已經到了江畔，三人翻身下馬，放開韁繩，讓馬兒自行去江邊吃草，胡小天來到兩人身邊，一左一右攬住兩人的纖腰，來到草坡之上坐下，放眼望去，卻見東方寬闊的江面已經被初升的朝陽照亮，隨著朝陽露出江面的部分越來越多，玫瑰般的紅色沿著江水逆行浸染開來。

霍勝男和維薩一左一右依偎在他的肩頭，當玫瑰色的陽光籠罩了他們的全身，在天地間留下了一個無比美好的剪影。

胡小天發現這個時代也有這個時代的好處，若非來到這個時代，又豈能左擁右抱，享盡齊人之福，更難得的是，她們彼此之間還能相處得如此和諧，胡小天暗自得意，雙手緊了緊她們的纖腰。

霍勝男的目光和維薩相遇，兩人都有些不好意思了，維薩道：「主人，我去看看馬兒走了沒有。」

胡小天知道她心底深處仍然將自己當成婢女，並不敢和霍勝男平起平坐，正想說話，卻聽霍勝男道：「應該走的是他才對，一雙爪子不老實，影響我們姐妹看風景了。」

胡小天哈哈大笑，伸手在她們玉臀上拍了拍，輕聲感歎道：「人生如此，夫復何求？」他仰頭倒了下去，躺倒在還沾染著露珠的茵茵青草之上，讓兩女枕在他的臂彎，抬頭仰望著澄澈如洗的藍天。

霍勝男看了他一眼道：「你心情似乎好了許多。」

胡小天道：「有你們在我身邊，心情又怎麼會差。」

霍勝男道：「甜言蜜語。」

維薩道：「主人開心就好，維薩還以為福王的事情會影響到主人的心情呢。」

胡小天道：「展鵬的武功不弱，箭法更是萬中挑一，據他所說，殺手的武功要在他之上。」

霍勝男坐起身來，充滿迷惑道：「也就是說殺手如果一心要制福王於死地，恐怕他就不會有那麼幸運。」

胡小天道：「我特地檢查過他的傷口，並不像看上去那麼嚴重，這一刀把握得相當準確。」

霍勝男道：「什麼意思？你是說福王自導自演了一齣苦肉計嗎？」

胡小天摘了一根青草噙在口中，雙手枕在腦後，怡然自得道：「他從我這裡並沒有得到想要的答覆，通過苦肉計來加重我的危機感也很有可能，從刺他的那一劍來看，對方的武功很高，劍法之精準，認為之準確早已躋身一流劍手之列……」說到這裡，他停頓了一下道：「或許是刀手，楊隆越的師父就是有西南刀聖之稱的謝天元。」

霍勝男道：「你懷疑昨晚的刺客就是謝天元本人？」

胡小天道：「不排除這個可能。」

霍勝男有些不解道：「只是他上演這齣苦肉計似乎付出的代價太大，即便是如此也未必能夠打動你和他同盟。」

胡小天道：「也許他已經發現有刺客尾隨他來到了東梁郡，也許對方的武功過於厲害，所以他才會採用這樣的方法尋求我對他的保護。」

霍勝男倒吸了一口冷氣道：「如此說來這個人倒是心機深沉。」

維薩道：「此人如此狡詐，主人，不如讓維薩去試探一下，看看能不能夠讓他說出實話。」

胡小天呵呵笑了起來：「沒那個必要，楊隆越也是無奈之舉，如果不是處境凶險，誰有肯選擇自殘？我倒要看看在我的地盤上誰敢動他！」

楊隆越第二天已經可以下床活動，他所住的驛館被重點保護了起來，雖然是為了他著想，可這樣的嚴密防守卻讓楊隆越有種被人監禁的感覺。第二天黃昏時分，胡小天過來探望他的傷情。

楊隆越首先針對昨天之事向胡小天表達謝意。

胡小天笑道：「福王殿下不必如此客氣，您越是如此，在下心中就越是感到不安，畢竟是我方的警戒工作沒有做好，方才發生了這樣的事情。」

楊隆越道：「胡大人，殺手是針對我過來的，和胡大人無關，其實我自從離開天香國進入大康境內，殺手就一路尾隨，我也是百般提防，怎奈最後還是百密一疏被殺手得逞。」

胡小天為楊隆越檢查了一下傷口，看到他恢復的情況很好，微笑道：「明天應該可以為殿下拆線。」來到這一世界，發現人們的康復自癒能力要比他過去所生存的世界強大得多。

楊隆越道：「拆線？」

胡小天點了點頭：「就是將縫合傷口的這些線從身體上清除掉。」

楊隆越道：「過去只聽說胡大人智勇雙全，並不知道您居然還是一位醫道高手。」

胡小天笑道：「學過一些醫術，可稱不上什麼高手。」

楊隆越道：「胡大人，這次我的到來給您增添了不少的麻煩，我打算傷好之後馬上離開。」

胡小天道：「福王殿下又何必急著走，現在正是庸江兩岸最好的季節，多留幾日好好遊覽一番就是。」

楊隆越歎了口氣道：「哪有那個心思啊！」表情顯得有些沮喪。

胡小天道：「福王殿下是急著趕回國內嗎？」

楊隆越點了點頭道：「是，無論怎樣我都不能眼睜睜看著祖宗家業落在外人的手上。」根據他現在所知的事實，當今天香國王楊隆景真正的身分乃是皇太后龍宣嬌和胡不為的私生子，跟他們天香楊氏並無絲毫的血緣關係，確切地說應該是胡小天同父異母的兄弟，他不遠千里風塵僕僕來到東梁郡，就是認為這件事可以激起胡小天同仇敵愾之心，可是胡小天對這方面似乎不夠熱心，在合作方面始終沒有明朗的態度。楊隆越的心情也因此變得低落，他認為自己在別人的眼中並無太多的價值，也許胡小天從未將自己當成一個理想的合作對象。

胡小天道：「回去倒也不錯。」

楊隆越聽到他的這句話，心情更是沉重，胡小天等於是婉轉告訴自己不會跟他合作了。楊隆越本想鼓起勇氣再提起合作的事情，可是話到唇邊卻又轉變了念頭，自己已經磨破唇舌，甚至不惜以苦肉計來激起對方同仇敵愾之心，可對方看來仍無合作之意，即便是再多說恐怕也沒有什麼作用，何苦招人嘲笑呢？楊隆越抱了抱拳道：「這段時間麻煩胡大人了。」

胡小天道：「福王殿下，我們雖然相識的時間不久，可是相見之後感覺彼此頗為投緣，我有意和你結拜為異姓兄弟，不知可否高攀得起？」

當真是山窮水復疑無路，柳暗花明又一村，楊隆越本以為此次要白跑一趟，內心幾盡絕望之時，卻沒有料到胡小天主動提出要跟他結拜為異姓兄弟，楊隆越當然不會認為胡小天只是被自己的人格魅力所吸引，相信什麼投緣的話，胡小天必然是可以從自己的身上獲得利益，所以才選擇跟自己合作，結拜只是增強合作關係的一個紐帶，楊隆越滿面喜色道：「求之不得！求之不得！」

胡小天讓人擺上香爐，和楊隆越兩人歃血為盟拜了把兄弟。雖然兩人的結拜是利益驅使，可真正有了這層關係之後，彼此的感情頓時就近了一層，胡小天早有準備，結拜之後，熊天霸就讓人送來酒菜。

胡小天和楊隆越落座之後，彼此對望同時大笑起來，楊隆越端起酒杯道：「兄弟，我的好兄弟，從今以後我楊隆越絕不會做半點虧欠兄弟的事情，如有違背，天打雷劈，萬箭穿心！」

胡小天笑道：「大哥剛才已經說過了，就不必再說了，我敬你！」

兩人同幹了這一杯，胡小天將酒杯落下，長歎了一口氣。

楊隆越看到他突然歎氣，有些不解道：「兄弟，你因何歎氣呢？」

胡小天道：「今日和大哥結拜，忽然想起了我當年前往西川青雲縣為官的時候，在那裡曾經和兩人結拜為異姓兄弟，他們一個叫周默，一個叫蕭天穆。」

楊隆越對這兩個名字似乎有些陌生，並沒有急於搭話。
胡小天道：「後來我才知道，他們兩人都是我父親安排在我身邊的。」
楊隆越道：「為了保護你？」
胡小天笑得有些勉強：「也許吧，不過後來他們卻先後背叛了我，擄走了我心愛的女人。」說到這裡他手掌用力，掌中的酒杯因為承受不住巨大的壓力喀嚓一聲碎裂開來。

楊隆越慌忙握住他的手望去，還好胡小天的掌心未被碎瓷扎破。

重新換過酒杯之後，胡小天歉然道：「讓大哥見笑了，不錯，被他們擄走的就是龍曦月，非但擄走曦月還不算，他們還製造一個曦月背叛我的假像，讓我誤會了曦月對我的感情。」說到這裡，胡小天心中真正感到有些難受，這兩年他雖然知道龍曦月就在天香國，可是為了大局考慮始終沒有去及時將她營救回來，在他的內心深處對龍曦月充滿了虧欠。

楊隆越道：「這兩人簡直是豬狗不如！」他心中明白，胡小天不單單是把自己當成了一個傾吐對象，更是在提醒他，絕不可像周默和蕭天穆那樣背叛於他。

胡小天道：「也許他們心中從未將我當成兄弟，當初的結拜也只是為了利用我罷了，他們心中效忠的只是我的父親。」提起父親，胡小天心中更加的不好受。胡不為拋妻棄子，根本沒有考慮過他和母親的死活，現在胡不為身在天香國和他的老情人，和他的親生兒子不知多麼逍遙快活，胡小天暗忖道：「我絕不會讓你一直得意下去，你種的孽必須要承擔應有的責任。」

楊隆越道：「兄弟所說的就是映月公主吧，據我所知，她現在就住在天香國王都飄香城的綠影閣，太后已經將她收為義女，今次向天下廣為招婿就是打著她的旗號。」

胡小天端起酒杯一飲而盡道：「沒有人可以傷害她，即便是她親生的姑母也不行。」

楊隆越陪著胡小天喝了這一杯，從胡小天激動的表情他已經可以斷定，胡小天和天香國之間必然會有一場紛爭。

胡小天望著楊隆越道：「大哥可願助我一臂之力。」

楊隆越點了點頭道：「刀山火海我都可以陪你去闖，別說是天香國，我雖然在天香國並不得志，可是並不意味著我沒有任何的反抗能力。」這些年來他一直低調隱忍，同時也在默默發展自己的實力，在天香國朝內還是有一批元老支持他，只要能夠順利剷除掉太后和胡不為，他未必沒有登上皇位的可能。

胡小天道：「大哥幫我成為天香國的駙馬，我幫你奪回你應得的王位。」

楊隆越目光不由得一亮。

胡小天道：「不過大哥須得答應我一件事。」

「兄弟請說！」

「大哥若是如願登臨王位之後，永遠不得進軍中原。」

楊隆越呵呵笑了起來，他微笑道：「兄弟，我沒有擴張的野心，無非是想著拿回屬於我自己的東西，天香國雖然這些年國力有所發展，但是出兵中原仍然是自不量力，也就是龍宣嬌那個女人盲目自大，真要是冒險出兵，等於自取滅亡，兄弟，不是哥哥恭維你，這中原的天下早晚都是你的。只要你需要，我日後必然全力以赴幫你。」

胡小天伸出手去，兩兄弟的手牢牢握在一起。

楊隆越無疑是個明智的人，他能夠認清現實，能夠懂得小富即安的道理，天香國之所以立國以來能夠安然無恙傳承至今，和天香國獨特的地理位置有關，和天香國人熱愛和平厭惡戰爭的性情也有著相當的關係，楊隆越也是個不喜征戰的人，但是他並不是逆來順受之人，決不能眼睜睜看著祖宗的家業被旁人奪去。

和胡小天終於達成了聯盟意向之後，楊隆越就沒有了繼續逗留下去的必要，所謂前往邵遠探望師父也只是一個藉口。

胡小天建議他從水路返回天香國，並派出展鵬和梁英豪兩人前往護送，名為護送，其實另一層用意就是為了打前站，如今天香國招駙馬的消息已經傳遍天下，而且這次的招親不僅僅限於列國王子皇孫，還將條件放寬到天下英雄，可以預見，三個月後天香國飄香城必然成為天下矚目的焦點。

有楊隆越作為內應，等於佔據了先天有利的條件，可也不能僅僅依靠他的幫助，讓展鵬和梁英豪提前去往飄香城的目的就是要打探消息，最好搞清楚胡不為等人的動向，除了龍曦月之外，還有一個人讓胡小天魂牽夢縈，她就是慕容飛煙。

請續看《醫統江山》第二輯卷十　迷影憧憧

# 醫統江山 II 卷9 宮廷之亂

作者：石章魚
發行人：陳曉林
出版所：風雲時代出版股份有限公司
地址：10576台北市民生東路五段178號7樓之3
電話：(02) 2756-0949
傳真：(02) 2765-3799
執行主編：劉宇青
美術設計：許惠芳
行銷企劃：林安莉
業務總監：張瑋鳳

初版日期：2021年1月
版權授權：閱文集團
ISBN ：978-986-352-905-7
風雲書網：http://www.eastbooks.com.tw
官方部落格：http://eastbooks.pixnet.net/blog
Facebook：http://www.facebook.com/h7560949
E-mail：h7560949@ms15.hinet.net
劃撥帳號：12043291
戶名：風雲時代出版股份有限公司

風雲發行所：33373桃園市龜山區公西村2鄰復興街304巷96號
電話：(03) 318-1378
傳真：(03) 318-1378
法律顧問：永然法律事務所 李永然律師
北辰著作權事務所 蕭雄淋律師

行政院新聞局局版台業字第3595號 營利事業統一編號22759935


**定價：270元** 

國家圖書館出版品預行編目資料

醫統江山 第二輯／石章魚 著. -- 臺北市：風雲時代，2020.09- 冊；公分

ISBN 978-986-352-905-7（第9冊；平裝）

857.7 109009548